RENÉ MANZOR

DU FOND DES ÂGES

CALMANN
LÉVY
NOIR

ISBN : 978-2-266-33321-4
Dépôt légal : janvier 2024

À Marie, ma plus belle histoire...

L'enfer est vide. Tous les démons sont ici.

William Shakespeare

Prologue

Présent
Christchurch,
Nouvelle-Zélande

L'enfant maori se retourna sous une pluie battante et aperçut le 4 × 4 Holden qui fonçait droit sur lui. L'innocence de ses huit ans se chargea soudain de panique ; celle qu'éprouvent les animaux traqués.

Le premier tir fit exploser le pare-brise d'une fourgonnette, à quelques centimètres de lui. Le petit garçon bondit en avant, jetant toutes ses forces dans une fuite désespérée. Le verre brisé tailla da ses pieds nus, mais l'enfant ne sentit rien. Pas plus la douleur que le sang jaillissant de ses blessures.

Le vieux Russe qui le poursuivait pointait son fusil à lunette à travers la portière, tout en hurlant au conducteur de stabiliser la voiture. Mais la minitornade qui soufflait sur Christchurch rendait la manœuvre difficile. D'autant que les essuie-glaces ne parvenaient plus à dégager les trombes d'eau.

L'enfant bifurqua vers une avenue adjacente.

Un second tir fit exploser la vitrine d'une boutique, sur ses talons.

Un chaos indescriptible régnait dans la rue. Des gens criaient, d'autres se cachaient où ils le pouvaient.

Le chauffeur vira un peu trop sèchement à droite et percuta une camionnette, garée en double file. Les piétons se jetèrent à couvert pour éviter le véhicule. Les roues de la Holden accrochèrent le bord du trottoir et une violente secousse ébranla l'habitacle.

Déstabilisé, le tireur se dégagea de la fenêtre, le temps d'essuyer la pluie qui noyait ses yeux et sa visée. Sa cible était en vue, à une vingtaine de mètres. Mais elle se déplaçait beaucoup trop vite. Elle zigzaguait au beau milieu du trafic, tandis qu'un concert de klaxons éclatait dans son sillage.

— Qu'est-ce que tu fous ? hurla le vieux Russe. Rattrape-le !

Le conducteur écrasa l'accélérateur, propulsant le 4 × 4 en avant. Il se déporta sur la gauche et se faufila entre les voitures arrivant en sens inverse. Contraintes de s'écarter, elles protestèrent avec force coups de frein et de klaxon.

Tandis que l'enfant maori courait à perdre haleine, il risqua un coup d'œil par-dessus son épaule. Le faisceau rouge de la visée laser le trouva. Une détonation retentit. Il changea brutalement de direction, dérapa sur la chaussée mouillée et chuta. Des pneus hurlèrent sur l'asphalte, laissant derrière eux de larges traînées de gomme.

Quand le garçon releva les yeux, la calandre de l'autocar qui aurait dû l'écraser se dressait, fumante, au-dessus de lui.

Pendant quelques secondes, ses poursuivants crurent l'avoir perdu.

— Il est où ? demanda le tireur en dégageant la buée qui s'accrochait au pare-brise.

Le chauffeur leva les yeux vers son rétroviseur et aperçut le fuyard qui traversait l'avenue, en prenant tous les risques.

— Derrière nous ! hurla-t-il en tournant sèchement le volant à gauche.

La Holden rebondit sur le terre-plein central, pulvérisa une fontaine décorative et s'élança, un peu trop vite, à la poursuite de l'enfant. Les piétons qui traversaient s'éparpillèrent comme des quilles de bowling. Ne parvenant pas à se stabiliser, la Holden arracha la portière ouverte d'une berline, faucha une rangée de parcmètres et alla s'encastrer, côté conducteur, dans un camion en stationnement.

L'aile arrière gauche du poids lourd perfora l'habitacle de la Holden. Des fragments de verre et de métal sifflèrent dangereusement autour de la tête du passager, manquant de le décapiter. Le chauffeur, lui, n'eut pas la même chance. Le vieux Russe grimaça à la vue de son corps broyé par la carrosserie.

Mais il n'abandonna pas pour autant.

À travers les débris du pare-brise, il vit l'enfant maori pénétrer dans un immeuble bourgeois. Le tueur s'extirpa tant bien que mal du véhicule. Son arcade sourcilière avait éclaté et il boitait légèrement.

Dans le hall du bâtiment, l'enfant détrempé cherchait en vain une issue. La cour intérieure, dans laquelle il avait débouché, était un cul-de-sac. Le souffle court, il revint vers l'entrée et toqua fébrilement au carreau du concierge. Sans attendre de réponse, il se rua à l'opposé vers la porte vitrée qui donnait accès aux étages.

Elle était verrouillée.

Il appuya sur toutes les sonnettes de l'interphone, dans l'espoir qu'on lui ouvre. La poitrine en feu, il hyperventilait, tentant désespérément de produire l'énergie qui lui manquait.

Bientôt, la porte cochère s'ouvrit derrière lui et le faisceau rouge du viseur laser se refléta sur le chrome humide de l'interphone. Le petit garçon fit volte-face et découvrit son prédateur.

Le sang qui dégoulinait de son arcade sourcilière l'aveuglait partiellement. D'un geste mal assuré, il releva son fusil pour le mettre en joue.

Dans les yeux froids du vieil homme, l'enfant ne décela rien d'autre qu'une mort promise.

Au même instant, un résident déclencha l'ouverture électrique de la porte vitrée. Le fugitif poussa le battant et le referma derrière lui, dans l'espoir illusoire de créer un obstacle. Mais, tandis qu'il grimpait les marches quatre à quatre, l'assassin tira à travers le carreau.

La balle frappa le garçon dans le dos. Une fleur rouge apparut sur sa poitrine. Alors qu'il s'affaissait, il eut l'impression d'être en apesanteur.

Le vieux Russe passa le bras à travers les débris de verre et déverrouilla manuellement le battant. Il essuya le sang de ses yeux sur le revers de sa manche et s'avança vers l'enfant, en rechargeant son arme.

Les mains sanglantes du petit garçon tentaient de hisser son corps meurtri le long des marches froides. Le marbre semblait humide sous lui. La douleur irradiait dans sa poitrine.

Des voix, à l'étage, attirèrent son attention. Il eut un regard désespéré vers le haut de la cage d'escalier. Des silhouettes de résidents s'y découpaient, dans la lueur d'une ampoule à bas voltage. Mais l'enfant manquait d'air pour émettre le moindre son. Il entendit les bottes de son bourreau s'arrêter derrière lui. Incapable de se retourner, il ne put voir que l'ombre de son assassin se dessiner sur des marches devenues pour lui inaccessibles.

Il ferma les yeux.

La peur avait disparu pour laisser place, sous ses paupières, à l'horizon immaculé dont il rêvait tous les soirs.

Le vieil homme leva son fusil et le pointa vers l'enfant.

Une deuxième détonation retentit.

Mais, contre toute attente, ce fut le tueur qui s'écroula, abattu par le concierge de l'immeuble. Alerté par les coups de feu, il avait accouru sur place.

Cette déflagration déchira les tympans du petit garçon et assourdit la chute du vieux Russe contre le marbre. Et, tandis que ce dernier gisait au pied de l'escalier, il sentit ses forces l'abandonner. Le projectile avait perforé ses reins et déchiré tout obstacle pour se loger dans son abdomen.

Rassemblant le peu d'énergie qu'il lui restait, il redressa légèrement la tête. L'enfant était encore en vie.

Ses phalanges tatouées de symboles cyrilliques se resserrèrent sur la crosse du fusil et le brandirent pour achever leur cible, mais le concierge fit feu à nouveau.

L'impact de la balle projeta le vieil homme sur le dos.

Derrière son corps tremblant allongé par terre, la silhouette du gardien de l'immeuble approchait prudemment.

Il dégagea le fusil du pied et se pencha sur sa victime.

Le mourant fit un dernier effort pour lui parler.

Son visage se tordait de douleur, mais il parvint tout de même à balbutier :

— *Ne rebenok*...

1

Un an plus tôt
Université de Canterbury
Christchurch, Nouvelle-Zélande

Marcus Taylor contemplait les paysages de l'Antarctique projetés sur l'écran avec un mélange de nostalgie et de rancune.

— Les Maoris ont sans doute été les premiers à atteindre l'Antarctique, au VIIe siècle, déclara-t-il en actionnant le diaporama. Le voyageur Hui Te Rangiora naviguait vers le sud à la recherche de nouvelles terres, lorsqu'il vit d'immenses montagnes de glace surgir de la mer. Sans le savoir, il venait de découvrir le pôle Sud, qui, contrairement au pôle Nord, est un véritable continent, constitué de roches sur lesquelles repose une énorme calotte glaciaire de deux kilomètres d'épaisseur en moyenne. Et, quand je dis « continent », c'est peu dire. Sa surface est égale à celle de l'Europe et des États-Unis réunis. Quatorze millions de kilomètres carrés.

Marcus se retourna vers les étudiants en sciences de la Terre qui assistaient à son cours. Grand, la quarantaine, les joues mangées de barbe, son physique de marin au long cours rappelait, à qui ne connaissait pas son palmarès, qu'il n'était pas qu'un homme de théorie. Ses yeux clairs veillaient toujours à établir un contact visuel avec chacun de ses élèves, comme s'il ne s'adressait qu'à lui ou elle.

— Mais qu'est-ce qui pousse les scientifiques du monde entier à s'intéresser au sixième continent, d'après vous ? La connaissance d'hier ou celle de demain ?

Il s'avança vers l'auditoire silencieux et ajouta :

— On se fait un petit sondage ? Qui vote pour *hier* ? Allez, on se réveille et on étire ses petits bras...

Des rires résonnèrent dans l'amphithéâtre. Et une forêt de bras se leva.

— Bien. Et qui vote pour *demain*, maintenant ?

La forêt disparut, révélant la seule personne qui gardait la main levée.

— Riley ? Tu lèves la main deux fois ou... tu as une crampe ?

Des rires vinrent à nouveau ponctuer la remarque. Mais l'étudiante ne changea pas d'opinion.

— Tu peux nous expliquer pourquoi tu votes pour les deux ?

— Je peux essayer...

— Lance-toi, on t'écoute.

— Ben... je vote pour *hier* parce que, grâce aux forages réalisés dans la glace, on connaît le climat qui régnait sur la Terre il y a huit cent mille ans. Mais je vote aussi pour *demain* parce que, si les Russes ont vraiment découvert la vie, comme ils le prétendent, à près de quatre kilomètres de profondeur, cela bouleversera nos connaissances.

— Bonne réponse, Riley. Tu viens de te qualifier pour les quarts de finale.

Des rires et des applaudissements ponctuèrent la remarque. La jeune fille se leva et salua l'assistance. Marcus se tourna à nouveau vers l'écran et projeta l'agrandissement d'une roche à laquelle était accrochée une sorte d'éponge.

— Comme vous le voyez sur cette photo, la vie en question n'a rien d'un petit homme vert. Mais, si l'on en croit la science, ces « créatures », de type spongiaire, ne devraient pas survivre à des profondeurs pareilles. Les éponges, les vers tubicoles ou les balanes sont des filtreurs. Ils se nourrissent de micro-organismes ou de particules alimentaires en suspension dans l'eau. Or, la petite créature découverte à Vostok, enfouie sous 3 623 mètres de glace, est à des kilomètres d'une zone d'eau libre. Le fait qu'elle soit, en plus, soumise à des températures extrêmes et loin de toute source de lumière solaire nous amène à nous poser un tas de questions. S'agit-il d'une nouvelle espèce ? Comment est-elle arrivée là ? Et qu'est-ce qu'elle mange ? A-t-elle coévolué avec une bactérie symbiote ? Et, surtout, a-t-on le droit de l'arracher au milieu naturel dans lequel elle baigne depuis trente-quatre millions d'années pour l'amener à la surface ? Vous trouverez les réponses à ces énigmes… dans notre prochain cours.

Les rires se propagèrent dans l'amphithéâtre. Marcus éteignit l'écran et collecta ses affaires. En sortant, les étudiants croisèrent la chancelière de l'université, qui avait assisté à la fin de l'exposé. La Dr Madison Cochrane, quarante ans, salua les élèves et rejoignit Marcus.

— Après un suspense pareil, ça m'étonnerait qu'il y ait beaucoup d'absents dans ta prochaine classe.

— La réponse est « non », fit Marcus en rangeant ses dossiers.

— À quoi ?

— À ce que tu es sur le point de me demander.

— Je voulais juste t'informer que ton nom a encore été sélectionné pour le poste de chef de mission du prochain hivernage à Vostok.

— Je ne fais plus ce genre d'expédition, Maddie, tu le sais.

— Retourner sur place, avec davantage de matériel et les budgets qui vont avec, te permettrait de répondre vraiment aux questions que tu as formulées en fin de cours. La Première ministre sera présente ce soir au cocktail de Noël que nous donnons dans les locaux d'Antarctica Center, ainsi que Damian Richard.

— Connais pas.

— Comment ça ? Le styliste de Nirvana, leader mondial du luxe, tu ne connais pas ?

Marcus secoua la tête en haussant les épaules.

— Bref, au cours d'une partie de golf, j'ai convaincu Damian de cofinancer, avec les Russes et nous, l'envoi d'une équipe scientifique à Vostok pour analyser la vie que les foreurs ont fait émerger de la glace. Et Saint-Pétersbourg t'a choisi comme glaciologue et chef de mission.

— J'apprécie ce que tu essaies de faire pour moi, Maddie, mais l'Antarctique m'a déjà coûté ma famille.

Madison le dévisagea gravement.

— Ça fait quoi, deux ans, Marcus ?

— 732 jours.

— Oui… (Elle prit un temps pour choisir ses mots.) Marcus, j'aimerais que tu rencontres un de mes amis. Je pense qu'il pourrait t'aider. C'est un psychologue, spécialiste du deuil.

— Je n'ai à faire le deuil de personne, Maddie. Nateo est toujours dans la nature.

— Je l'espère aussi. Mais… si ce n'était pas le cas, repartir en mission, ce ne serait pas trahir sa mémoire. Jamais Nateo n'aurait voulu que son père se punisse de sa disparition en tournant le dos à son métier. Ni Raïana, d'ailleurs. Je ne te demande pas de partir demain, tu as deux mois pour te décider.

Il regarda l'amphithéâtre vide, devenu son seul terrain d'exploration, puis fixa Madison.

— Quand tu veux quelque chose, toi…

— C'est ce que me disait mon mari, mais j'ai voulu aussi fort notre divorce que notre mariage.

Marcus sourit et enfila sa veste.

— Viens au moins faire un tour au cocktail, ajouta-t-elle. Piri et Vlad seront là.

— Remercie Saint-Pétersbourg pour moi, tu veux bien ?

Il tourna les talons.

— Ça veut dire « oui », ça ? lança-t-elle.

— Pour le cocktail.

Elle le regarda s'éloigner.

2

Deuxième plus grande ville de Nouvelle-Zélande, Christchurch était située au nord de la péninsule de Banks, sur la côte orientale de l'île du Sud. Entourée de collines volcaniques, elle était coincée entre l'océan Pacifique Sud et les stations de ski des Southern Alps. Et ce n'était pas son seul paradoxe. Si le centre-ville était animé, certains quartiers résidentiels demeuraient vides. Classés zone rouge par les autorités en raison des destructions provoquées par le séisme de 2011, ils conféraient encore à Christchurch, une décennie plus tard, des allures de ville fantôme.

La banlieue où Marcus habitait avait été miraculeusement épargnée. Mais c'était un autre genre de malheur qui avait frappé la belle demeure de Fendalton, sur les berges de l'Avon.

Cela faisait plus de deux ans, 732 jours exactement, que Marcus n'avait plus aucune nouvelle de Nateo.

732 jours…

Il y avait eu de grands changements, durant ces 732 jours. La femme de Marcus, Raïana, avait fini par appliquer, à la disparition de leur fils, les règles maories très strictes du deuil. Et son mari avait eu beau lui répéter que rien ne prouvait que Nateo soit mort, elle avait vécu à l'écart dans leur appartement, jeûné pendant quatre mois et, durant tout ce temps, elle s'était privée de toilette et de coiffure. Son observance du deuil maori avait été jusqu'à garder un pagne roulé en turban autour de la tête pour s'enfermer dans le chagrin.

De son côté, Marcus avait multiplié les démarches auprès de la police de Christchurch pour retrouver Nateo. Il avait même joué sur sa célébrité et ses contacts dans les médias pour que l'affaire devienne publique, mais cela n'avait abouti à rien.

Un soir, en rentrant chez lui, il avait trouvé une lettre de Raïana sur la table basse, l'informant qu'elle repartait vivre dans sa tribu. Il connaissait trop bien sa femme pour douter que ce départ ne soit définitif. Rien n'aurait pu la ramener, sinon celui qu'elle croyait mort. Maintes fois, lui-même avait songé à quitter la Nouvelle-Zélande pour rompre les amarres de ses souvenirs, mais cette terre australe n'était pas seulement son pays, c'était celui de son fils. Et si un jour il venait à frapper à sa porte, Marcus se devait d'être là pour lui ouvrir.

Il faisait au moins 34 degrés Celsius sur Christchurch, ce jour-là. La pire canicule que la ville ait connue pour un mois de décembre. Mais le cœur de Marcus restait froid. Aussi froid que la boîte dans laquelle il avait enfermé les dernières images de son fils.

732 jours…

Cela faisait 732 jours qu'il n'avait pas ressorti ce film de famille de la boîte à chaussures qui lui servait de cercueil. Alors pourquoi s'attardait-il, aujourd'hui encore, devant le placard de son bureau ? Allait-il avoir le courage qui lui avait fait défaut, les mois précédents ?

Sur le point de renoncer, il ouvrit précipitamment le battant, souleva le couvercle de carton et, de ses mains tremblantes, s'empara du DVD. Il le glissa dans le lecteur, le mit en marche et attendit, le souffle court, entre émotion et crainte. Lorsque le visage de Nateo jaillit enfin des parasites, il accepta de se noyer dans son bonheur disparu.

Les images de son petit garçon préparant un barbecue avec lui le firent sourire. Très vite, il éprouva le besoin de toucher l'écran, à l'instar de ces visiteurs au parloir qui collent leur paume contre celle d'un proche à travers la vitre, simulant ce contact qu'on leur refuse.

Puis il ferma les yeux, et les voix de son fils et de son épouse le ramenèrent 732 jours en arrière. Il était avec eux, au milieu du jardin de leur maison, dans ce quartier de Fendalton dont Raïana avait toujours rêvé. Le crépitement des saucisses sur le gril lui en faisait même ressentir les odeurs.

Pendant plus de deux ans, la boîte à chaussures l'avait protégé de ces souvenirs et de cette date fatidique, inscrite au feutre indélébile sur la jaquette : 24 décembre.

Pourquoi oublie-t-on d'inscrire la date sur les films ou les photos de famille ? songea-t-il. *Est-ce pour se préserver ?*

Ce 24 décembre-là était un samedi. Et, pour Raïana et Marcus, le temps s'était arrêté à Noël. Tout ce qui s'apparentait à cette fête avait été proscrit. D'où l'exil de ces images.

Parfois, il arrivait que Marcus aperçoive la boîte à chaussures ou même qu'il la frôle, en cherchant des affaires dans son bureau, mais il ne lui accordait qu'un rapide coup d'œil et refermait aussitôt le placard, comme un addict qui craint de replonger.

Certains soirs trop pesants, en passant devant la chambre de Nateo, il se défoulait sur ses affaires, brisait des jouets, en jetait d'autres. Mais, le lendemain, il passait toute la matinée à les récupérer dans la poubelle et à les réparer.

Jamais il n'avait songé à se débarrasser des dernières images de son enfant car, contrairement à Raïana, il se persuadait qu'un jour Nateo et lui les visionneraient ensemble.

De toute façon, Marcus était incapable de supporter l'idée du contraire et tout aussi incapable d'en guérir. Il avait fait le choix de refuser le deuil, de cheminer sur les bords d'un volcan, en priant pour que la lave, sous ses pas, soit suffisamment solide pour ne pas céder et l'emporter dans sa chute.

Il avait bien essayé de l'expliquer à Raïana, mais cela n'avait fait qu'accentuer leur séparation. En personne raisonnable, son épouse pleurait Nateo comme s'il avait succombé à une maladie grave ou était mort dans un accident.

Marcus, lui, ne le pouvait pas.

Il faisait de son mieux pour avoir l'air d'un homme normal, notamment à l'université où il enseignait. Cela voulait dire, tous les matins, mobiliser ses ressources intérieures pour effacer les cauchemars de la nuit et conserver, intact, le vernis qu'il présenterait aux autres durant la journée.

Le crachotement des parasites amena Marcus à rouvrir les yeux.

Il fit défiler les images en arrière pour profiter à nouveau de ces moments et en voulut soudain à la vie de ne pas posséder la même fonction. S'il pouvait, l'espace d'un instant, rembobiner les événements du 24 décembre, mélanger les cartes du destin et les redistribuer autrement, il serait prêt à vendre son âme au diable. Décider par exemple d'aller chercher Nateo à son cours de judo, ce jour-là, plutôt que de participer à une énième préparation de mission, la veille de Noël ! Le serrer très fort devant le gymnase et sentir son cœur battre la chamade. Lui tenir la main en rentrant à la maison et l'écouter raconter ses histoires, pas d'une oreille distraite en consultant son portable, non, mais en ne le quittant des yeux à aucun moment.

Sentir son enfant, à ses côtés. Son enfant en sécurité.

En rangeant le DVD dans la boîte à chaussures, Marcus tomba sur le bracelet maori que Raïana avait confectionné pour lui : une longue boucle de cheveux tressés avec du cuir.

Les cheveux de Nateo.

Il y avait là aussi la photo d'un bonhomme de neige, portant bonnet, masque de ski et parka grand froid. Nateo posait fièrement à ses côtés. Au dos du cliché était inscrit : *Pour mon papa, le grand explorateur*.

Les larmes que Marcus s'était interdit de verser depuis 732 jours firent bientôt leur apparition au bord de ses paupières, et il les laissa couler, comme on ouvre la cage aux oiseaux.

3

Dans les locaux de l'Antarctica Center décorés pour Noël, le cocktail battait son plein. Des douzaines d'invités se pressaient autour de l'excellent vin et des délicieux petits-fours. Marcus détestait ces sessions de grignotage où politiques et businessmen s'offraient les services d'une vedette pour pimenter leur fête, faire des selfies avec elle et, pourquoi pas, profiter de sa popularité naissante ou établie. Il avait coutume de les appeler ses « missions les plus pénibles ». Mais il devait bien ça à Madison. Après l'abandon des recherches sur la disparition de Nateo, alors qu'il était au plus bas, c'était elle qui lui avait permis de se reconstruire. De ne pas rester confiné dans sa solitude. En lui proposant d'enseigner à l'université, elle lui avait offert une fuite dans le travail. Se surmener pour ne plus laisser de place à l'absence. Telle était la stratégie de la chancelière. Stratégie qui avait plutôt bien marché dans son cas.

Ne sachant pas si Marcus serait ou non de la partie, elle avait convoqué des membres de la future mission. Parmi eux, le colonel Vlad Andrash, soixante ans, ancien agent des services secrets russe, qui détenait le record de présence dans l'espace avec plus de huit cents jours en cinq missions. Il avait déjà participé à plusieurs expéditions en Antarctique sous les ordres de Marcus et, sachant combien les deux hommes s'estimaient, Madison comptait sur le vétéran pour convaincre son champion. La présence de Piri Lomu, trente-cinq ans, n'était pas innocente non plus. Marcus avait fait toutes ses campagnes australes avec ce pilote hors pair. Du haut de son mètre quatre-vingt-dix et de ses cent soixante-dix kilos, cet ancien All Black était ce dont les VIP pouvaient rêver de mieux pour décorer leur bureau. Et ses talents d'orateur, de « tchatcheur » préféraient dire ses amis, se montraient à la hauteur de ce genre d'occasion.

— Au pôle Sud, lança-t-il à l'assistance, pour un humain normalement constitué, c'est alerte rouge. Températures extrêmes de – 25 degrés Celsius en été à – 85 en hiver, rafales de vent pouvant atteindre 300 kilomètres/heure, votre petit corps d'amour y serait soumis à rude épreuve. Et puis il y a les huit mois de confinement, dont quatre en nuit totale. À côté de ça, celui du Covid, c'est « petit bras ».

Un rire contagieux gagna toute la salle.

— La base de Vostok se situe à 3 844 mètres d'altitude, poursuivit-il. Ce qui équivaut à peu près à 5 000 mètres en zone tempérée. À cette hauteur-là, le niveau d'oxygène chute brusquement de un tiers. Et l'effet sur votre organisme est brutal : essoufflement, migraine, saignement de nez, sautes d'humeur… Sans parler de la fameuse « fièvre de la cabane » qui vous guette, en raison de l'isolement et d'une réaction immunitaire en baisse, pas vrai, doc ?

Yuri Gorski, cinquante ans, acquiesça et leva son verre en souriant. Vétéran des séjours de longue durée aux pôles, ce psychiatre russe qui faisait office de médecin de mission s'était spécialisé dans le comportement du cerveau humain en situation d'isolement. La préparation psychologique des missions martiennes à Baïkonour, c'était lui.

— À – 45 degrés, le carburant gèle. Donc, pendant l'hiver austral, si quelque chose vous arrive, impossible d'être secouru. En hiver, il est plus facile d'être évacué de la station spatiale internationale que d'Antarctique.

L'inquiétude remplaça les sourires. Madison s'en alarma et fit signe à Piri de détendre l'ambiance. Il reçut, cinq sur cinq :

— Alors pourquoi aller se les geler là-bas, vous allez me dire ? Pour la bouffe ? C'est vrai qu'avec Dario Dicesare on a la meilleure table des pôles.

Le cuistot italien de la mission salua, la main sur le cœur. Il était accompagné de sa femme, Bianca, enceinte jusqu'aux yeux.

— Alors pourquoi ? Pour le sexe ? C'est pas vraiment l'endroit le plus chaud de la planète.

Cette fois, ce furent les sifflets de ses collègues scientifiques qui accompagnèrent les rires.

— Mais, plaisanterie à part, c'est en Antarctique que se joue le sort de l'humanité. Si sa calotte glaciaire fondait, le niveau de la mer augmenterait de soixante mètres. Alors, protégeons le Continent blanc, vous voulez bien ?

La salle croula sous les applaudissements. Piri eut un regard vers Madison, laquelle acquiesça, admirative.

Le pilote fendit la foule, salua la Première ministre et différentes huiles présentes, puis vint retrouver Marcus :

— Hé ! Content de te revoir, commandant.

— Tu l'as fait combien de fois, ce discours, Piri ?

— Une bonne quinzaine.

— En tout cas, il sonne toujours aussi bien.

— Merci.

— Ça fait une paye, hein ?

— Plutôt, ouais… je croyais même que t'avais quitté le pays.

Marcus baissa la tête.

— Je suis désolé.

— Non, c'est moi. J'ai appris pour Raïana.

— Faut la comprendre. Tout chez nous lui rappelait Nateo.

Le silence gêné qui suivit fut rompu par Madison qui entraînait dans son sillage un jeune trentenaire aux allures de John Galliano.

— Marcus, laisse-moi te présenter Damian Richard, le styliste et créateur de génie de chez Nirvana. Damian, vous avez devant vous le glaciologue le plus renommé de ces dix dernières années. Il n'a qu'un défaut : il ne boit pas.

— Personne n'est parfait, fit Damian Richard en lui tendant la main.

— Marcus Taylor, répondit-il en la serrant.

La poigne de fer dura suffisamment longtemps pour que le styliste ait envie de l'interrompre dans un sourire.

— Ravi de vous rencontrer, monsieur Taylor. J'espère pouvoir vous appeler « commandant », dans deux mois.

Surpris, Marcus se tourna vers Madison, en quête d'explication.

— Damian sera de la partie. Il est obsédé par l'idée de se lancer de nouveaux défis, expliqua-t-elle. En juillet dernier, ses dix minutes en orbite terrestre avec les frères Bezos lui ont coûté la modique somme de vingt millions de dollars.

— Notre petite sauterie en Antarctique me coûtera beaucoup plus.

Sans limite ni tabou, Damian Richard partageait le goût de la provocation avec Galliano, mais aussi une adolescence passée dans les faubourgs pauvres de Londres. C'était le genre de *wonder boy* dont l'Angleterre a le secret. Si Nirvana cofinançait l'expédition, c'était à condition que son styliste vedette en fasse partie. L'Antarctique et son isolement glacé étaient, pour lui, un marchepied vers Mars. Car, depuis sa plus tendre enfance, il rêvait d'être le premier à fouler la planète rouge. Et il était prêt à dépenser des millions pour s'y préparer.

Gêné par la suffisance que ce touriste polaire dégageait, Marcus chercha une excuse pour s'éclipser. La présence de Vlad au bar la lui fournit :

— Si vous voulez bien m'excuser, j'ai un vieil ami à saluer. Joyeux Noël, monsieur Richard.

Il abandonna ses interlocuteurs et rejoignit le vieux militaire.

— À court de vodka, colonel ?

— J'ai arrêté ces conneries, monsieur. Les assurances…

Ils s'embrassèrent à la russe.

— Quoi, ne me dis pas que tu vas repartir ?

— C'est ma dernière mission, en tant que chef mécanicien. Faire émerger de quatre kilomètres de glace une éponge vieille de trente-quatre millions d'années, je ne peux pas imaginer terminer mieux. Sauf si tu viens avec nous, bien sûr. Tu ne jetterais pas un petit coup d'œil sur le programme ?

Il lui tendit le dossier qu'il avait sous le bras.

— Il ne vaut mieux pas.

Vlad se rendit compte que son verre était vide. Et comme Marcus n'avait pas touché au sien…

— Vous permettez, commandant ? J'ai un petit prélèvement à faire…

Sans attendre sa réponse, il emprunta le verre de son ami et le leva à sa santé. Marcus ne put réfréner un sourire. Ses yeux s'attardèrent sur la couverture du dossier et sur son titre à sensation.

— Admettons que cet organisme spongiaire soit une espèce nouvelle, soupira le glaciologue, comment être sûr qu'elle restera patrimoine de l'humanité quand notre « créateur de génie » sponsorise la mission ?

— Nirvana ne finance qu'à hauteur de 35 %, rétorqua Vlad. La Russie reste majoritaire. Le gouvernement néo-zélandais participe à hauteur de 5 %. Nirvana ne touchera donc que 35 % des bénéfices que les découvertes généreront.

— Et si ça foire ?

— On ne leur doit rien. Damian Richard est un fils de pute, mais il est cash et réglo. Un peu trop cash, d'ailleurs. Sans le privé, il y a longtemps que Baïkonour aurait fermé, tu sais ?

Marcus médita cette remarque de bon sens avant de demander :

— Yuri est dans le coup ?

— Seulement si tu l'es.

Vlad lui tendit le dossier. Marcus le fixa quelques secondes et succomba.

— Je ne te promets rien. Content de t'avoir revu, colonel.

— Plaisir partagé, commandant.

Il emporta le classeur et fendit la foule.

Le Russe le regarda s'éloigner.

— Alors, il en dit quoi ? demanda Madison en le rejoignant.

— Il va jeter un œil. Mais je ne suis pas sûr qu'il soit prêt.

— C'est exactement ce dont il a besoin, en ce moment. Et il le sait.

— Si tu le dis.

4

Deux mois plus tard
Antarctique

Cela faisait plus de six heures qu'ils avaient quitté Christchurch.

Le décollage du C-130 Hercules s'était passé en douceur mais, comme à chaque fois pendant l'ascension, et ce malgré ses six mille heures de vol, Marcus avait fermé les yeux.

Seuls les oiseaux sont faits pour voler, se répétait-il depuis cette panne de moteur qui l'avait contraint à poser son avion en urgence sur une autoroute.

Les autres membres de l'expédition polaire savaient que l'on ne devait rien demander au chef de mission pendant ces phases critiques. La confiance qu'il avait en Piri Lomu, pilote qu'il avait lui-même formé, n'y changeait rien. Il avait tout essayé pour se débarrasser de cette aérophobie, mais ni les stages antistress, ni la réalité virtuelle, ni même l'acupuncture n'avaient réussi à effacer cette sensation de perte de contrôle qui le paniquait.

— Je peux m'asseoir à vos côtés, commandant ?

Marcus leva les yeux vers la belle Russe de vingt-huit ans qui lui adressait la parole.

— Je suis votre… informaticienne stagiaire, précisa-t-elle.

— Oui, bien sûr, répondit-il en retirant le classeur qui encombrait le siège voisin. Je vous demanderai juste de me laisser seul au moment de l'atterrissage.

— Les garçons m'ont prévenue, fit-elle en s'asseyant. Ça vous fait ça à chaque fois ?

— À chaque fois, sourit-il pour évacuer son malaise. C'est votre première mission ?

— Australe, oui. Et mon premier hivernage, aussi. Donc, j'ai pas mal de questions. J'ai lu des tas de choses sur Vostok, bien sûr, mais… j'imagine que le plus dur n'est pas dit.

— Le plus dur varie d'une personne à l'autre.

— Et pour vous, c'est quoi ?

— Les sept heures de vol.

Ils partagèrent un rire complice.

— Non, sérieusement, insista-t-elle. C'est quoi, le plus dur à supporter, pendant l'hiver austral ? Les quatre mois de nuit noire, les huit mois de confinement ou le fait d'être coupé du monde à plus de 3 800 mètres d'altitude ?

Marcus tourna la tête vers le hublot et ses yeux clairs se perdirent dans la banquise qui s'étirait déjà sous l'appareil.

— Les gens vous diront que le plus dur c'est le froid : – 80 degrés, un ressenti de – 200, quand il y a du vent. Le froid vous prend tout, mademoiselle. Il vous poignarde, vous traverse comme si vous n'étiez rien.

Et il vous change. Aussi insidieusement et lâchement que le temps. Comme s'il vous en voulait personnellement. Comme si… la Nature cherchait à vous faire payer tout le mal que l'Homme lui fait.

— Je suis une femme, donc ça devrait bien se passer.

Marcus se tourna à nouveau vers sa coéquipière et sourit tristement.

De l'autre côté, Damian Richard était au téléphone avec un journaliste et il parlait fort en se baladant dans l'allée centrale, sans se soucier de la gêne que cela pouvait générer pour les autres passagers.

— La nouvelle collection Nirvana évoluera en même temps que la narration. Je me suis impliqué dans le script et dans les choix de mise en scène. Les vêtements sont inextricablement liés au scénario. Vous ne pourrez pas les séparer.

En le voyant passer, Marcus lui montra que le signal lumineux était allumé et qu'il ferait bien de regagner son siège. Le styliste haussa les épaules.

— Il va avoir du mal à débrancher ? fit remarquer l'informaticienne.

— L'Antarctique s'en chargera pour lui, répondit Marcus.

— J'ai fait le pôle Nord à Jean-Corbel. Le Sud est plus dur ?

— S'il ne l'était pas, il serait habité.

— Il y a des animaux, quand même.

— Sur les côtes, oui. Mais c'est dans l'eau qu'ils trouvent leur pitance. Pas sur le continent.

— Des prédateurs ?

— À part l'Homme, non. Ni ours polaires ni serpents venimeux. De toute façon, il n'y a rien à empoisonner.

Vostok est à 1 260 kilomètres des côtes. Même les insectes et les microbes évitent l'intérieur des terres.

— Au moins, on ne tombera pas malades.

— Physiquement non, mais…

Il joua avec le bracelet maori confectionné par Raïana avec les cheveux de Nateo. En le portant au poignet, il avait l'impression d'emmener son fils avec lui.

— Vous voulez vraiment savoir ce qui est le plus dur, dans ce genre de mission ?

— Je le saurai tôt ou tard et j'aime pas les surprises.

— Le plus dur, c'est le retour, quand vous vous rendez compte que la vie a continué sans vous. C'est compliqué de se refaire une place, après un an d'absence.

Soudain, une explosion étouffée secoua l'appareil. Damian Richard, qui était toujours au téléphone dans l'allée centrale, fut propulsé à terre.

Marcus boucla sa ceinture et celle de sa collègue. Les casiers à bagages se mirent à trembler au-dessus d'eux et les signaux lumineux se rallumèrent. Un rugissement métallique fit vibrer le sol.

— C'était quoi, ça ? s'inquiéta la jeune stagiaire.

Marcus jeta un œil à travers le hublot. Des flammes se dégageaient de l'hélice.

— Qu'est-ce qui se passe ?! insista-t-elle.

— Une panne de turbopropulseur, on dirait.

— Quoi ?!

Une nouvelle explosion se produisit, accompagnée de cris perçants.

Le sol sembla disparaître sous les pieds des passagers, les emportant dans sa chute.

— On tombe ! hurla l'informaticienne.

Les compartiments s'ouvrirent. Bagages et vêtements furent projetés dans tous les sens. La gravité s'inversa soudain. Et, quand Marcus se tourna vers le hublot, le sol se trouvait au-dessus de lui. L'avion volait à l'envers, mais continuait d'avancer, en perdant de l'altitude.

Accroché désespérément aux accoudoirs d'un fauteuil vide, Damian Richard pendait dans la carlingue, comme un athlète aux barres parallèles. Lorsque l'appareil se redressa enfin, il s'effondra sur le siège auquel il s'agrippait et en profita pour boucler sa ceinture.

Dans le cockpit, Piri Lomu luttait pour stabiliser le C-130. Il cherchait à descendre en altitude le plus vite possible pour se poser en catastrophe. Mais la visibilité sur la banquise était presque nulle. La base des nuages se confondait avec le sol, créant une situation de « blanc dehors ». Cette illusion d'optique lui donnait l'impression de survoler un terrain plat alors qu'il se dirigeait tout droit vers un récif montagneux.

Rivée à son siège, cramponnée aux accoudoirs, l'informaticienne était silencieuse et pâle.

— Ça va aller ! lui cria Marcus.

La jeune femme se tourna vers lui, incrédule. Comment un homme qui vivait dans la peur constante d'une catastrophe aérienne pouvait-il faire preuve d'un tel sang-froid quand elle se produisait ?

Luttant contre les secousses de l'avion, Marcus posa la main sur la nuque congestionnée de la jeune femme et lui dit, d'une voix forte :

— La tête sur les genoux.

Elle obéit docilement, sans parvenir à dissimuler sa panique.

Marcus se courba à son tour, le visage tourné vers elle, et demanda :

— Vous vous appelez comment ?

— Ka… Kalypso Nikolaï, bredouilla-t-elle, en ne le quittant pas des yeux.

— Moi, c'est Marcus.

Leur position avait quelque chose d'apaisant, comme s'ils discutaient calmement, allongés sur un lit. Marcus avait réussi à distraire Kalypso, mais la brutale reprise d'altitude de l'avion ramena la terreur dans les yeux de la jeune femme.

— Piri est un excellent pilote, lui confia Marcus. Si quelqu'un est…

Il n'acheva jamais sa phrase. Un bruit fracassant secoua la structure du C-130 qui se mit à vibrer comme lors d'un tremblement de terre. L'aile droite venait de percuter le versant de la montagne. En se brisant, elle bascula par-dessus le fuselage et décapita la queue de l'appareil.

La violente dépressurisation qui s'ensuivit aspira les sièges arrière et leurs occupants, les éjectant hors de l'habitacle. Ceux qui les précédaient s'agrippaient aux dossiers devant eux, tentant désespérément de demeurer dans un intérieur qui ne l'était plus vraiment. Ils crurent un moment que le véhicule tout-terrain garé derrière eux pourrait les retenir, mais celui-ci se renversa et resta coincé sans eux dans la structure de l'appareil.

Déséquilibré, le C-130 chavira sur la gauche. L'aile restante se fractura et les pales de son hélice éventrèrent le fuselage et les voyageurs qui se trouvaient sur son trajet.

Privée d'ailes et de queue, la carlingue toucha la glace sur le ventre. La violence de l'impact brisa son train d'atterrissage équipé de skis. Elle glissa, vrilla et rebondit sur le sol gelé, à une vitesse vertigineuse. Pourtant, elle ne se désintégra pas.

L'avalanche de glace que l'avion avala pénétra dans l'habitacle, soumettant les rescapés à une énième épreuve. Kalypso et Marcus étaient à l'envers, à présent. Ils luttaient contre ce déluge de neige pour maintenir leur visage à la surface. Le gel s'infiltrait partout. Dans leur bouche, leur nez, leurs yeux, et même à travers leurs paupières qu'ils avaient toutes les peines du monde à garder fermées.

Soudain, leur côté d'avion se détacha.

Projeté dans les airs, le reste du fuselage heurta des corniches de glace, passa à travers des congères et finit par s'arrêter.

Dès lors, le désert de glace retrouva son calme et son mystère.

Désespérément blanc.

Et silencieux.

5

Retour au présent
Christchurch,
Nouvelle-Zélande

Il était 2 h 30 du matin quand le téléphone sonna.

Trois sonneries. Puis une quatrième.

Marcus chercha son portable à tâtons et, quand il répondit, une voix familière commença par s'excuser d'appeler si tard. C'était un ami : le docteur Clyde Anderson du Christchurch Hospital. Un enfant maori dont la description correspondait à celle de Nateo avait été transporté aux urgences après avoir été blessé.

Le vertige qui affecta les tympans de Marcus fut si puissant qu'il en perdit l'équilibre. Il dérapa sur le bord du lit et s'affala contre la table de nuit. Les paroles du médecin continuaient de lui parvenir mais dans une ambiance ouatée. Il porta ses mains tremblantes à ses tempes et inspira l'air à grandes bouffées pour tenter d'évacuer son malaise.

Ne sachant s'il y avait encore quelqu'un au téléphone, il trouva tout juste la force d'articuler :

— Clyde ? Tu es toujours là ?

— Oui, bien sûr.

— J'arrive.

Tandis qu'il roulait à vive allure dans les rues désertes de Fendalton, Marcus tentait d'imaginer les premiers mots qu'il dirait à ce petit garçon. Mais les questions qui le harcelaient l'empêchaient de formuler quoi que ce soit. Comment Clyde pouvait-il être sûr qu'il s'agissait bien de Nateo ? Ce n'était pas le seul enfant maori à Christchurch ! Avait-il pu lui parler ?

Marcus aperçut le reflet de son visage dans le rétroviseur et s'en voulut soudain de s'être rasé la barbe. Son fils allait-il pouvoir le reconnaître, lui qui aimait tant la caresser ? En la faisant disparaître, il avait cru pouvoir effacer dans le miroir l'image de ce chef de mission qui avait échoué à protéger les membres de son équipe, un an auparavant en Antarctique.

Marcus grelottait. Pourtant, même de nuit, la canicule ne cédait pas le moindre degré. Ses mains moites de sueur luttaient contre un fourmillement en se crispant sur le volant.

Il se fit soudain la réflexion que, pas une seconde, il ne s'était inquiété de l'état de santé de ce petit garçon blessé. Était-ce parce qu'il s'était habitué à la mort de son fils, à force de voir Raïana en porter le deuil ?

Le pick-up Mitsubishi L200 de Marcus franchit l'Avon, longea Hagley Park et s'engouffra dans l'enceinte de l'hôpital.

En pénétrant dans le service des urgences et en progressant dans son dédale de corridors, Marcus se surprit à ralentir le pas, comme si son subconscient tentait de prolonger l'équilibre fragile et douloureux qu'il avait érigé pour survivre à l'absence. Ce château de cartes immunitaire dont il avait fait des murailles infranchissables auxquelles il avait fini par s'habituer. Allait-il seulement pouvoir vivre autrement ? Et quelle serait la place qu'il accorderait à cet intime étranger qu'il allait retrouver ?

Le docteur Anderson accueillit Marcus devant le service des soins intensifs et l'accompagna dans les couloirs.

— Je suis désolé de t'avoir réveillé en pleine nuit, vieux, je fais peut-être une erreur, mais... quand j'ai vu son visage...

— Tu as bien fait, Clyde. Il est réveillé ?

— Il l'a été. Mais on a dû lui administrer un calmant et l'entraver sur son lit car il voulait s'enfuir. Et il n'est pas en état.

— Comment ça ?

— L'opération s'est bien passée, mais il revient de loin. Une des balles était logée tout près du poumon.

— Des balles ?

— Oui. D'après ce que m'a dit l'officier chargé de l'enquête, un vieil homme lui aurait tiré dessus dans un hall d'immeuble.

— Mais... pourquoi ?

— Pour ça, il faudra que tu parles au DCI Cooper. En tout cas, l'enfant récupère étonnamment bien. On lui a ôté l'assistance respiratoire et il a quitté la réanimation il y a un peu plus d'une demi-heure.

— Il a dit quelque chose ?

— Non. Et... je n'ai pas que de bonnes nouvelles, Marcus. L'autre balle a sérieusement endommagé son hippocampe.

— Tu veux dire quoi par là ?

— Eh bien… il va conserver une bonne partie de sa mémoire sémantique, le langage, la coordination des membres, mais la mémoire épisodique, elle, sera moins fiable. Il ne réagit pas à son prénom, ne se souvient pas de sa disparition… il va falloir être patient.

— Mais il saura quand même qui je suis, n'est-ce pas ?

Le docteur luttait pour trouver comment répondre à cette question.

— Clyde ? insista Marcus.

— Il se peut qu'un jour tout revienne à la normale, mais…

— Attends, t'es en train de me dire que… que Nateo ne va pas se souvenir de moi ?

— C'est possible.

Marcus interrompit sa marche dans le couloir et fit face au médecin.

— Clyde, arrête ton *bullshit* de toubib, là. Il va me reconnaître, oui ou non ?

— Peut-être pas. Mais ses souvenirs peuvent tout à fait revenir. En lui montrant des photos de famille, des objets familiers, en stimulant sa mémoire par des questions.

Le docteur précéda son ami dans le secteur des chambres postopératoires et s'arrêta devant l'une d'elles en disant :

— Ton refus de perdre espoir pendant tout ce temps prouve que tu sais être patient, vieux.

— Ou que je suis à bout de patience.

À travers le hublot de la porte, Marcus aperçut la silhouette de l'enfant. Pris à nouveau de vertige, il s'adossa au mur et tenta de recouvrer son souffle.

— Ça va aller ? demanda le médecin.
— Ouais…, mentit Marcus dans un soupir.
Il prit une profonde inspiration et poussa la porte.

Le petit garçon étendu là semblait différent de celui du film de famille. Il fallait s'y attendre. Il avait huit ans, à présent. Son teint était exsangue et son regard plus mûr, mais… il ressemblait à son fils. La même bouche, la même forme de visage, les mêmes yeux…
— Oh, mon Dieu, Nateo ! murmura Marcus sans parvenir à censurer son émotion.
Il se précipita vers le lit et le mouvement de recul de l'enfant ne l'empêcha pas de se blottir contre lui.
— Mon Nateo, sanglota-t-il, je n'ai jamais cessé d'y croire, tu sais ? Je savais qu'un jour je te retrouverais.
Sentant que ce petit corps refusait l'étreinte, Marcus se redressa et dévisagea son fils, les yeux gonflés de larmes. Mais le regard de l'enfant restait désespérément vide.
— Nat ? C'est moi, papa ! Je me suis rasé la barbe, c'est pour ça que tu ne me reconnais pas. Mais je vais la laisser repousser, je te promets. Tu n'as plus rien à craindre, maintenant. On sera toujours ensemble, tous les deux. Toujours ! Et… maman va être tellement heureuse de te revoir ! Tu n'imagines pas !
Marcus pleurait et riait en même temps.
— Je sais que tu as oublié certaines choses, mais le docteur a dit que ta mémoire reviendrait, avec le temps. On affrontera ça ensemble, tous les deux, comme on a toujours fait. Je te lâcherai pas, Nat. Je te lâcherai pas.
Le visage du petit garçon trahissait plus de la confusion que de l'émotion.

6

Elle avait choisi l'heure magique pour présenter à son fils leur nouvelle maison. Et, ce matin-là, l'aube de Sumner, banlieue résidentielle de Christchurch à flanc de colline, était particulièrement spectaculaire. Assis sur le siège passager, les mains sur les yeux, mais les doigts entrouverts, Liam, huit ans, trépignait d'impatience. Quand il avait entendu le bruit des vagues par sa fenêtre ouverte, il s'était tourné vers sa mère en demandant :

— On habite sur la plage, m'man ?

— Presque, avait-elle répondu en souriant. J'en connais un qui triche et qui regarde en douce à travers ses doigts…

Le petit garçon secoua la tête sans retirer ses mains.

— C'est papy qui triche, rapporta-t-il.

— Quel cafteur, celui-là ! répondit Pierce, son grand-père, depuis la banquette arrière.

Abby jeta un œil dans le rétroviseur et sourit en voyant que son père replaçait les mains sur ses yeux.

— Tu m'diras quand j'peux regarder, m'man ?

— Compte jusqu'à trente et tu pourras.

— Tu comptes avec moi, papy ?

— À l'envers, alors.

— Trente, vingt-neuf, vingt-huit…

Abby prit un virage en épingle à cheveux et continua de remonter Richmond Hill Road jusqu'au sommet de la colline. Là étaient éparpillés, au milieu d'une végétation luxuriante, des bungalows en bois, pareils à des maisons de poupée, séparés les uns des autres par des haies de buis.

Une fillette passa en trottinette électrique et suivit des yeux les nouveaux résidents. Arrivée en haut de la colline, Abby aperçut le camion de déménagement et se gara soigneusement devant. Elle se tourna vers son fils et s'accorda le plaisir de le contempler, tandis qu'il comptait en chœur avec son papy :

— … Six, cinq, quatre…

Liam ressemblait de plus en plus à son père : la même innocence, la même lumière que Jaymie. Comment était-ce possible pour deux individus d'être aussi semblables sans s'être jamais rencontrés ?

— Ouaouh !! s'exclama l'enfant, surexcité. C'est la bleue ?

Abby sourit en acquiesçant :

— Ta couleur préférée.

Le petit garçon bondit hors de la voiture, suivi de près par son grand-père.

— Elle est pas top, notre nouvelle maison, papy ?

— Sensass, répondit Pierce. Tu crois qu'il y a des pièces dedans ou c'est juste une façade ?

— Que t'es bête, papy !

Abby descendit du véhicule de location avec difficulté. Prenant appui sur sa canne, elle se mit debout en grimaçant et rejoignit son père et son petit garçon au bord d'une pelouse parfaitement entretenue. Liam glissa sa main dans celle de sa mère et ils remontèrent ensemble l'allée menant au bungalow. Ses moulures blanches mettaient en valeur le bleu dragée de sa façade de style Craftsman.

— Elle est énorme ! fit l'enfant. On voit la mer depuis ma chambre ?

— Y a intérêt, répondit Abby.

À l'intérieur de la maison, les déménageurs s'activaient pour installer le mobilier le plus rapidement possible. Déjà, les incontournables cartons s'entassaient un peu partout. En dehors de la vaisselle et de vêtements fonctionnels, ils ne contenaient que les affaires de Liam et de Pierce.

Car Abby se méfiait du pouvoir des objets. Ils vous empêchaient de couper les amarres, vous forçaient à emmener votre passé avec vous. Et Abby voulait tout sauf emmener son passé avec elle. Sa nouvelle vie serait enracinée dans le présent. À réinventer peut-être, avec difficulté sans doute étant donné son handicap, mais libérée du poids des responsabilités qu'elle exerçait, quand elle travaillait pour Scotland Yard.

Elle s'était juré que dorénavant sa vie n'appartiendrait qu'à elle, à Liam et à Pierce. Elle refusait qu'elle soit gouvernée par des événements extérieurs indépendants de sa volonté. Londres appartiendrait désormais au passé.

Pour Liam, c'était différent. Les rituels s'avéreraient salutaires. Il devait retrouver sa chambre à l'identique. Et Abby avait été jusqu'à envoyer le même papier peint à l'agent immobilier de Christchurch pour qu'il le fasse poser avant leur arrivée. Son fils devait se sentir chez lui. Jouets, console de jeux, posters, peluches, draps, coussins, elle avait tout emmené. Ce serait la même chambre, mais avec vue sur la mer.

— T'as pas oublié mes Pokémon, m'man ?

— D'après toi ?

— Ils sont là ! cria Liam en les sortant d'un carton qui portait son nom.

Dans un miroir partiellement déballé, Abby surprit les effets indésirables que ce voyage en avion avait eus sur sa peau. Le reflet qui s'y trouvait piégé était celui d'une femme de trente-cinq ans aux yeux verts. Un regard clair et pénétrant que l'on captait immédiatement et qui détournait avantageusement l'attention d'autres traits qu'Abby ne trouvait pas à son goût.

Un caractère bien trempé, des vêtements amples, des anneaux d'argent sur toutes les phalanges et des allures de garçon manqué qui ne parvenaient pas à faire oublier sa féminité.

— Maman ! Viens voir ! Il y a un truc super bizarre, ici !

Le ton anxieux de l'enfant l'angoissa. Son cœur se mit à battre plus fort. Elle monta les marches plus vite que sa maladie ne le lui permettait et, à peine arrivée au premier, elle appela son fils en essayant de masquer son inquiétude.

— Liam ? fit-elle, essoufflée. (Il ne répondit pas.) Liam ?

Livide, elle emprunta le couloir et fouilla chaque pièce. Lorsqu'elle parvint à la chambre du fond, le petit garçon en surgit comme un diable sortant de sa boîte.

— J't'ai bien eue, hein ?

Face à l'espièglerie de l'enfant, ses craintes s'évaporèrent aussitôt. Elle s'assit sur le lit pour récupérer et murmura, le souffle court :

— C'était quoi, ton truc super bizarre ?

— Le papier peint. C'est toi qui le leur as envoyé, hein ?

Elle hocha la tête, complice.

— Ça veut dire que c'est ma chambre ? demanda-t-il en passant ses bras autour du cou de sa mère.

Le contact de ces menottes et la chaleur de ce petit corps, il n'y avait rien de tel pour apaiser Abby. Ils restèrent un moment blottis l'un contre l'autre. Puis elle se recula juste assez pour se plonger dans les yeux de son fils et y trouver, malgré elle, ce qu'elle ne parvenait pas à oublier : le regard noisette de Jaymie.

— Bisou maori, m'man ?

Abby acquiesça et posa son nez et son front contre ceux de Liam.

— Ah, vous êtes là ? fit Pierce en les rejoignant. Finalement, je crois que je vais prendre cette chambre.

— Trop tard ! Y a déjà mon papier. J'suis tellement content d'être ici, m'man ! Ça va être trop cool, tu vas voir. Pas vrai, papy ?

— Ben moi, ma maison, c'est vous, tu sais ? Donc, tant que je peux vous regarder pousser, je suis le roi du pétrole.

Le tintement d'une sonnette de vélo retentit à l'extérieur, suivi d'un bruit sourd. Ils s'approchèrent de la fenêtre et Abby reconnut la fillette en trottinette qu'elle avait aperçue en remontant la rue. Elle lança un journal au pied de la maison voisine.

— Trop cool ! s'écria Liam. Une *paper girl* !

Et ils éclatèrent de rire.

Le camion de déménagement était parti. Abby actionna la fermeture électrique de la porte du garage où elle avait rangé sa voiture. Puis elle s'appuya sur sa canne pour ramasser le quotidien sous plastique. Elle était sur le point de rentrer quand une voix l'interpella :

— Bonjour !

Elle se retourna et aperçut une femme d'une soixantaine d'années, qui brandissait elle aussi un journal. Elle avait l'air affable.

— Je m'appelle Mila Levy, poursuivit-elle en s'approchant avec un grand sourire. Je suis votre voisine d'à côté. La sympa.

— Abby Murphy.

La femme lui serra cordialement la main, ses yeux s'attardant sur la canne.

— Bienvenue chez les Kiwis, miss Murphy. Petit accident domestique ?

— De naissance, plutôt.

— Oups ! Désolée.

— Il n'y a pas de mal.

— Vous nous venez d'où, comme ça ?

Abby n'était pas du genre « bonne voisine ». Aussi fit-elle un effort pour ne pas paraître désagréable.

— Euh… nous venons de Londres. Mais… le père de mon fils était originaire d'ici. Une sorte de retour aux sources.

Mila Levy inclina la tête de côté et dévisagea Abby comme si elle cherchait à percer son mystère.

— Et vous faites quoi dans la vie, miss Murphy ?

— Disons que… je suis psychologue.

— Très bien… Écoutez, mon mari et moi, nous serions très heureux de vous avoir à dîner, j'ai vu que vous avez un charmant petit garçon…

— Merci. Le temps de nous installer et ce sera avec plaisir.

Abby se fendit d'un sourire et retourna vers la maison en déchirant le plastique protecteur du journal avec ses dents. Sur la première page, s'étalait en gros caractères :

UN ENFANT DE 8 ANS ÉCHAPPE
MIRACULEUSEMENT À UN TUEUR
Nateo Taylor, fils du célèbre explorateur,
est blessé par balles le jour où il réapparaît

Sur la photo qui illustrait l'article, le sourire de l'enfant maori contrastait avec la cruauté de la manchette. Les yeux perdus dans le vague, Abby ne put s'empêcher de frémir.

Un enfant de huit ans !

7

Un an plus tôt
Antarctique

Un trou minuscule apparut sur la surface glacée…

Des doigts en sortirent…

Puis une main, grattant, creusant fiévreusement…

Quelqu'un était enseveli sous la neige. Au prix de grands efforts, il parvint à dégager un bras et à exercer une traction désespérée pour se hisser dehors.

Au bord de l'asphyxie, la tête de Marcus émergea. Alors seulement il sentit la brûlure glaciale du vent austral. Il le respira à pleins poumons et, quand il fut rassasié d'oxygène, ses sens se réveillèrent, l'un après l'autre. Son visage était congestionné et il tremblait de froid. Les vêtements qu'il portait étaient faits pour l'intérieur de l'avion, pas pour supporter des températures extrêmes. Il devait à tout prix trouver de quoi se couvrir s'il ne voulait pas geler sur place.

Du sang coulait de ses oreilles, provoquant d'horribles acouphènes. Ils laissèrent bientôt place à des gémissements et à des appels au secours.

Il y avait des survivants…

Marcus se leva avec difficulté et retomba aussitôt. Il porta la main à sa poitrine en grimaçant. Il devait être blessé sous ses vêtements, mais les hurlements qu'il percevait au milieu des bourrasques le poussèrent à oublier sa douleur. Il prit appui sur ses mains et parvint à se mettre debout. Encore choqué et fourbu, il s'avança en titubant en direction des voix et atteignit enfin le bord de la crête où il avait échoué.

En contrebas gisait l'épave fumante du C-130 Hercules.

C'était un chaos indescriptible. Des pièces de métal, des rangées de sièges, des amas de bagages et de corps gisaient sur ce champ de bataille hostile, d'un blanc écarlate. Des vêtements étaient éparpillés un peu partout.

Marcus ramassa une parka et l'enfila en se précipitant vers les décombres. Cependant, la tempête qui faisait rage autour de lui et l'épaisseur de la neige ralentissaient sa progression. Il trébucha et glissa le long de la pente, atterrissant la tête la première. Il se releva et se dirigea vers une jeune femme qui ne parvenait pas à se dégager de son siège. Gelée, blessée et violemment commotionnée, elle avait l'air aussi perdue et désorientée que lui.

— Kalypso ! cria-t-il de loin.

Elle se retourna et, quand elle aperçut Marcus, éclata en sanglots.

Il pressa le pas vers elle, passant devant d'autres sièges, d'autres morts, d'inoubliables cauchemars. Certains étaient à moitié assis, déjà raidis par le froid. D'autres n'étaient plus que des morceaux disséminés au milieu des brosses à dents, des portables et autres chaussures orphelines. D'autres enfin avaient été écrasés entre des rangées de sièges qui avaient fusionnés au moment de l'impact. Aucun d'eux n'avait survécu bien sûr, mais ce qui terrifia le plus Marcus était les positions surréalistes qu'avaient prises leurs corps.

— Oh mon Dieu ! s'écria Kalypso, qui venait d'apercevoir l'homme empalé, à côté d'elle.

— Ne regardez pas ! lui cria Marcus en débouclant sa ceinture gelée.

— C'est Jim ? sanglota-t-elle.

— Regardez-moi ! Regardez-moi ! Vous n'avez rien de cassé ?

— Je ne crois pas, non.

Marcus vérifia. Les vêtements de la jeune femme étaient à moitié arrachés ou brûlés, mais le sang sur elle n'était pas le sien. Elle ne présentait aucune fracture apparente. Pourtant, elle ne cessait de toucher sa tête, ses joues, son front.

— J'ai l'impression de brûler de partout.

— C'est le froid. Tenez, mettez ça.

Il préleva un manteau, un bonnet et des gants dans une valise ouverte et les lui tendit. Il fit de même pour lui. Mais des appels à l'aide, en provenance de l'épave, mobilisèrent son attention. Une portion de la carlingue était en flammes.

— Vous pouvez marcher ?

— Je crois, oui. Est-ce que beaucoup de gens sont morts ?

— Euh… je vais avoir besoin de votre aide pour porter secours à ceux qui ne le sont pas.

À la façon dont Kalypso se reprit, Marcus éprouva une immédiate sympathie pour elle. La vulnérabilité de la jeune femme ne parvenait pas à étouffer son courage. Il l'aida à se mettre debout en la soutenant par les épaules.

Seule la moitié avant du fuselage était indemne. Le cockpit, lui, était encastré dans la congère qui avait stoppé sa folle glissade. Les débris éparpillés tout autour témoignaient de la violence de l'impact.

— Mes jambes ! hurlait quelqu'un. Aidez-moi, je suis coincé ! Aidez-moi, je vous en supplie !

Bloqué sous une portion de carlingue calcinée, Dario, le cuistot italien, tentait en vain de se dégager. Marcus et Kalypso se précipitèrent vers lui, en luttant contre un vent qui leur était contraire.

— Calme-toi, Dario ! ordonna Marcus. Kalypso et moi, on va te sortir de là.

Ils tentèrent de le libérer en soulevant le morceau de fuselage qui le retenait prisonnier, mais l'oxygène raréfié de l'altitude réclamait d'eux le double d'efforts et d'énergie.

— Je ne sens plus mes jambes, Marcus ! Fais vite, je t'en supplie !

Le commandant regarda autour de lui à la recherche d'une solution quand il vit une autre rescapée sortir de l'épave : Masha Gorski, biologiste russe de trente-cinq ans, s'étonnait de pouvoir bouger aussi facilement. Elle inspectait son corps à la recherche de blessures, sans parvenir à en trouver. Elle avait traversé ce cataclysme sans une égratignure.

— Par ici, Masha ! hurla Marcus en faisant de grands gestes. Viens nous aider !

Femme de caractère, Masha était une jusqu'au-boutiste. Masculine par ambition, féminine par stratégie, ses failles étaient difficiles à déceler, comme le prouvaient ses tests psychologiques impeccables.

Elle rejoignit ses collègues et, ensemble, ils parvinrent à dégager Dario. Mais le spectacle qu'ils découvrirent sous le métal était cauchemardesque. Ses mollets avaient été arrachés et ses tibias étaient à nu. Cependant il semblait ne rien ressentir.

— Ah, merci, les gars ! Ça m'apprendra à voyager en seconde.

Il se mit à rire tout seul. Un fou rire nerveux qui angoissa davantage ses coéquipiers. Marcus attrapa une chemise qui dépassait d'une valise ouverte et lia le reste des jambes de Dario avec. Mais la chemise s'imbiba aussitôt de sang. Il leva les yeux vers ses camarades et, notant leurs regards terrifiés, s'adressa à Masha :

— Dis-moi que Yuri s'en est sorti…

— Il soigne les blessés. Mais Damian Richard lui prend la tête et il a besoin d'aide.

— Je te parie qu'elle n'a rien, notre diva.

— Pas grand-chose, mais il panique.

— Je vais m'en occuper. Emmenons Dario à l'abri. On va le soulever ensemble. Je me charge des jambes, les filles, OK ?

Elles hochèrent la tête, soulagées.

— Dario ? Ça va faire un mal de chien, mais tu seras mieux à l'intérieur. *Va bene ?*

— *Tutto bene*, répondit le cuistot.

— Un, deux, trois.

Ils le hissèrent le plus délicatement possible et, contre toute attente, Dario ne cria pas. La commotion qu'il avait subie semblait l'anesthésier.

— Ça va prendre combien de temps à Piri, pour réparer ? demanda-t-il pendant qu'on le transportait vers la carlingue.

— Réparer quoi, Dario ? répondit Marcus, sidéré. Tu es encore sous le choc et c'est bien normal. Mais il n'y a pas de réparation possible. L'avion s'est écrasé. Regarde autour de toi !

Il redressa la tête et découvrit avec horreur le fuselage éventré qui gisait sur la neige, comme une carcasse démembrée de dragon.

À l'intérieur, le docteur Yuri Gorski faisait ce qu'il pouvait pour les blessés. Même s'il n'était pas chirurgien, il était conscient de la responsabilité particulière que sa fonction de médecin psychiatre lui conférait. Pour l'heure, il était accaparé par le styliste.

— Je ne peux plus bouger mon bras, doc ! Vous devez me soigner en premier ! C'est quand même moi qui vous paye, non ?

— C'est juste une épaule déboîtée, monsieur Richard. Il y a des cas plus graves que le vôtre. Je m'occupe de vous dès que possible.

Yuri s'agenouilla auprès de Vlad, qui avait été projeté dans la soute à bagages et qui gisait au milieu de valises à moitié ouvertes. Le vétéran russe était le genre d'homme à considérer la peur comme une perte de temps. Il était à demi conscient, mais faisait de grands efforts pour le rester.

— Putain de Rosbif…, balbutia-t-il. C'est vraiment une… poule mouillée, celui-là !

— Comment on dit ça en russe, colonel ? demanda Yuri pour le maintenir éveillé.

Le visage de Vlad était couvert de meurtrissures et de sang qui coulait jusque dans ses yeux.

— *Ouitsa*, répondit-il en luttant contre la douleur. Et en… suédois ?

— *Chikling*.

— Ouais… ça lui va encore mieux, ça. T'es qu'un *chikling*, l'Anglais !

— *Go fuck yourself, Ruskie !* rétorqua Damian Richard entre deux gémissements.

— Je peux voir cette blessure, colonel ? s'enquit Yuri.

— Laquelle ? C'est pas un corps que j'ai, c'est un CV.

— La dernière en date.

— J'ai juste un peu de mal à…

Yuri aperçut l'entaille sur son flanc, tellement large que ses côtes étaient visibles.

— Il va falloir que je recouse cette plaie, Vlad.

— Non. Les autres, doc. Occupe-toi d'abord des autres.

— Vous avez entendu ce qu'il a dit ? renchérit Richard. Commencez déjà par moi !

— Laisse, Yuri, je m'en occupe, fit Marcus après avoir déposé Dario dans l'endroit le plus chaud de l'habitacle.

— Pourquoi ? Vous êtes médecin, aussi, commandant ? demanda le styliste.

— Autant que vous, explorateur.

Marcus s'accroupit derrière lui et, d'un geste brusque, lui remit l'épaule en place. Damian Richard poussa un hurlement, mais le fait est qu'il pouvait à nouveau bouger son bras. Surpris et soulagé, il n'en revenait pas d'être tiré d'affaire. Sans un regard supplémentaire pour le sponsor de la mission, Marcus rejoignit le médecin.

— Je voudrais que tu t'occupes de Dario en priorité, Yuri. Ses jambes sont pulvérisées et il ne ressent rien. Je crains qu'il ne faille l'amputer. Si on ne trouve pas un moyen de cautériser ses plaies, il ne passera pas la nuit.

Le psychiatre acquiesça et s'éloigna vers l'endroit où se trouvait le cuistot. Marcus s'agenouilla auprès de Vlad et lui demanda :

— Ça te dérange si c'est moi qui te recouds ?

— Ce sera un honneur, commandant.

— Ça va être le pire rafistolage de toute ta carrière.

— Je serai juste un peu plus sexy, c'est tout.

— Comment vont tes côtes ?

— J'sais pas, je les vois pas. J'ai entendu du bruit, dans le cockpit. Tu devrais d'abord aller voir où en est Piri.

Marcus hésita. Vlad minimisait toujours quand il s'agissait de lui.

— Vas-y ! J'vais désinfecter, en attendant. Tu me passes la bouteille de vodka, dans ma valise ? C'est la rouge là-bas.

— Je croyais que t'avais arrêté.

— En Nouvelle-Zélande, ouais.

Quelques secondes plus tard, Marcus tentait de pénétrer dans la cabine de pilotage, mais elle était obstruée par les sièges qui s'étaient encastrés l'un dans l'autre, créant une véritable barricade de métal, de chair et de plastique.

— Piri ! Est-ce que tu m'entends ? cria-t-il.

Il perçut des signes de vie mais la tempête qui régnait dehors l'empêchait d'en déchiffrer le sens.

— Je te rejoins par l'extérieur, OK ?

Le nez de l'avion était enfoncé dans une congère. Marcus en fit l'ascension et se retrouva bientôt face au pare-brise partiellement brisé du cockpit. À l'intérieur du poste de pilotage, il distingua Piri à moitié enfoui sous la neige. Il saignait du nez et était encore conscient, mais il était coincé entre son siège et le tableau de bord. Un mur de poudreuse l'empêchait de voir son copilote. Quand il aperçut Marcus, il s'inquiéta aussitôt de son état.

— Mike ne répond pas, est-ce qu'il est…

— Ouais.

Terrassé par la nouvelle, Piri leva les yeux au ciel. La voix tremblante, il osa demander :

— Il y a combien de survivants ?

— Huit avec toi.

— Putain, c'est pas vrai ! craqua-t-il. On n'y voyait rien, Marcus. Avec cette putain de tempête, on n'y voyait rien.

— Arrête ça tout de suite, Piri. Tu connais beaucoup de pilotes capables de poser un engin pareil sans ailes et sans queue ?

— Un seul : toi.

— Si t'avais pas été aux commandes, on serait tous morts. Bon, des fractures ?

— Mon bras gauche. Mais, en dessous, j'ai l'impression que ça va.

— Je vais devoir agrandir l'ouverture pour te rejoindre. Tourne-toi, il va y avoir des éclats !

Piri s'exécuta. À coups de talon, Marcus défonça ce qu'il restait de pare-brise. Il se glissa à l'intérieur du cockpit et déblaya la neige accumulée entre le pilote et les instruments de navigation. Tandis qu'il se dépensait pour le libérer, Piri lui confia :

— J'ai demandé un guidage radar à McMurdo avant d'entamer la descente, mais il n'y avait rien sur l'écran de navigation. La tour de contrôle ne sait même pas qu'on est ici.

— T'inquiète, on va les appeler. Elle est où, ta putain de radio ?

— Laisse-moi faire, va. Tu peux me détacher ?

Marcus déboucla la ceinture et Piri se pencha vers le tableau de bord. De son bras valide, il plaça le cadran dans la position adéquate. Il manœuvra les commandes, mais rien ne semblait fonctionner.

— C'est quoi, un problème de batterie ? déduisit le glaciologue.

— Non. C'est l'émetteur qui est grillé.

— Et c'est réparable ?

— Pas depuis ici. On ne pourra pas les contacter, vieux. Il faut s'y faire.

Marcus poussa un long soupir.

— Et on est à quelle distance de Vostok, d'après toi ?

— Quand on a percuté la montagne, on était à 70 kilomètres. On a volé cinq bonnes minutes avant de se crasher. À 480 kilomètres/heure, tu fais le calcul.

— Déjà, quand il fait chaud, j'ai du mal, alors…

— Une simple règle de trois, commandant. On est à 30 kilomètres de la base.

L'expression que Piri put lire sur le visage de son chef de mission trahissait ses doutes face à l'impossibilité de la tâche.

8

Retour au présent
Christchurch,
Nouvelle-Zélande

Abby savait qu'elle ne parviendrait pas à dormir.

Elle avait fait la lecture à Liam, comme tous les soirs, la suite de *One Piece*, son manga favori. Elle lui avait donné son câlin, l'avait bordé et avait laissé la porte de sa chambre entrouverte, lumière du couloir allumée, comme à Londres.

Elle s'était ensuite assurée que son père avait bien récupéré tous ses cartons et que rien ne lui manquait. Elle lui toucha deux mots de son déplacement du lendemain, puis descendit à la cuisine. Elle fit griller quelques tranches de bacon, des œufs et des toasts et consulta Google Maps. Il n'y avait que trente minutes de voiture entre chez elle et le Christchurch Central Police Station.

Ce n'était pas le décalage horaire qui était responsable de son insomnie, mais bien l'article du journal. Quelque chose dans ce fait divers empêchait Abby de s'en désintéresser. Était-ce parce que le gamin agressé avait l'âge de Liam ? D'après la chronique, il avait été poursuivi dans la rue par un tueur qui n'avait pas hésité à faire feu en public. Et, si l'enfant s'en était sorti, c'était grâce au courage du concierge de l'immeuble dans lequel il s'était réfugié.

Si Abby avait quitté Londres, c'était justement pour éviter d'être confrontée à des affaires comme celle-ci. Le taux de criminalité de la Nouvelle-Zélande était suffisamment faible pour qu'elles lui soient épargnées. Alors pourquoi n'arrivait-elle pas à se détacher de ce fait divers ?

Le petit Nateo avait disparu pendant trois ans. Pas de demande de rançon, pas de corps découvert. Apparemment son père l'avait cherché sans relâche, allant jusqu'à mobiliser les médias comme dans les alertes enlèvement, pratique qui n'existait pas en Nouvelle-Zélande. Et brusquement l'enfant réapparaissait, poursuivi par un homme prêt à tout pour l'abattre ? Était-ce son ravisseur qui craignait d'être identifié ?

Elle consulta les sites d'actualité sur son ordinateur portable pour glaner le maximum d'informations sur le *cold case*. Elle lut tout ce qu'elle pouvait trouver sur la disparition de Nateo et sur la personnalité de son père, Marcus Taylor, qui semblait bénéficier d'une grande popularité en Nouvelle-Zélande en tant qu'explorateur et, plus encore, depuis que son fils avait disparu.

Quand le taxi la déposa le lendemain matin devant le Central Police Station, elle fut surprise de ne pas se retrouver devant le gratte-ciel qu'elle avait fréquenté lors de l'affaire du *Pied Piper*.

— Ils l'ont démoli en 2015, commenta le chauffeur avec nostalgie. Le séisme de 2011 l'avait sérieusement endommagé. Ils ont construit cet horrible Lego à la place. Enfin, bon… tant qu'on se tient à carreaux, on n'a pas besoin d'y mettre les pieds.

Une curieuse sensation envahit Abby en poussant la porte du bâtiment. Un mélange de stress et d'impatience. Tout flambant neufs qu'ils soient, les locaux empestaient déjà le mauvais café, l'air recyclé et l'encre d'imprimante. C'était une véritable ruche ultramoderne de 7 500 mètres carrés de plain-pied, où six cents policiers et trente-cinq membres du service correctionnel se répartissaient sur des rangées interminables de minuscules bureaux, chacun pourvu d'un ordinateur. Des hommes et des femmes dont les voix se mélangeaient aux grésillements occasionnels des talkies-walkies et aux sonneries de téléphone auxquelles on répondait rarement.

Abby traversa l'open space agrippée à la crosse de sa canne, ignorant les regards curieux qui la suivaient. De temps en temps, elle s'arrêtait pour lire les noms sur les portes des bureaux privés qui jalonnaient l'espace de travail, jusqu'à ce qu'elle trouve celui qu'elle cherchait.

« Détective Chef Inspecteur SEAN COOPER » annonçait fièrement une petite plaque sur le mur adjacent. Elle hésita, puis toqua au hublot de verre cathédrale qui équipait le battant.

— Ouais ! aboya Cooper sans quitter des yeux l'imprimé que deux inspecteurs venaient de lui remettre. À l'acide, carrément ? Et le conducteur aussi ?

— Pareil. Il nous reste les archives dentaires pour les identifier.

— Si ce sont vraiment d'anciens agents du KGB, on va avoir du mal à les récup… (Le détective s'interrompit et fixa la silhouette familière qui le contemplait depuis le seuil.) C'est pas vrai, dit-il en se levant. Je rêve ou je viens de voir un fantôme ?

— Y a un peu de ça, Coop, fit Abby en souriant. « Détective Chef Inspecteur », carrément !

— Ben… on prend de l'âge et du galon…

Les inspecteurs s'écartèrent pour laisser leur chef échanger une accolade cordiale avec Abby.

— Doucement, doucement, fit-elle, tu vas me luxer.

Le ventre rond de cet irlandais râblé et rougeaud témoignait d'une passion intarissable pour la Guinness.

— Mince, Murphy, qu'est-ce que tu fous là ?

— Je viens d'emménager à Christchurch avec mon fils.

— Un fils ? Et pas de mari, bien sûr ! Il n'est pas né, celui qui te mettra le grappin dessus.

— Il est même mort, fit-elle tristement.

— Oh… excuse-moi, je…

— Y a pas de mal, tu ne pouvais pas savoir. Ça fait huit ans, déjà.

Cooper hocha la tête, gêné. Pressé de changer de conversation, il se tourna vers ses hommes.

— Les gars, je vous présente *la* profileuse star de Scotland Yard : docteur Abby Murphy, une vraie Irlandaise, native de Belfast, comme votre boss. C'est elle qui nous a permis de démanteler la secte du *Pied Piper*, il y a de ça, mon Dieu, huit ans déjà ?

Elle acquiesça avec un demi-sourire.

— Murphy, ces deux jeunes premiers sont le lieutenant Williams et le sergent Jones. Ne te fie pas à leur physique de surfeurs, ce sont de fins limiers.

Ils échangèrent les salutations de circonstance au cours desquelles Williams se risqua à demander :

— Docteur Murphy ? Ce n'est pas vous qui avez permis l'arrestation du vampire du Yorkshire ?

Elle acquiesça, froidement. Williams précisa pour Jones :

— Le gars buvait le sang des enfants qu'il enlevait à l'aide d'une paille plantée dans la veine jugulaire. Non mais t'imagines ? Y a vraiment des tarés, hein ?

Abby l'ignora et s'adressa à Cooper :

— Je peux te parler deux minutes ?

— Bien sûr.

Ils sortirent du bureau et déambulèrent dans les couloirs.

— Alors ? demanda le détective. Qu'est-ce qui t'amène au bout du monde ? Le boulot ?

— Le besoin d'un break, plutôt.

— Cool, tes bagouses.

— Ça m'évite surtout de me luxer les doigts.

Il s'en voulut de cette nouvelle gaffe.

— La canne, c'est permanent, maintenant ?

— Non. Mais après vingt-cinq heures de vol, il y a un petit temps d'adaptation.

— C'est quel syndrome, déjà ?

— Ehlers-Danlos. Je sais…, sourit-elle, il faut en être victime pour savoir le prononcer. Entre nous, on s'appelle les SED.

— Et… ton fils, euh…

— Il est porteur, bien sûr, mais… porteur sain.

Cooper soupira, soulagé.

— Et toi ? enchaîna-t-elle. Tu as réussi à garder Suzan ?

— On a surtout réussi à rester amis.

— Bravo. Avec le métier qu'on fait, on a suffisamment d'ennemis à l'extérieur, tu ne crois pas ?

Il acquiesça, d'un air entendu.

— Et, justement, côté boulot, tu t'en sors, Détective Chef Inspecteur ?

— Le taux d'homicides est au plus bas, sourit-il, fier de lui. Cent vingt-six meurtres, cette année.

— Bien joué.

— J'ai une super équipe, et puis ce n'est pas Londres, ici, non plus, hein ?

— Dis-moi, le gars qui a essayé de tuer le gamin, il y a deux jours, c'était qui exactement ?

Le regard de Cooper s'assombrit.

— On n'a pas pu l'identifier. Pas plus que le chauffeur. Ils n'avaient pas de crêtes papillaires au bout des doigts. Brûlées à l'acide, t'imagines ? Une pratique des agents du KGB qui remonte à la guerre froide.

— Et le petit, tu l'as interrogé ?

— Il n'est pas en condition de l'être… (Cooper s'arrêta et fixa Abby d'un air inquisiteur.) Tu cherches du boulot, Murphy, ou quoi ?

— Les homicides impliquant des mineurs, c'est un peu ma spécialité.

— Je croyais que t'avais envie d'un break ?

— Pas « envie », « besoin », rétorqua-t-elle en souriant. Tu pourrais m'emmener voir le corps de l'agresseur du petit ?

Difficile de dire « non » à ces yeux espiègles. Il hocha la tête et lança :

— Allez, profileuse. Viens me livrer tes réflexions.

Pour Abby, approcher un cadavre était toujours une source d'informations. Et pas seulement celles que livrait son autopsie ou son ADN. Le défunt était le témoin le plus proche de la vérité. Et celle-ci s'affichait sur lui pour qui se montrait prêt à la recevoir ; un livre ouvert dont les pages resteraient lisibles pendant trois jours et trois nuits. C'était le sens primitif de la veillée funèbre. On parlait avec les morts, autrefois. On les écoutait, surtout.

— Tu veux que je demande au légiste de nous rejoindre ? demanda Cooper en pénétrant dans la morgue.

— Pas la peine, répondit Abby. Ce ne sont pas les entrailles du défunt qui m'intéressent.

La chambre froide ressemblait à toutes les autres : une vaste pièce éclairée par des rangées de néons suspendus au plafond, des tables en acier dont certaines étaient occupées et des brancards, orphelins de personnel. Il y régnait surtout une odeur qui vous faisait d'emblée oublier toutes les autres : un mélange de lactose, de réfrigérant, de viande avariée et de formol. Il y faisait suffisamment froid pour que l'haleine des vivants soit visible.

— Ben, il est déjà là, fit Cooper en désignant du menton un homme en blouse blanche qui rédigeait un rapport.

Le légiste se retourna et fronça les sourcils en dévisageant Abby.

— Mike, je te présente la docteur Murphy, profileuse à Scotland Yard. Docteur Murphy, voici le docteur Clifford, meilleur ami des morts.

Ils se saluèrent sans contact.

— Je voudrais juste montrer à Murphy notre dernier client.

— Je n'ai pas fini mon rapport, fit Clifford sur la défensive, mais je peux quand même vous en dire deux mots.

Abby ignora le légiste pour s'intéresser à l'agresseur du jeune garçon qui gisait sur une table métallique.

— Les balles ont perforé les poumons, poursuivit-il. Il est mort noyé dans son propre sang…

Abby ne l'écoutait déjà plus. Elle plissa les yeux en découvrant le corps du tueur. Il était dans une forme physique étonnante pour un homme de cet âge. Ses nombreuses cicatrices évoquaient un passé violent. Apercevant les symboles cyrilliques tatoués sur ses phalanges, Abby eut une intuition. Elle rompit la raideur cadavérique de son bras gauche et le redressa brusquement.

— Qu'est-ce que vous faites ? protesta le légiste.

— Mon métier, répondit-elle.

Le docteur Clifford se tourna vers Cooper qui lui fit signe de patienter. Abby inspecta l'aisselle du vieil homme et y trouva ce qu'elle cherchait, un tatouage rituel au-dessous duquel les mots suivants étaient gravés : *Libera nos a Malo*.

Abby se tourna vers Cooper. Elle avait l'air de vouloir commenter sa découverte, mais se ravisa. Elle replaça le bras du défunt le long du corps et tourna les talons. Le légiste la regarda disparaître derrière la porte d'acier, tandis que Cooper vérifiait à son tour sous l'aisselle du défunt.

— C'est quoi, cette « profileuse d'outre-tombe » que tu nous as trouvée ? ricana le légiste.

— La meilleure, rétorqua l'officier en se hâtant vers la sortie.

Une fois dans l'open space, il repéra Abby, qui s'éloignait en s'appuyant sur sa canne.

— Murphy, attends ! cria-t-il en courant après elle.

Elle se retourna et ralentit.

— Ça veut dire quoi, ce tatouage en latin ? demanda-t-il, essoufflé.

— « Délivrez-nous du Mal ». La devise des khlysts, une secte russe de la fin du XVIIe. Raspoutine en était membre.

9

Nateo était assis dans son lit. Il récupérait plutôt bien, à tel point qu'on lui avait retiré les lunettes à oxygène et la perfusion. Il avait réclamé à manger et un plateau-repas venait de lui être livré. Il engloutissait tout ce qui s'y trouvait, jusqu'à ces compotes de pomme infâmes et ces biscuits secs que l'on vous sert invariablement dans les hôpitaux. Le jus d'orange lui dégoulinait sur le menton et dans le cou.

Assis dans le fauteuil d'accompagnant où il avait dormi, Marcus observait son fils dans la faible clarté qui provenait des rideaux fermés de la fenêtre. Il avait réussi à le faire parler et à le faire réagir à son prénom, à force de le prononcer. Mais Nateo ne lui prêtait qu'une attention relative. Il avalait son jambon-purée comme on remplit un réservoir d'essence. Il ne regardait même pas sa nourriture. Il fixait le vide. Il était d'un calme déroutant, rompu seulement par des moments d'affolement quand les questions de Marcus sur ce qui s'était passé lui faisaient réaliser ses manques.

— Nateo, je sais que je t'ennuie avec mes questions, mais… j'ai besoin de savoir, tu comprends ?

La voix douce et tendre de Marcus lui fit lever les yeux.

— Je t'ai cherché partout. Il n'y a pas un coin des deux îles que je n'aie pas ratissé. J'ai harcelé la police, les médias. Tous les soirs, il y avait ton portrait au journal télévisé. Comment c'est possible que tu… On t'a enlevé, c'est ça ?

— Peut-être, bredouilla Nateo entre deux bouchées.

Il voulait clairement bien faire, mais il n'avait pas les réponses.

— Tu veux dire quoi par « peut-être » ?

— Oui. Enlevé. Ça doit être ça.

— Qui t'a enlevé ? Celui qui t'a tiré dessus ?

— Je sais pas.

— Tu peux me décrire ton ravisseur ?

— Non.

— C'était un homme ? Une femme ?

— Je peux pas te dire.

— Pourquoi ? Il a menacé de te tuer si tu parlais ?

— Non… j'm'en souviens pas.

— Il était masqué, c'est ça ?

— Peut-être.

— Comment ça, « peut-être » ? fit Marcus, qui perdait patience. Tu étais bien chez quelqu'un, non ? C'était où ? En ville ? À la campagne ?

Nateo s'enferma à nouveau dans le silence et se balança lentement d'avant en arrière, en fixant le vide. Marcus se rendit compte que sa soif d'explications refusait d'accepter l'amnésie dont souffrait son fils. Manifestement, les années de disparition avaient profondément meurtri Nateo, sans parler de l'agression qu'il venait de subir.

Son corps était revenu, mais pas son esprit. Il ne s'adressait pas à Marcus comme à un père, mais comme à un visiteur qu'il essayait de ne pas décevoir.

L'explorateur se leva, desservit le plateau et alla s'asseoir au bord du lit. Il prit les mains du petit garçon qui, cette fois, n'opposa pas de résistance. Il semblait dans un état second.

— Nateo ? Regarde papa, s'il te plaît.

L'enfant leva les yeux vers Marcus. Son expression ne comportait aucune tendresse, aucune familiarité. Elle était vierge de passé commun.

— Est-ce que tu te souviens de moi ?

Nateo le fixa quelques secondes et secoua la tête tristement.

— Et de maman, tu te souviens de maman ?

Ce mot sembla émerger du brouillard. Alors, Marcus sortit une photo de la poche intérieure de sa parka et lui montra un portrait de Raïana. Le petit garçon le toucha du bout des doigts et secoua la tête.

Soudain, un filet de sang coula de ses narines.

— Je ne me sens pas très bien, murmura-t-il.

Ses yeux se révulsèrent et les moniteurs virèrent au rouge, déclenchant des alarmes.

— Nateo ? Nateo, tu m'entends ?

Marcus se rua vers la porte et hurla dans le couloir :

— Un docteur, vite ! Mon fils est en crise !!

Puis il revint à son chevet et lui souleva la nuque.

— Reste avec moi, Nateo ! Nateo ?!!

Une deuxième alarme se joignit à la première. Tous les voyants se mirent à clignoter. Une imprimante cracha du papier millimétré, arborant des tracés devenus fous.

— Ça fait mal ! hurla l'enfant. Ça fait trop mal !

— Nateo ! Papa est là, dis-moi ce qui se passe, que je puisse t'aider !

La porte s'ouvrit brusquement. Le docteur Anderson et une équipe soignante envahirent la pièce.

L'une des infirmières se dirigea vers Marcus.

— Venez avec moi, monsieur. S'il vous plaît…

— Sauve-le, Clyde, je t'en supplie !

— Laissez-nous faire notre travail, insista l'infirmière en l'éloignant du lit.

— Nateo, papa est avec toi ! cria-t-il en reculant à contrecœur. Je suis juste à côté.

L'enfant se débattait sauvagement tandis que l'équipe luttait pour le maintenir sur le lit. Il était pris de spasmes et se cambrait comme si des milliers de volts parcouraient chaque nerf et chaque muscle de son corps torturé.

— Tenez-le, bon sang ! commanda Anderson en grimaçant sous l'effort. Ne le laissez pas se faire mal !

Une infirmière lui tendit une seringue hypodermique. Sans hésiter, il la planta dans la poitrine de Nateo et en enfonça le piston, injectant le liquide dans le corps de l'enfant.

Nateo cessa de se débattre et son corps s'affaissa.

— Ses signes vitaux sont en baisse, soupira un médecin. On est en train de le perdre.

— Préparez-vous à défibriller, dit fermement le docteur.

Impuissant et horrifié, Marcus observait cet insupportable spectacle à travers le hublot rectangulaire de la porte. À chaque décharge, il sursautait comme si c'était son propre corps que l'on défibrillait.

Soudain, le temps sembla ralentir. Le bruit frénétique de la pièce s'estompa peu à peu. Et, alors qu'une énième salve secouait le corps de l'enfant, l'esprit de Marcus le transporta des années en arrière. Dans cette étrange apesanteur, il se revit au chevet de Raïana, lors de l'accouchement de Nateo. Ni l'agitation des soignants autour d'eux, ni les soins prodigués ne parvenaient à rompre le lien qui unissait leurs mains et leurs yeux tandis qu'ils s'apprêtaient à donner la vie.

L'instant d'après, le son revint brutalement. Le bip du moniteur cardiaque reprit un rythme faible mais régulier.

— Alléluia, les enfants ! fit Anderson, essoufflé. On l'a ramené… Bravo à tous. Pas la peine de l'intuber, on va lui faire un EEG.

Marcus se laissa tomber sur une chaise du couloir, à la fois bouleversé par ce qu'il venait de vivre et ému aux larmes.

Il fallait à tout prix qu'il joigne Raïana.

10

Un an plus tôt
Antarctique

Le ciel était bas et plombé. Les flocons qui s'épaississaient tombaient en rafales, masquant de plus en plus l'horizon enflammé. La furie des vents glacés, d'une puissance incroyable, soulevait une neige compacte qui tentait d'ensevelir les restes de l'avion et ses occupants, comme s'ils n'avaient jamais dû se trouver là.

Il était à présent impossible de faire la différence entre les débris de l'appareil et les cadavres de ses passagers éparpillés autour. Telles des statues gelées, leurs corps, hybrides de chair et de métal, semblaient attendre la relève, leurs yeux vitreux tournés vers ceux qui les avaient abandonnés en choisissant de survivre.

À moitié enfouie dans la neige, la charpente cabossée du C-130 était fracturée en biais. Il restait quatre hublots du côté droit et deux seulement du côté gauche. Le véhicule tout-terrain AT44, qui faisait partie de l'équipement amené sur place, n'était plus qu'une épave gisant sur son toit défoncé, ses six roues motrices en l'air. Il avait néanmoins servi de base à la barricade érigée par les plus valides, dans le but de condamner le trou béant de l'arrière. Marcus, Kalypso et Damian Richard y avaient entassé tout ce qui leur tombait sous la main : bagages, sièges, caisses de matériel épargnées par le crash. Mais cette muraille, destinée à les protéger de la température extérieure, était loin d'être étanche et le vent soufflait tellement fort qu'elle s'effondrait de temps à autre.

Le froid était si coupant que les survivants osaient à peine respirer. Ils avaient récupéré manteaux, gants, bottes et bonnets dans les bagages ou sur les morts. Tout ce qu'ils ne portaient pas sur eux leur servait de couvertures.

Masha avait fabriqué une attelle pour le bras fracturé de Piri. Pour calmer l'inflammation, elle lui avait confectionné un cataplasme de glace qu'il portait en écharpe autour de son bras.

Dans les yeux de Kalypso, toute étincelle d'espoir avait disparu, mais elle faisait de grands efforts pour ne pas le montrer. Quant à Damian Richard, il fouillait les effets personnels des victimes à la recherche de tout ce qui pourrait l'aider à survivre. Il trouva des sachets de cacahuètes, des biscuits secs, mais aussi des minibouteilles de liqueur qu'il glissa discrètement dans son blouson. Affichant un sang-froid étonnant pour un « touriste des pôles », son refus de subir les événements ressemblait à du déni. Il était persuadé que les secours arriveraient dès que la tempête serait levée.

Une fois sa blessure fermée, Vlad avait entrepris de sortir les corps transportables à l'extérieur, pour libérer de l'espace et ne pas avoir à cohabiter avec les défunts. Mais il voulait surtout leur offrir un semblant de sépulture. Marcus s'était joint à lui. La dureté du sol empêchait d'y creuser des tombes, mais ils avaient aligné leurs amis avec soin, face à l'orient, à côté des autres victimes du crash récupérées dehors. Ils les recouvrirent de neige et, quand tout fut terminé, Marcus alla chercher ses collègues rescapés pour un moment de recueillement.

— Quelqu'un veut dire quelques mots ? demanda Marcus.

Face à ces formes humaines ensevelies, le simple fait d'être en vie paralysait les survivants. Marcus s'en rendit compte et se tourna vers le plus croyant de tous pour solliciter son aide :

— Vlad ?

Le vieux colonel hocha la tête, réfléchit quelques secondes et laissa parler son cœur en luttant contre son émotion.

— Notre Créateur n'est pas que le Dieu des vivants. C'est le Dieu des morts, aussi. Et, s'il a choisi de nous séparer pendant quelque temps de nos amis… c'est pour que nos retrouvailles futures soient plus joyeuses. Et ce jour-là, personne ne nous enlèvera notre joie. En attendant, merci, mon Dieu, de nous avoir épargnés et… ne change pas de main, surtout.

Vlad se signa et Marcus posa une main amicale sur son épaule.

Dans l'habitacle, le plus préoccupant demeurait l'état de Dario. Si Yuri avait réussi à stopper l'hémorragie avec les moyens du bord, il ne disposait pas du matériel nécessaire pour effectuer une amputation viable. Tout juste avait-il pu calmer les souffrances du cuisinier en lui injectant de la morphine dénichée dans une trousse de survie. Mais, lorsque le médecin voulut installer une polaire sous sa nuque en guise de coussin, il découvrit l'hématome occipital qui s'y était développé.

Sa grimace n'échappa en rien à Dario. Il toucha aussitôt l'arrière de son crâne et comprit. Il avait du mal à s'exprimer, mais semblait lucide.

— Écoute-moi bien, *medico*... Vous devez... vous rendre à la base... le plus vite possible. Ne perdez pas... votre temps avec moi.

— Arrête tes conneries, Dario.

— Je ne vous sers plus à rien, dans cet état. Je ne peux même pas cuisiner.

— Tu es notre cuistot, répondit Yuri, et tu as intérêt à te remettre. On est là pour un an et il est hors de question qu'on bouffe du surgelé.

Marcus et Vlad avaient beau consolider la muraille antifroid, le vent trouvait toujours de nouvelles ouvertures par lesquelles s'immiscer.

— Il faut qu'on fasse du feu, déclara Marcus en grelottant. Ramassons tout ce qui brûle. Bagages, papier, vêtements... Du bois, si on en trouve. Y a des fumeurs parmi vous ?

Ankylosés par leur immobilité, les autres le regardaient comme s'il parlait une langue inconnue. Ils s'étaient recroquevillés dans un coin et se balançaient en se frictionnant pour réveiller leurs membres engourdis.

— Quelqu'un aurait un briquet ? insista le commandant.

Piri et Kalypso cherchèrent sur eux en tremblotant, mais n'en trouvèrent pas. Alors Marcus se mit à fouiller les poches des corps broyés restés entre les sièges. Ils s'y attelèrent tous, sous le regard indifférent de Richard. Masha dénicha des portefeuilles, des téléphones, mais pas de briquet. Ce fut Yuri qui en trouva un finalement. Un de ces jetables qu'on vendait par quatre au supermarché. Il l'essaya de ses mains gelées et, par chance, il s'alluma.

— OK. Donnez-moi quelque chose à brûler, ordonna Marcus.

Masha sortit les billets des portefeuilles et en fit un tas, au centre de l'habitacle. Le commandant s'empressa de l'allumer, presque étonné d'y parvenir avec des mains qui tremblaient autant.

Qui dit que l'argent ne fait pas le bonheur ? songea-t-il.

Richard et Vlad regardèrent autour d'eux et eurent la même idée en apercevant les fauteuils : leur garniture n'était fixée que par une fermeture Éclair.

— Allez, les gars, on s'active ! cria Vlad. On dépiaute les sièges et on rapporte tout ce qui peut brûler !

Bientôt les housses, les bagages et les caisses de bois vinrent nourrir les flammes. Les survivants s'en approchèrent, commettant tous l'erreur d'y présenter trop vite leurs doigts engourdis. Et, quand le sang se remit brusquement à circuler, la douleur fut intense. Mais c'était aussi le signe que leur chair pétrifiée reprenait vie. Le blizzard continuait de leur glacer le dos, mais leurs mains, leur visage et leur torse se réchauffaient à l'intérieur de ce cercle de chaleur.

— OK, les gars, il faut manger, maintenant, déclara Marcus. On a des restes de plateaux-repas éparpillés dedans et dehors, il faut en faire la collecte. J'ai vu que M. Richard avait déjà commencé. Merci de faire comme lui.

Saisissant l'occasion de racheter son geste, le styliste sortit le contenu de ses poches qu'il déposa près du feu, sous les yeux ahuris de ses collègues.

— On met tout en commun, on reprend des forces et on dort. Et, demain, on rejoint Vostok à pied.

— Ça ne sert à rien de quitter notre abri, objecta le sponsor. McMurdo est en contact avec Vostok, ils sont en train d'organiser les secours.

— Personne ne viendra nous chercher, rétorqua Piri. Ils ne savent pas qu'on est là.

Marcus fusilla le pilote du regard. Ils n'étaient pas censés en parler.

— Bien sûr qu'ils le savent. Ils ont bien vu que notre avion avait disparu de leur radar.

— Putain, monsieur Richard, c'est vous, le pilote, ou c'est moi ? J'ai demandé un guidage à McMurdo avant d'entamer la descente, ils ne m'ont jamais répondu ! Parce que, à cause de cette putain de tempête, il n'y avait rien sur l'écran de navigation. Ils ne savent pas qu'on est là, OK ?

— Ils savent bien qu'on a décollé de Christchurch.

— Et ?

— Et ils savent où on était censés aller !

— Il y a quatorze millions de kilomètres carrés à passer au peigne fin, l'Anglais, intervint Vlad. Plus que l'Europe et les États-Unis réunis. Vous imaginez combien d'appareils il faudrait pour effectuer ce genre de reconnaissance ?

— Vous croyez vraiment que Nirvana va s'asseoir sur quatre-vingts millions de dollars sans lever le petit doigt ?

— Vous ne les avez pas mis tout seul, ces quatre-vingts millions, monsieur Richard, OK ?

— Non, juste vingt-huit, rétorqua-t-il. Ils viendront chercher leur créateur vedette. Je représente trop d'argent pour eux.

— De toute façon, on n'a pas le temps d'attendre, trancha Marcus. À moins que vous vouliez tous mourir de froid. Parce que la seule qui viendra nous chercher si on reste là, c'est la Mort.

— Et vous comptez faire ça comment, commandant ? rétorqua le sponsor. À pied, par – 35, en pleine tempête ? L'AT44 est pulvérisé. Et votre cuistot est intransportable.

— *Notre* cuistot, rectifia Kalypso.

— Ouais… on n'est pas près de s'asseoir à sa table.

Piri se leva et s'approcha du styliste, l'air menaçant :

— Vous avez eu une putain de chance aujourd'hui, monsieur Richard. Vous devriez être aussi mort que nos potes, alors ne me tentez pas !

Face aux mensurations de l'ancien All Black, la frêle silhouette du créateur de Nirvana abdiqua très vite. Et Marcus poursuivit l'exposé de son plan :

— D'après les calculs de Piri, on s'est écrasés à 30 kilomètres au sud-ouest de la base.

Il déplia une carte détaillée de l'Antarctique et le groupe s'en approcha. Il avait tracé une croix sur le site approximatif du crash et indiqué la distance qui le séparait de la base de Vostok.

— Je propose de m'y rendre à pied avec trois volontaires. Ils resteront sur place et je reviendrai chercher les autres avec le tout-terrain de Vostok. Des questions ?

— Pourquoi quatre qui partent ? fit Masha, toujours prompte à contester les ordres.

— Parce que, une fois Dario installé, il n'y aura plus que trois places assises.

— Hé ! Je suis pas aussi gros que ça, *comandante* ! fit le cuistot, depuis la soute avant.

Marcus put lire le même sourire triste sur les visages de ses coéquipiers.

— Ça fait combien d'heures, cette petite trotte ? demanda Yuri.

— Six. On partira dès le lever du jour pour éviter la nuit.

Les explorateurs se regardèrent en chiens de faïence.

— Je pars avec toi, Marcus, fit Piri.

— Non. L'avion tombe en ruine. Et personne ne le connaît mieux que son pilote.

— Avec un bras, je peux pas faire grand-chose à part coller une trempe. Mes jambes, par contre, elles marchent bien.

— J'en suis, dit Vlad en se levant.

— Tu es blessé, colonel. Il faut que tu récupères.

— Je préfère récupérer en bougeant que de me les geler ici. Appelons ça « rééducation », si tu veux. Et puis ton petit travail de couture tient le coup, commandant : maille endroit, maille envers…

— T'es con ! souffla Marcus en souriant.

— Avec moi, ça fera trois, dit Masha.

— Hors de question, objecta Yuri.

— Et pourquoi ?

— Parce que j'ai besoin de toi pour l'opération. Dario te fait confiance et…

— *Bullshit !* Tu as juste la trouille que ta femme y aille, c'est tout !

Avant que son mari ne puisse répondre, Marcus lui demanda :

— Quelle opération ?

Le médecin désigna discrètement l'arrière du fuselage. Une fois à l'écart, il murmura :

— En plus de ses nombreuses fractures aux jambes, Dario a été victime d'un traumatisme crânien. Pour qu'il ait une chance de survivre au transport, il faut que je draine son hématome épidural.

— Ça consiste en quoi exactement ? s'inquiéta Marcus.

— Une trépanation occipitale pour évacuer le sang. Je dois décomprimer le cerveau, sinon la mort survient dans les quatre heures.

— Et tu peux faire ça ici ?

— J'ai pas vraiment le choix.

Bien qu'angoissé par cette solution, Marcus se rendit à l'évidence.

— En tout cas, moi, je reste, trancha Damian Richard. Je suis pas dingue au point de me taper un marathon de six heures par – 35, sans savoir où je vais.

— Si la tempête reprend, la structure de ce morceau d'avion risque d'être sérieusement endommagée, précisa Piri. C'est aussi risqué de partir que de rester.

— Le risque, ce n'est pas un problème pour moi, rétorqua le styliste. C'est même mon métier. Mon argent ? Mon choix.

Les autres échangèrent un regard dégoûté.

— Ça tombe bien, monsieur Richard. Parce que, pour ce genre de mission, j'ai besoin de vrais pros.

Ce petit tacle du boss fit du bien à tout le monde.

11

Retour au présent
Te Araroa,
Nouvelle-Zélande

North Island était la plus petite des deux îles principales constituant la Nouvelle-Zélande, mais aussi la plus peuplée. Avec ses quatre millions d'habitants, 77 % de la population du pays s'y concentrait. De grandes villes comme Auckland ou Wellington cohabitaient avec des zones rurales, voire sauvages. C'était sur l'une d'elles, en terre maorie, que Raïana s'était exilée. Elle était allée au bout du monde, au sens propre du terme, car on ne pouvait pas trouver plus à l'est sur Terre que Te Araroa. Ses habitants étaient les premiers à voir se lever le soleil.

Pour atteindre le village natal de son épouse, Marcus avait dû faire deux heures cinquante d'avion jusqu'à Gisborne, puis deux heures vingt de route. Durant le voyage, il avait eu le temps de répéter les différentes façons d'annoncer à sa femme la réapparition de Nateo, mais aucune ne le satisfaisait. L'idée qu'elle ait pu l'apprendre par les médias lui avait bien sûr traversé la tête, mais, si cela avait été le cas, il voulait croire qu'elle l'aurait appelé.

Il ignorait quelle serait la réaction de Raïana. Et ce pour une raison très simple : comment une mère pouvait-elle accueillir la résurrection de son fils, alors qu'elle en avait fait le deuil ?

Le véhicule de location passa devant un magasin d'alimentation, une station de pompiers et le Hinerupe Marae, qui servait de salle d'assemblée à plusieurs clans. Il tourna dans une rue latérale et s'arrêta devant une petite maison.

Marcus remonta l'allée en tentant de se rappeler la version la moins pire qu'il avait pu imaginer pour annoncer la nouvelle. Il remarqua l'absence d'antenne satellite sur le toit et s'accrocha à ce signe pour se dire qu'elle ne savait pas.

Il atteignit le porche, toqua au battant et fit les cent pas sur le seuil. Pendant qu'il patientait, son regard s'attarda sur l'exil rural qu'avait choisi Raïana ; sur ces enfants maoris qui, loin des consoles de jeux de la ville, s'amusaient tout autant en jouant à saute-mouton sur un terrain vague.

La porte s'ouvrit derrière lui et Raïana le fixa du regard, comme une condamnée attendant sa sentence. Une seule raison pouvait justifier que son mari soit venu jusqu'à elle, sans prévenir. Aussi osait-elle à peine respirer. Sa beauté avait perdu la bataille contre le chagrin. Mais sa fierté maorie refusait de déposer les armes. Face au silence de Marcus, elle prit les devants :

— Ils ont retrouvé son corps, c'est ça ?

Elle ne savait pas.

— Non. C'est lui qui nous a retrouvés.

— Pardon ?!

— Nateo est revenu.

Le monde de Raïana s'effondra sous ses pieds. Toute la souffrance qu'elle avait endurée, le vide qu'elle avait renoncé à combler, tout cela la percuta sans filet. La tristesse, la joie, la peur et la confusion se mélangeaient dans sa tête. Quand elle put enfin prononcer un mot, sa voix n'était plus qu'un murmure, entre surprise et dénégation.

— Non, ce n'est pas possible !

— Si, Raï, c'est même miraculeux. Il a grandi, bien sûr, mais… c'est notre Nat…

Marcus avait du mal à contenir son émotion. Mais Raïana ne parvenait pas à la partager. Ses remords la poussaient à y déceler autre chose.

— Pourquoi tu es venu jusqu'ici ? s'enquit-elle. Pour voir la tête que je ferais quand tu m'annoncerais que, toutes ces années, tu avais raison ? Qu'il fallait juste attendre le retour de Nateo ?

— Non… je suis venu parce que… ce n'est pas le genre de nouvelles qu'on donne au téléphone à la femme qu'on aime.

— Pourquoi tu ne me dis pas, une fois pour toutes, que tu m'en veux ?

— Arrête, Raï, tu sais bien que ce n'est pas vrai.

— Tu n'aurais jamais été en retard, toi, à son cours de judo, n'est-ce pas ?

— Je n'ai jamais dit une chose pareille.

— Mais tu l'as pensé. Et tu le penses encore. C'est moi qui ai perdu ton enfant, c'est ça ?

— C'est nous qui l'avons perdu, Raï. Séparément. Et c'est nous qui devons le retrouver, aujourd'hui. Ensemble.

Alors Raïana explosa. Elle se jeta sur lui et le frappa en sanglotant.

— Je n'avais plus rien, sans Nateo, Marcus ! Plus rien !

Il lui attrapa les bras et tenta de la calmer :

— Arrête, je t'en prie !

— C'était quoi, notre couple sans lui ?

— Calme-toi !

— Qu'est-ce qu'il nous restait, Marcus ? Qu'est-ce qu'il nous restait à vivre puisqu'on n'avait plus notre fils ?

— Il nous restait nous deux, Raï, lui répondit-il en lui caressant la nuque. On aurait pu surmonter ça ensemble. Et c'est ce qu'on va faire maintenant. Surmonter son retour ensemble. Tous les deux. Pour lui.

— Toi et moi ? demanda-t-elle en pleurant.

— Oui. On va s'en sortir, tu verras. Toi, Nateo et moi. On va… sauver notre famille.

12

Un an plus tôt
Antarctique

Masha avait fini par rester auprès de Yuri pour l'assister pendant la délicate opération à effectuer sur Dario avec les moyens du bord. Kalypso s'était portée volontaire pour rejoindre Vostok à pied avec Marcus, Piri et Vlad. Plus par obligation morale que par envie de quitter la relative sécurité du C-130.

Ils étaient partis, comme prévu, aux premières lueurs du jour et, deux heures plus tard, Damian Richard bouillait déjà d'impatience quant à leur retour. Comparé au monde du luxe et à son rythme effréné, celui de l'aventure ne fonctionnait pas au même tempo.

Pour tenter de se rendre utile, il consolidait la muraille de fortune que le vent, même plus faible, s'acharnait à démolir. Mais, de toute évidence, il était plus à l'aise avec des étoffes et des mannequins qu'avec un jeu de construction. Masha s'en rendit compte et quitta un moment le chevet de Dario pour aller lui donner un coup de main.

— Laissez, monsieur Richard, je vais terminer.

— Arrêtez de m'appeler « monsieur Richard ». Je fais partie de l'équipe ! Alors, à partir de maintenant, pour tout le monde, c'est « Damian », OK ?

— OK. Vous pouvez alimenter le feu, Damian ? Il commence à faiblir.

Le créateur ne se fit pas prier pour accepter cette corvée plus gérable.

— Il fait – 40 degrés dehors, poursuivit-elle. J'espère pour eux qu'ils tiennent bon.

— Pour nous, surtout, rectifia-t-il en collectant divers objets qui lui paraissaient plus utiles en brûlant. En l'absence de Marcus Taylor, qui assure le commandement ?

— Le médecin de la mission, s'empressa de dire Yuri.

Damian Richard ouvrit une minibouteille de liqueur, la leva à la santé du commandant en second et en avala le contenu d'un trait.

— Vous devriez manger au lieu de boire, conseilla le psy. Contrairement aux idées reçues, l'alcool ne réchauffe pas. Il favorise même l'hypothermie.

— Il aide surtout à patienter. Qu'est-ce qu'on fait si l'AT44 ne revient pas nous chercher ?

— On tente notre chance à pied.

— Et on fait quoi du mourant ?

Masha et Yuri foudroyèrent le styliste du regard. Ils n'en revenaient pas de son manque de délicatesse.

— Le mourant a un nom, intervint l'Italien. Et quel nom ! Dario Dicesare !

— Désolé, cuistot, j'ai rien contre vous, mais la question se pose. Trente kilomètres à pied, par – 40 degrés, en pleine tempête, c'est déjà impossible. Mais si, en plus, on se trimballe quelqu'un qui ne peut pas marcher, c'est juste suicidaire. Pour nous comme pour lui, du reste.

L'argument était plein de bon sens, mais être humain consiste souvent à refuser d'en avoir.

— Si vous étiez à sa place, Damian, vous ne voudriez pas qu'on fasse tout pour vous sauver ?

— Si j'étais à sa place, il y a longtemps que j'aurais opté pour l'overdose de morphine.

— Overdose ? grimaça Dario. Heureusement que c'est pas lui qui cuisine.

Le docteur sourit, impressionné par l'état d'esprit de son patient.

— À propos de cuisine, fit Yuri en préparant sa piqûre. Tu nous fais quoi comme hors-d'œuvre en arrivant ?

— Une recette crémeuse et fondante de risotto aux champignons. Une tuerie divine. J'ai eu l'honneur de le faire goûter au pape et tu sais ce qu'il m'a dit ?

— Non, répondit le docteur en lui injectant une intraveineuse.

— Il m'a dit : « Je peux en avoir encore ? » (Il s'esclaffa.) Et j'ai répondu : « Mais, Votre Sainteté, en manger plus, ce serait pécher. »

— Je parie qu'il était prêt à se damner pour en reprendre.

— Je lui ai évité l'enfer, qu'est-ce que tu veux ?

Ils partagèrent un rire d'enfant, et Dario, sentant l'effet de l'anesthésique, considéra son soignant avec gratitude.

— T'es formidable comme *medico*, mon Yuri, tu le sais, ça ?

— Ma spécialité, c'est plutôt l'intérieur des têtes, mais avec des patients comme toi, Dario, tout devient possible. La morphine devrait faire effet dans quelques minutes.

— Ça commence, là, soupira le cuistot. Promets-moi de… veiller sur ma Bianca et mon bébé quand… tu seras rentré au… pays. La Russie et l'Italie, ce n'est pas très loin finalement. Et surtout… n'oublie pas de… leur dire que… je les aime.

— Ça sonnera mieux en italien. Masha va te tenir la tête pendant l'opération, OK ?

— Avec ses mains douces ?

— Avec ses mains douces qui, contractuellement, ne caressent que moi, tâche de ne pas l'oublier.

— Votre contrat de mariage n'est pas réduit aux acquêts ?

— Non.

Ils souriaient encore quand Masha les rejoignit. En s'agenouillant près de Dario, la couverture glissa légèrement, découvrant ses jambes lourdes de pus et ses pieds noircis par la gangrène. La biologiste lança à son mari un regard désespéré qu'il s'efforça de dissiper :

— Dario, tu pourrais donner à ma femme la recette secrète de ton risotto divin ?

— Je pourrais. Mais je devrais la tuer, après.

Elle ne put retenir une larme en souriant.

— Pas de ça, Masha, pas de ça ! protesta l'Italien. Laisse-moi te dire une chose… tsarine. Je m'appelle Dario Dicesare de Napoli… ancien chef cuisinier du…

Vatican et je compte bien… vous préparer… le meilleur des…

Il céda au narcotique et ses yeux se fermèrent. Masha fit pivoter le corps de son ami sur le côté et régla sa lampe frontale pour qu'elle éclaire l'hématome.

Épaté par le courage du cuistot, Damian Richard s'approcha et demanda sincèrement :

— Je peux faire quelque chose pour aider ?

— Arrêter de dire des conneries, déjà, lâcha Yuri.

— Non, vraiment…

— Venez de ce côté, Damian, fit Masha. Vous allez lui tenir la tête pendant que je le rase.

Il contourna le patient et alla se positionner près de la biologiste qui lui tendit des gants stériles.

Elle lui montra où placer ses mains et s'empara d'un rasoir électrique. Et, tandis qu'elle dégageait une surface de cuir chevelu pour mettre à jour l'hématome, elle murmura à l'intention du styliste :

— Si ç'avait été vous à la place de Dario, on se serait battus de la même façon pour vous sauver. On a déjà perdu douze de nos compagnons dans ce crash. Des amis qui avaient tous des familles. La femme de Dario attend un bébé. Et mon mari et moi, nous ferons tout ce qui sera en notre pouvoir pour qu'il puisse le serrer dans ses bras. Vous comprenez ?

Damian Richard hocha la tête gravement. Masha désinfecta la région à trépaner et leva les yeux vers son mari. Yuri prit une profonde inspiration et se tourna vers les seuls instruments dont il disposait : une perceuse et son foret, qui avaient normalement un tout autre usage.

13

Retour au présent
Christchurch,
Nouvelle-Zélande

Il faisait nuit quand Abby arriva chez elle. Elle gara sa voiture de location dans l'allée et resta assise un long moment à fixer la façade bleue de sa nouvelle maison.

À Londres, elle avait passé une soirée entière à feuilleter les albums de famille avec Jaymie, remplis de ses souvenirs de Nouvelle-Zélande. Il lui avait présenté les visages familiers de son enfance sur les photos jaunies et elle s'était extasiée sur les décors qui en constituaient l'arrière-plan, sur le quartier de Sumner, où Jaymie avait grandi, et sur cette maison où il avait fait ses premiers pas, le bungalow de style Craftsman dans lequel elle venait d'emménager avec leur fils.

Dans la douce lumière des lampadaires, sa façade bleue évoquait les contes de fées et ses moulures blanches, du sucre d'orge.

Ce n'est pas comme de vivre avec toi, Jaymie, songea-t-elle, *mais c'est ce qui s'en rapproche le plus.*

Plongé dans l'obscurité, l'intérieur était tellement silencieux qu'on entendait le souffle de l'air conditionné. Abby traversa délicatement le hall d'entrée encore encombré de cartons et gagna la cuisine. Une délicieuse odeur de tarte aux pommes se mélangeait à celle de peinture fraîche. Elle sourit en se souvenant que Liam avait demandé à papy s'il saurait faire fonctionner leur nouveau four. Et, bien sûr le grand-père avait relevé le défi. Il avait laissé la pâtisserie bien en évidence au centre de la table et l'avait recouverte d'une feuille de protection. Abby s'en découpa une part et l'accompagna d'un verre de lait.

Elle passa près de la chambre de son fils et resta un moment sur le seuil à le regarder dormir. Elle retint son souffle quelques minutes pour entendre le sien, une habitude héritée des nombreuses nuits blanches passées à son chevet. Rassurée, elle se rendit à la salle de bains.

Elle se déshabilla devant le miroir, révélant une silhouette fine soutenue par un exosquelette que ses vêtements amples dissimulaient. Toutes les articulations d'Abby étaient assistées par des orthèses en carbone forgé. L'ensemble lui donnait des allures de cyborg.

Elle les retira une à une et profita de cette sensation de liberté illusoire qu'elle appelait son « airgasme ». Elle entra dans la cabine de douche que Pierce avait déjà équipée d'une chaise et de tout ce qui pouvait garantir sa sécurité. Le contrôle de la température était aussi capital, tant la peau des SED y était sensible.

La sensation de l'eau sur son corps l'aida à retrouver ces zones anatomiques qui semblaient avoir disparu. C'était toute la complexité de cette maladie :

un handicap intermittent qui pouvait vous clouer dans un fauteuil un jour et vous laisser gambader le jour suivant.

Elle ressortit de la salle de bains en peignoir, se fit une infusion de CBD et descendit à la cave.

Elle avait choisi cet endroit pour y établir plus tard son bureau. Pour l'heure, un surplus de moquette récupéré dans un placard habillait partiellement sa chape de béton ; des tables étaient chargées d'équipement encore mal disposé : téléphone, moniteurs, imprimante, scanner. Et des cartons regorgeaient d'ouvrages où psychologie de l'enfance cohabitait avec dérives sectaires. Enfin, au centre de la pièce, trônait un vieux bureau victorien en bois massif que Quinn, le directeur adjoint de Scotland Yard, avait offert à sa profileuse en chef après la résolution d'une affaire difficile. C'était là qu'était posé l'ordinateur d'Abby, mais aussi son système d'acquisition vidéo.

Pierce avait même eu la délicatesse d'installer dans cette pièce un concentrateur d'oxygène, une façon d'encourager sa fille à pratiquer l'oxygénothérapie, qui calmait ses douleurs.

Elle glissa les lunettes de l'appareil dans ses narines et l'actionna. Puis elle ouvrit le dossier de police que Cooper lui avait envoyé par e-mail. Il contenait des photos de la scène de crime, des procès-verbaux et autres feuillets de notes tapées, des coupures de journaux datant de la disparition de Nateo et un fichier estampillé « Images de surveillance ».

Elle double-cliqua sur l'icône et rapprocha son fauteuil du bureau. Des lignes de code défilèrent sur l'écran, laissant place à différents angles de la poursuite.

Abby fronça les sourcils. Le dérushage effectué permettait de suivre la progression de la chasse à l'homme, mais le peu de temps de présence à l'écran rendait la compréhension difficile. Toutefois, la détermination des agresseurs à éliminer cet enfant était évidente. Ils prenaient tous les risques et se fichaient éperdument des dégâts et des victimes que leur voiture folle pouvait causer.

Le dernier angle du 4 × 4 Holden s'encastrant dans le camion en stationnement était insoutenable. Et, quand Abby vit le passager sortir de l'épave quelques secondes plus tard, elle n'en crut pas ses yeux. Le vieil homme titubait, mais il poursuivait sa mission comme un Terminator l'aurait fait.

Fébrile, elle délaissa les images de surveillance et se plongea dans les articles de journaux qui évoquaient la disparition de Nateo et le combat acharné qu'avait livré son père, l'explorateur Marcus Taylor, pour le retrouver.

Elle eut soudain envie d'en savoir plus sur le métier de cet homme. Parmi les nombreux liens Internet le concernant, ceux évoquant sa dernière expédition tragique en Antarctique attirèrent son attention. Dix-neuf des vingt membres qui la composaient avaient trouvé la mort dans le crash du C-130 Hercules qui devait les déposer sur la base de Vostok. Marcus était le seul survivant de la catastrophe aérienne. La mort de Damian Richard, le P-DG de Nirvana qui avait cofinancé l'expédition, avait fait grand bruit. Mais, malgré les pressions du gouvernement britannique, le Kremlin s'était refusé à rendre sa dépouille. L'accident s'étant produit sur un territoire revendiqué par la Russie, le tribunal de Saint-Pétersbourg l'avait classifié. Après une mise en quarantaine sur la base russe de Mirny, en Antarctique, Marcus Taylor avait regagné la Nouvelle-Zélande, non sans avoir signé un accord de non-divulgation.

Que s'était-il donc passé de si important au cours de cette catastrophe aérienne pour qu'on la classe secret-défense ?

En découvrant la photo des explorateurs, Abby eut comme une sensation de déjà-vu. Le visage du colonel Vlad Andrash lui disait quelque chose.

Et la raison était simple.

Elle actionna sa souris et ramena sur l'écran les images du vieil homme dont elle avait inspecté le corps à la morgue et qui portait la devise « Délivrez-nous du Mal » tatouée sur l'aisselle. Cet ancien agent des services secrets russes dont le bout des doigts était dépourvu de crêtes papillaires, avait donc lui aussi survécu au crash du C-130 Hercules. Quelle vérité le Kremlin cherchait-il à dissimuler en utilisant comme couverture cette catastrophe aérienne ?

Et combien d'autres survivants y avait-il ?

14

Un an plus tôt
Antarctique

Cela faisait déjà quatre heures qu'ils marchaient. Le soleil de l'après-midi avait fait fondre la surface de la glace et ils avançaient plus lentement, s'enfonçant à présent jusqu'à mi-chevilles. Les pentes devenaient plus raides et leur fatigue augmentait. Le manque d'oxygène et le froid jouaient sur leurs perceptions et leur enlevaient de l'énergie à chaque pas.

Dans ce panorama désespérément blanc, toutes les dimensions se confondaient. Les distances étaient difficiles à évaluer car il n'y avait aucun repère. Et même un œil exercé comme celui de Vlad était incapable de dire s'ils étaient tout près ou très loin de Vostok.

Marcus s'était interdit d'inspecter la blessure à la poitrine qui le faisait souffrir depuis le crash. Il la refusait avec la même opiniâtreté que celle qu'il avait déployée pour nier la mort de Nateo. En tant que chef de mission, il représentait l'espoir de survie de sept rescapés. Se montrer affaibli devant eux n'était pas une option.

Il en voulait au Ciel de l'avoir épargné. Pourquoi avait-on choisi de prolonger son calvaire désenfanté plutôt que de laisser vivre ceux que leur famille attendait au port ? N'importe quelle autre des douze victimes avait plus à vivre sur Terre que lui.

En ouvrant la boîte à chaussures, deux mois plus tôt, il avait, comme Pandore avant lui, libéré tous les maux qu'elle contenait, à commencer par le deuil. Et il avait été contaminé par lui. Il avait bien tenté de refermer la boîte pour s'en protéger, mais il était trop tard. Seule l'espérance, plus lente à réagir, y était restée enfermée. Visionner les dernières images de son fils vivant, et pleurer en le faisant, c'était implicitement souscrire à leur statut de « dernières images ». Marcus avait tenté de joindre Raïana pour lui expliquer ce qu'il ressentait, mais… il avait raccroché au bout de la deuxième sonnerie. Deux ans auparavant, il avait refusé d'accompagner sa femme dans le deuil, comment pouvait-il aujourd'hui espérer qu'elle se joigne à lui pour le sien ?

C'était dans cet état d'esprit qu'il avait accepté de diriger cette ultime mission en Antarctique. Ultime car, secrètement, il se fichait d'en revenir ou non.

Le soleil s'obscurcit soudain de nuages, de façon alarmante. Le vent se leva et des embruns glacés se mirent à tourbillonner devant les marcheurs, fouettant leurs visages et les aveuglant un peu plus. La visibilité chuta brutalement, à tel point que Marcus ordonna à ses coéquipiers de s'encorder afin d'éviter qu'ils ne s'égarent dans la tempête. Perdre leur chemin de vue risquait tout simplement de leur coûter la vie.

— Plus que dix kilomètres à couvrir ! s'écria Vlad pour donner du courage à ses compagnons.

Aveuglée par les cristaux de neige que la tempête soulevait, Kalypso perdit l'équilibre et s'effondra, à bout de forces et de nerfs.

— J'en peux plus, craqua-t-elle. Continuez sans moi. Je… je vous rattraperai.

Marcus tira un coup sec sur la corde de la jeune femme, l'obligeant à se redresser.

— Si tu t'arrêtes maintenant, tu ne repartiras pas ! hurla-t-il pour se faire entendre, malgré le vent vociférant.

Il l'avait tutoyée volontairement pour lui rappeler son appartenance à un groupe qui devait être solidaire.

— Je… je vais juste souffler un moment, grelotta-t-elle.

— Il fait – 50 degrés, la miss ! cria Vlad en lui montrant le thermomètre accroché à sa manche. Tu gèleras sur place avant de reprendre ton souffle.

— Et nous avec ! protesta Piri à gorge déployée. On ne t'abandonnera pas et tu le sais ! Alors quoi, tu veux notre mort à tous ? Je te rappelle que ceux qui sont restés dans l'avion comptent sur nous aussi.

— Personne ne t'a obligée à venir, Kalypso ! hurla à nouveau Marcus. Tu t'es portée volontaire parce que tu t'es dit qu'il ne pouvait pas y avoir que des mecs pour cette mission. Qu'explorateur, ce n'était pas juste un métier d'hommes. C'est ce que pensait ton père, pas vrai ? Qu'est-ce qu'il dirait, maintenant, s'il voyait sa fille se dégonfler comme ça ?

Ces dernières paroles eurent l'effet escompté. Kalypso tendit la main à son commandant, qui l'aida à se relever.

— J'aurais jamais dû vous parler de mon père, grommela-t-elle.

Marcus lui donna une tape amicale sur l'épaule et ils reprirent tous leur marche titubante. Ils s'efforçaient de rester debout, malgré le vent tourbillonnant qui ralentissait leur progression. La furie de ses rafales glacées, d'une force titanesque, soulevait autour d'eux une neige compacte et blessante. Mais ils continuaient d'avancer, courbés en avant, paupières closes, comme des zombies en file indienne.

Après plusieurs kilomètres de marche forcée dans la tempête, le crépuscule austral pointa à l'horizon. Vlad s'arrêta et ses suiveurs l'imitèrent. Ils étaient entourés de crêtes de pression, dont certaines s'élevaient à plus de vingt mètres, mais Vostok n'était toujours pas en vue.

— On devrait déjà y être, s'inquiéta Marcus.

— Est-ce qu'on est perdus, commandant ? demanda Kalypso.

— Je ne comprends pas, s'énerva Piri. D'après mes calculs, la base devrait se situer dans cette zone.

Le colonel regarda autour de lui et repéra un point haut. Il dénoua sa corde et délaissa ses compagnons pour en faire l'ascension.

— Vlad ! Qu'est-ce que tu fous ? s'écria Marcus. Le camp de base se trouve au nord-est, tu vas vers le sud, là !

Il se tourna vers Kalypso et Piri et leur lança :

— Reposez-vous un moment, je m'occupe de lui.

Il se désencorda à son tour et se dirigea vers Vlad, tandis que Piri entraînait Kalypso à l'abri d'un rocher.

De là-haut, le colonel avait une vision dominante du paysage. Malgré la tempête qui faisait rage, il finit par distinguer la silhouette d'un objet se découpant à l'horizon, une masse volante qui brillait en avançant vers eux.

— Un hélico ! hurla Vlad en désignant le ciel. Ils viennent nous chercher, Marcus ! Ils viennent nous chercher !

Mais quand le commandant le retrouva en haut de la crête, il ne vit rien d'autre que l'immensité désertique.

— C'est un mirage, Vlad.

— J'ai vu un fuselage, j'te dis ! Il n'y a pas de mirage, en pleine tempête !

— Ce n'est pas le soleil qui est responsable de ce que tu vois, Vlad. C'est l'hypoxie !

— Sauf ton respect, commandant, tu manques d'oxygène autant que moi. S'il atterrit là-bas, c'est que le camp de base *est* là-bas.

Le colonel était sur le point de s'y diriger, quand Marcus l'attrapa par le bras.

— Personne ne peut voler par un temps pareil, Vlad ! On est bien placés pour le savoir. Allez, viens ! On perd un temps précieux, là.

— C'est toi qui nous le fais perdre, fiston ! Alors, foutu pour foutu…

À nouveau, Marcus retint son camarade.

— Ça suffit, maintenant, tu me suis ! Et cette fois, c'est un ordre !

Vlad regarda à nouveau vers l'horizon enflammé et ne vit rien qui apportait du crédit à sa vision. Kalypso et Piri les rejoignirent.

— Qu'est-ce qui se passe ? demanda le pilote.

— Juste une hallu due à l'hypoxie ! répondit-il. C'est ce qui nous attend tous, les gars. Alors, chacun doit faire attention à l'autre, c'est compris ?

— Putain, soupira Vlad. Ç'avait l'air tellement vrai !

15

Retour au présent
Christchurch,
Nouvelle-Zélande

Quand les parents de Nateo arrivèrent dans le service pédiatrique de l'hôpital universitaire de Christchurch, l'équipe de nuit faisait sa ronde. L'esprit de Raïana était déjà dans la chambre de son fils. Elle se demandait comment Nateo allait réagir en la voyant, après ces années d'absence. Marcus s'approcha du bureau des infirmières et les salua d'un geste. Aussitôt, l'une d'elles délaissa sa tâche en cours pour se mettre à sa disposition. La popularité avait du bon, parfois.

— Bonsoir. Je sais que l'horaire des visites est passé depuis bien longtemps, mais la maman de Nateo vient spécialement de Te Araroa pour le voir.

— Il n'y a pas de problème, monsieur Taylor, on va vous arranger ça.

— S'il dort, on peut attendre dans le couloir, ça ne nous dérange pas.

— Non, on lui fait des soins, en ce moment. Je veux juste vous prévenir, madame, qu'il se peut que Nateo reste muet pendant votre visite. Il n'a pas parlé depuis son arrêt cardiaque et…

— Quel arrêt cardiaque ? s'inquiéta Raïana.

— Il a fait un malaise, précisa Marcus, j'étais avec lui à ce moment-là. Mais Clyde, l'ami chirurgien qui l'a opéré, m'a assuré que tout était rentré dans l'ordre. C'est une réaction rare à l'anesthésie mais qui existe malheureusement. Maintenant, il a juste besoin de repos.

Une femme, officier de police, montait la garde à l'extérieur de la chambre de Nateo. Elle salua les parents et s'écarta pour les laisser entrer. Raïana hésita… l'émotion était trop forte. Alors Marcus lui prit la main et l'entraîna avec lui.

Il régnait dans la pièce un silence de mort, seulement rompu par le bip régulier d'un moniteur de tension artérielle. Une infirmière se tenait au chevet de Nateo, vérifiant ses signes vitaux. Durant quelques secondes, son corps masqua à Raïana le visage de son fils et, quand elle put enfin l'apercevoir, il avait les yeux fermés. Relié à une perfusion intraveineuse, il était pâle et émacié. Mais c'était surtout ses années supplémentaires qui empêchaient Raïana de reconnaître l'enfant qu'elle avait perdu. Pendant un moment, elle ne sut comment réagir. En état de choc, elle murmura à l'oreille de son mari :

— Ce n'est pas lui, Marcus… ce n'est pas lui…

— Si, Raïana, c'est lui. C'est juste qu'il a huit ans, maintenant.

Nateo ouvrit difficilement les paupières, comme si sa rétine avait besoin de temps pour ajuster sa vue. Bientôt, ses yeux s'arrêtèrent sur Raïana, qui le fixait, la bouche ouverte. Il se tourna vers sa table de chevet sur laquelle Marcus avait installé le portrait de sa mère.

— Maman ? chuchota-t-il en faisant le lien avec la photo.

Au comble de l'émotion, Raïana s'avança vers lui en balbutiant :

— Mon petit garçon, c'est bien toi ?

Derrière elle, Marcus avait du mal à rester neutre.

Arrivée au chevet de son fils, elle voulut lui prendre la main, mais l'enfant la retira en tressaillant. Il ne souhaitait pas être touché. Elle s'en rendit compte et renonça à ce geste de tendresse.

— Tu peux tirer les rideaux, s'il te plaît, papa ? demanda Nateo.

— Bien sûr, mon grand, répondit-il en les ajustant.

Luttant contre ses larmes, Raïana dévorait son fils des yeux, à la recherche d'un détail qui calmerait ses doutes. Elle ne savait pas comment se comporter avec lui.

— Nateo, mon bébé, tu as tellement grandi ! Je n'arrive pas à y croire. Ton père, lui, a… toujours cru qu'on te reverrait… Est-ce que… tu arrives encore à me reconnaître ?

— Je suis désolé, je… je sais pas quoi dire.

— C'est pas grave, mon grand, intervint Marcus. Tu es de retour. C'est tout ce qui compte pour nous.

Raïana offrit un sourire à Nateo à travers ses larmes. Il le lui rendit du mieux qu'il put et se tourna vers son père.

— Quand est-ce que je peux rentrer chez nous ?

— Bientôt. Quand tu iras mieux.

— Je veux pas rester ici.

— On va parler aux médecins, suggéra Raïana. Ne t'inquiète pas.

Nateo ferma les yeux et murmura :

— Je suis fatigué.

Raïana se tourna vers Marcus, qui hocha la tête.

— Repose-toi, mon chéri, fit la mère, on aura tout le temps de parler après…

Elle fut tentée de l'embrasser avant de sortir mais résista à cette envie. Puis elle suivit son mari à l'extérieur.

Une fois dans le couloir, ils restèrent un moment sur place, sans prononcer un mot. Ce fut Raïana qui parvint à formuler ce que l'un et l'autre pensaient à voix basse.

— J'ai l'impression qu'il ne nous reconnaît pas vraiment.

— L'une des balles a endommagé la région du cerveau qui contrôle la mémoire. Mais le docteur m'a dit que ce ne serait pas définitif.

— Qu'est-ce qui lui est arrivé, Marcus ? Où était-il passé, durant tout ce temps ?

La seule personne qui pouvait répondre à cette question n'avait plus accès à la réponse.

16

Un an plus tôt
Antarctique

Les quatre silhouettes progressaient à présent à la lumière de leur torche dans la nuit australe. Plus pour ne pas mourir de froid que pour trouver un refuge auquel elles ne croyaient plus. La lenteur de leurs gestes attestait qu'ils étaient à bout de forces et d'oxygène, à demi gelés. Le vent glacial tentait d'arracher leurs mains gantées de la corde qui, seule, pouvait leur éviter l'errance à l'aveuglette dans des ténèbres quasi absolues. La glace s'accrochait aux cheveux, aux sourcils et aux barbes. Elle piquait les visages et gelait sur les lunettes de protection. Ils ressemblaient de plus en plus à des bonshommes de neige ambulants qui auraient récemment appris à marcher.

Un bourdonnement mécanique s'éleva soudain au-dessus du tumulte du vent. Marcus se retourna vers ses collègues pour partager avec eux ce regain d'espoir. Dans un grondement épouvantable, la glace se mit à craquer sous leurs pieds et le sol à vibrer, comme lors d'un tremblement de terre. Luttant pour conserver son équilibre, Marcus fut projeté sur le côté. Le sol se désintégrait, remplacé par une énorme masse sombre. Pétrifié d'horreur, ses yeux mirent un certain temps à déchiffrer ce qu'il voyait. Les cristaux de glace qui tourbillonnaient en rafales donnaient à cette chose qui détruisait tout sur son passage un aspect fantomatique. Marcus eut alors le réflexe de braquer sa torche vers elle. Le disque de lumière qu'elle projeta lui permit de lire la marque KAMAZ sur une carrosserie orange. Ce monstre métallique, qui poursuivait sa charge dans un rugissement infernal, était en fait un chasse-neige de marque russe. Marcus ne savait pas comment les *boys* de Vostok s'y étaient pris, mais cela ressemblait fort à une mission de sauvetage !

Mais, contre toute attente, le véhicule passa son chemin sans les voir. Marcus se mit à hurler, à l'intention du conducteur :

— Hé ! Par ici ! Par ici !!

Mais sa voix, éraillée par le froid, ne parvenait pas à être audible sous le grondement du moteur et la furie de la tempête. Il se tourna vers ses collègues, mais ne vit rien d'autre que de la neige en suspension. Il s'était désencordé pour courir après le véhicule.

— Vlad ? Piri ? Kalypso ? Vous êtes où ?

Le faisceau de sa torche éclairait les ténèbres estompées par la tourmente sans parvenir à les localiser. Bientôt, la lumière faiblit. Marcus frappa sa torche à plusieurs reprises pour la rallumer, mais elle finit par succomber.

Alors, il se risqua à revenir sur ses pas tout en hurlant les noms de ses coéquipiers. Luttant contre des vents contraires, il essaya de courir mais ses jambes ne le portaient plus. Au bord de l'asphyxie, il aperçut les cônes lumineux des torches de ses camarades. Il hurla en agitant les bras.

Au milieu des sifflements du vent, Kalypso crut reconnaître sa voix. Elle plissa les yeux et balaya le maelström glacé avec sa lampe. Devant elle, une silhouette se débattait.

— C'est Marcus ! cria Vlad, qui, lui aussi, venait d'apercevoir son commandant.

Ragaillardis, ils se ruèrent vers leur ami qui faiblissait. Marcus ne percevait plus aucun son, si ce n'était son cœur qui battait le glas, tentant désespérément de le maintenir conscient.

À bout de forces, il chuta et dégringola jusqu'au pied d'une congère. Il termina sa course allongé sur le dos, les bras en croix.

Ses yeux festonnés de givre avaient de plus en plus de mal à rester ouverts. Le vent s'était calmé, laissant un paysage de glace réapparaître à l'envers : un ciel de crêtes massives, de séracs torturés, mais aussi une silhouette qu'il semblait reconnaître, à l'horizon.

Était-ce un mirage ?

Le flux d'adrénaline permit à Marcus de rouler sur le ventre pour se retrouver à l'endroit. Cette fois, il en était sûr. Cette forme familière, ce grand bâtiment préfabriqué, à demi enfoui sous la neige, était la base scientifique de Vostok…

Vlad, Piri et Kalypso surgirent derrière leur chef.

— On est là, commandant ! s'écria la jeune femme en s'agenouillant pour lui essuyer le visage.

Il trouva à peine la force de bredouiller :

— Le conducteur… du… du chasse-neige… il nous a… il nous a pas vus.

— Quel chasse-neige ? rétorqua Vlad.

Réalisant qu'il avait eu une hallucination, Marcus s'inquiéta aussitôt de la suite.

— Dis-moi… c'est bien… Vostok, là-bas ?

— Oui, Marcus, répondit Piri. C'est grâce à toi qu'on l'a trouvée. Tu peux marcher ?

— Pour un abri, je serais même prêt à courir.

— Appuie-toi sur nous, déjà.

Le commandant s'accrocha à sa stagiaire et à son chef mécanicien, qui le soutinrent sur les derniers mètres.

Devant eux, la base mythique de Vostok semblait émerger de l'immensité blanche. Son derrick surmontait un impressionnant complexe de forage autour duquel étaient agencés des bâtiments, à l'instar d'un petit village dont les rues seraient des sentiers étroits. Même si cette station isolée était située au point le plus froid de la planète, elle représentait pour les quatre rescapés le havre de paix dont ils rêvaient depuis douze heures de marche.

Ils firent une pause près de l'AT44 garé devant le bâtiment central, pendant que Vlad frappait vigoureusement à la porte d'entrée. Il patienta sur place en tapant du pied mais s'étonna bientôt de ne voir aucune lumière s'allumer. En l'absence de réponse, il força la porte et fit signe à ses collègues de le rejoindre.

Mais le spectacle qu'ils découvrirent à l'intérieur les laissa sidérés.

17

Des débris encombraient le sol : caisses de matériel en vrac, chaises renversées, moniteurs de télévision explosés… Et surtout un détail renforçait l'impression d'abandon : les carreaux des fenêtres étaient tous brisés. Comment des explorateurs avaient-ils pu ne pas réparer cela quand le premier ennemi en Antarctique était la température ? Il faisait presque aussi froid à l'intérieur qu'à l'extérieur.

— Y a quelqu'un ? demanda Vlad en russe en retirant ses lunettes de protection.

Il n'y eut pas de réponse.

Piri tenta d'actionner plusieurs interrupteurs, sans résultat.

Marcus secoua la neige de sa parka, s'assit sur un coin de table pour reprendre son souffle et suggéra :

— On prend cinq minutes pour récupérer, les gars. Et après on gère, OK ?

Perclus de douleurs, les yeux lourds de fatigue, personne ne fit d'objection. Marcus leur conseilla de frapper leurs membres endoloris afin d'y faire circuler le sang. Il sortit un document de la poche intérieure de sa parka raidie par le gel et l'étala sur la table. C'était un plan détaillé de la base de Vostok.

— Ils sont où ? demanda Kalypso en se frictionnant les bras.

— Ils ont dû quitter les lieux à la suite d'un séisme, répondit Vlad en constatant l'ampleur des dégâts.

— Il y a des tremblements de terre en Antarctique ?

— Des tremblements de glace, fit Marcus sans quitter le plan des yeux. Avec des magnitudes de sept sur l'échelle de Richter. À chaque secousse, la calotte glaciaire avance d'une quarantaine de centimètres vers la mer.

Kalypso n'en revenait pas qu'un continent gelé soit aussi vivant. Elle avait encore beaucoup à en apprendre sur la Blanche.

— Première urgence : rétablir le courant. S'ils n'ont rien changé, la salle des machines se trouve dans le bâtiment 7. Dès que tu peux, tu t'en occupes, Piri ? Ce sera droit devant toi. (Marcus vérifia à nouveau sur le plan.) Au bout du couloir, tu trouveras un escalier… c'est en sous-sol.

— C'est parti, fit Piri en s'enfonçant dans un long corridor plongé dans la pénombre.

Marcus leva les yeux du plan et s'approcha d'une des fenêtres brisées pour vérifier leur position par rapport au derrick du complexe de forage. Son regard s'arrêta sur l'AT44 recouvert d'une grosse couche de neige.

— S'ils avaient quitté les lieux, ils seraient partis avec le tout-terrain, vous ne croyez pas ?

Cette remarque transforma l'inquiétude de Kalypso en angoisse.

— Mais alors ils sont où ? s'affola-t-elle.

— Il n'y a qu'un moyen de le savoir, fit Marcus. La salle commune est de l'autre côté, dans le bâtiment 5.

Vlad ouvrit la marche en éclairant le sol jonché de débris, puis le couloir dans lequel ils avancèrent l'un derrière l'autre. Le faisceau lumineux de sa torche découvrit bientôt une porte condamnée par des planches clouées en travers, comme si l'on avait cherché à se protéger de quelqu'un ou de quelque chose.

Vlad braqua sa lampe vers le sol et chercha autour de lui un objet susceptible de lui servir d'outil. Au milieu des gravats, il repéra un morceau de cornière perforée, le genre qui soutient les étagères. Il s'en servit de levier pour arracher les planches. Une fois le battant dégagé, il le poussa de l'épaule, mais ne gagna que quelques centimètres d'ouverture.

— Elle est bloquée de l'intérieur, déclara-t-il.

Marcus colla ses yeux dans l'entrebâillement et cria :

— Y a quelqu'un ? Nous sommes les hivernants qui viennent vous relever !

Pas de réponse. Kalypso répéta la même chose en russe et ajouta :

— Notre avion s'est écrasé à une trentaine de kilomètres et on a besoin d'aide !

Toujours aucune réponse.

— On se la défonce à deux, Vlad ? suggéra Marcus.

— À trois, proposa l'informaticienne.

Les garçons échangèrent un regard qui signifiait « respect ».

— OK, fit le commandant. À trois. Prêts ? *Go !*

Ils s'élancèrent ensemble contre le battant. Le sol gelé sous les bottes n'aidait pas vraiment pour la stabilité. La blessure au flanc de Vlad et celle à la poitrine de Marcus non plus. Mais, à force d'acharnement, ils parvinrent à entrouvrir suffisamment la porte pour que le commandant puisse passer.

— Tu me files ta Maglite, Kaly ? Les piles de la mienne sont mortes.

La jeune femme la lui tendit et il dirigea son faisceau vers l'unité de communication radio qui avait été saccagée.

— Merde ! s'exclama Kalypso en pénétrant dans les lieux. Avec quoi on va communiquer, maintenant ?

— Avec ça, quand tu auras réparé, répondit Marcus.

— Vous me surestimez, commandant, soupira-t-elle gravement.

— Ils t'ont sélectionnée. Saint-Pétersbourg ne surestime personne.

Piri avait trouvé la salle des machines. Les deux groupes électrogènes étaient à l'arrêt. Il localisa les pupitres de contrôle, mais leurs tableaux étaient gelés. Alors, de son bras valide, il attrapa la corde du lanceur, la mit en tension et tira sur la poignée d'un geste sec. Il s'y reprit à plusieurs fois jusqu'à ce que le moteur démarre.

Le courant revint dans la base et, avec lui, le soulagement des rescapés. Kalypso s'attela immédiatement à l'évaluation des dégâts sur l'unité de communication radio. Quant à Marcus et Vlad, ils inspectèrent la pièce commune en profondeur.

Dans une salle informatique adjacente encore plongée dans l'obscurité, ils découvrirent une femme, de dos, penchée sur son clavier. Elle portait un casque sur les oreilles et ne les avait probablement pas entendus entrer.

— Madame ? fit Vlad en russe. Nous sommes les hivernants qui viennent vous relever.

Son fauteuil effectuait de petits va-et-vient latéraux comme si elle bougeait en rythme. Les deux hommes s'approchèrent lentement en prenant soin d'enjamber le matériel répandu sur le sol.

— Madame ? répéta Vlad. Où sont vos collègues ?

La femme était vêtue pour résister à la froidure de la pièce. Dans la lumière crue de sa torche, Marcus remarqua la flaque de sang congelé au pied du fauteuil pivotant. Son léger mouvement était dû au blizzard qui pénétrait par les carreaux cassés. Vlad et Marcus contournèrent le bureau et, lorsqu'ils dirigèrent leur lumière vers la femme, ils se rendirent compte que son visage était gelé dans une expression d'horreur. Elle s'était tailladé les poignets avec un éclat de verre qu'elle tenait toujours dans la main.

— Mon Dieu, murmura Vlad, épouvanté, qu'est-ce qui s'est passé ici ?

Le colonel se tourna vers Marcus, qui fouillait le bureau à la recherche d'une note que la femme aurait laissée pour expliquer son geste. Mais il n'en trouva aucune.

— Commandant, fit le Russe, je pense que tu seras plus utile ici à imaginer la suite à donner à ce merdier qu'au volant de l'AT44. Demande permission d'aller chercher nos amis à ta place.

— Permission accordée. Sois prudent, Vlad. Et ne leur dis rien de ce qui se passe ici. Ils l'apprendront assez tôt.

18

Retour au présent
Christchurch,
Nouvelle-Zélande

Le plateau de jeu était étalé sur la table de la salle à manger. Les cartes et les jetons, placés tout autour. Assis face à face, Abby et Liam disputaient une partie de Game of Thrones quand le téléphone sonna. Mais, concentrée sur le jeu de rôles, Abby préféra l'ignorer.

— Aria Stark attaque la maison Lanister ! s'écria l'enfant en bougeant une figurine.

— OK, je prends… Joffrey Baratheon comme défenseur, décida sa mère en déplaçant la sienne.

— T'es sûre de toi, maman ?

— Ben oui, pourquoi ?

— Parce qu'il est nul, Joffrey ! J'en voudrais même pas comme soutien, moi, T'aurais dû prendre Tywin !

La sonnerie s'éternisant, Abby alla décrocher en disant :

— Choisis une carte de ta main, face cachée.

Liam piocha et, à sa vue, ricana :

— J'ai six en hostilité !

— Attends que je prenne la mienne, tu ne vas pas rigoler longtemps. Allô ?

— Murphy ? C'est Cooper. Je te dérange pas ?

— Si, un peu.

— J'ai eu l'hosto, je peux interroger le gamin. Et je me suis dit que… tu voudrais en être.

Abby se tourna vers Liam qui attendait impatiemment que sa mère revienne jouer. Elle croisa le regard de Pierce qui comprit aussitôt le dilemme et lui fit signe d'accepter.

— J'te retrouve là-bas.

Elle raccrocha et revint vers Liam qui ne l'avait pas quittée des yeux.

— C'était qui ?

— Un collègue de Christchurch.

— Celui que t'es allée voir hier ?

— Ouais. J'ai besoin de lui donner un coup de main. Mais je serai rentrée dans l'après-midi. On finira la partie à ce moment-là, d'accord, mon prince ?

— D'accord, m'man, soupira Liam, déçu.

— On touche à rien, on laisse tout en place, suggéra Pierce, car maman est quand même en train de se faire dégommer, là.

— Dégommer, dégommer…

— Si, excuse-moi, ça m'a l'air gravement compromis.

— Grave, ricana Liam.

— En attendant, si on allait essayer le cerf-volant sur la plage ? proposa Pierce.

— Sérieux ? fit Liam.

— Ben oui, « sérieux ». Et après, on ira se manger un hamburger ?

— T'es trop fort, papy.

— C'est vrai que je suis pas mauvais comme grand-père.

— Et comme père, tu bats tous les records, fit Abby en enfilant sa parka.

— Fais gaffe, je vais demander une augmentation.

Elle éclata de rire, attrapa sa canne accrochée au portemanteau et se dirigea vers la sortie. Pierce s'interposa.

— Mot de passe ?

Un bisou sur le front fit l'affaire.

Quand Abby arriva à l'hôpital, le lieutenant Williams l'attendait sur le parking. Et, pendant qu'il l'escortait, elle eut droit à un éloge de la police de Christchurch, de son taux de résolution d'affaires bien plus élevé que celui de Scotland Yard et de la confiance que lui accordait la population. Elle se contenta de l'écouter pérorer d'une oreille distraite, sans daigner relancer la conversation. Cooper lui fit signe de loin. Elle le rejoignit et il la présenta aux parents de Nateo.

— J'ai demandé à la docteur Murphy de se joindre à nous pour cette audition. C'est une des meilleurs profileurs de Scotland Yard et elle va nous aider à retrouver le ravisseur de Nateo.

Abby dévisagea Cooper. Il n'avait jamais été question d'une chose pareille. Il sourit jaune. Et elle profita de cette incartade pour avancer ses propres pions :

— Je peux vous parler deux minutes en privé, monsieur Taylor ?

— Bien sûr, répondit-il.

Elle l'entraîna à l'écart en s'appuyant sur sa canne, sous les yeux sidérés du détective.

— Ce que je vais vous dire, monsieur, n'est pas encore officiel. Mais il y a de fortes chances pour que l'homme qui ait tenté de tuer votre fils soit le colonel Vlad Andrash, avec qui vous avez partagé cette mission tragique en Antarctique il y a un an.

Le visage de Marcus se décomposa.

— Est-ce qu'il existe un différend entre vous qui justifierait qu'il commette un tel acte ? Quelque chose qui se serait passé là-bas et qui le pousserait à se venger de vous en s'en prenant à votre fils ?

— Non, je... C'est impossible ! s'exclama Marcus, totalement perturbé. Vlad et moi sommes très amis. Vous êtes sûre que c'est lui ?

Abby sortit son portable et lui montra une photo du corps qu'elle avait visité à la morgue.

— C'est pas vrai..., soupira Marcus avec horreur.

— C'est bien lui, n'est-ce pas ?

Il hocha la tête et se tourna vers Cooper et Raïana, qui les fixaient de loin. Abby poursuivit avec délicatesse :

— Vous savez sûrement que le colonel Andrash était un ancien agent du KGB.

Encore sous le choc de la mort de son ami, Marcus acquiesça.

— La version officielle du Kremlin était que vous étiez le seul survivant du crash du C-130. De toute évidence, c'est un mensonge d'État. Combien d'autres survivants y a-t-il et que sont-ils devenus ?

— Je suis désolé, je ne peux pas répondre à cette question. J'ai signé un accord de confidentialité et...

— Est-ce que l'attentat contre votre fils pourrait avoir un rapport avec ça ?

— Je ne vois pas pourquoi. Je n'ai jamais rien divulgué de ce qui s'est passé là-bas et… Vlad ? Ça n'a aucun sens… on ne se cachait rien.

— « *Libera nos a Malo* », ça vous dit quelque chose ?

— Ça devrait ?

— « Délivrez-nous du Mal », c'est la devise des khlysts, une secte russe de la fin du XVIIe siècle. Vlad Andrash la portait tatouée sur l'aisselle. Les khlysts pensaient pouvoir vaincre le péché par le péché. Ils considéraient la débauche comme une sorte d'étape purificatrice sur le chemin de la rédemption.

— La débauche ? Vlad ? (Il secoua la tête.) Il était très croyant.

— Les khlysts sont très croyants. Trop, même.

Ce dernier argument déstabilisa totalement Marcus. Se pouvait-il qu'il ne connaisse absolument pas son ami ?

Abby attrapa une brochure médicale sur un présentoir et y inscrivit son numéro en disant :

— Je suis désolée, je n'ai pas encore de carte de visite, je viens à peine d'emménager. Mais, si quelque chose vous revenait, pourriez-vous me joindre à ce numéro ?

Encore sous le choc de ces révélations, Marcus accepta le prospectus et le plia dans sa poche.

L'audition avait commencé dans la chambre de Nateo et l'atmosphère était douloureusement tendue. Ses parents et les policiers présents l'écoutaient répondre à Cooper avec timidité. Il parlait peu et à son rythme, sans regarder personne dans les yeux.

Abby l'observait en silence pendant qu'il évoquait son enlèvement.

— Ils se disputaient, et du coup, personne ne faisait attention à moi, alors, j'en ai profité pour m'enfuir. C'est la dernière chose que je me rappelle.

— C'était un homme ou une femme ? demanda Cooper.

— Un homme. Mais il y avait une femme aussi.

— Comment tu le sais ?

— Je les ai entendus parler.

— Qu'est-ce qu'ils disaient ?

— Je sais pas, je... je comprenais rien.

— Ils parlaient anglais ?

L'enfant secoua la tête.

— Exprime-toi avec des mots, s'il te plaît, Nateo, pour l'enregistrement.

— Ils parlaient russe, je crois.

Marcus ne put s'empêcher de penser à sa conversation avec Abby. Il se tourna vers elle et se rendit compte qu'elle l'observait. L'enlèvement de Nateo avait eu lieu bien avant la mission antarctique. Vlad n'avait aucune raison de lui en vouloir à ce moment-là... Et même après.

— Est-ce que tu as vu leurs visages ? poursuivit Cooper. Tu pourrais nous les décrire ?

Nateo se tourna vers ses parents, puis s'attarda sur Abby, dont le regard inquisiteur l'intimidait.

— C'est très flou dans ma tête et... et j'arrive pas à me souvenir.

— Tu te débrouilles très bien, Nateo, le rassura Cooper. Tu es sûr qu'il y avait une femme parmi tes ravisseurs ?

— Oui, sûr. Elle était gentille. C'était elle qui s'occupait de moi.

— Tu te souviens de son nom ?

— Oui. Maman.

Cet aveu eut un effet dévastateur sur Raïana, qui porta la main à sa bouche pour réprimer un cri. Marcus la serra contre lui.

— Les hommes qui te poursuivaient, est-ce que ce sont eux qui t'ont enlevé ?

Il fit un effort pour essayer de se rappeler, mais…

— Je ne sais pas.

Nateo semblait totalement perdu.

Cooper échangea un regard avec ses parents pour leur signifier qu'il allait écourter l'entretien. Abby en profita pour prendre la main.

— Nateo, une dernière question. Tu as disparu pendant trois ans. Tu te rappelles peut-être certains détails, l'endroit où tu étais détenu, par exemple ?

Nateo haussa les épaules.

— Je ne sais pas mais… il faisait froid. Et il y avait de la neige.

— C'était dans une ville ? Un village ?

— Je me rappelle plus. J'avais pas le droit de sortir.

— Et… tu étais retenu comment ?

Abby s'intéressait davantage à la gestuelle et aux mimiques de Nateo qu'à ses réponses. Elle le vit regarder ses mains, puis se frotter les poignets comme s'il imaginait qu'il portait des liens.

— Tu étais attaché ? insista la psychologue.

— Nat, intervint Marcus, si tu es trop fatigué, dis-le-nous. On peut s'arrêter quand tu veux…

Nateo hocha la tête et lui sourit tristement.

— Je voudrais bien… arrêter, si ça vous ennuie pas. Je suis fatigué.

— Bien sûr, Nateo, répondit Cooper. Merci d'avoir fait cet effort. Ça va nous aider.

Pendant que Raïana et Marcus réconfortaient leur fils, Cooper se tourna vers Abby et se rendit compte qu'elle était sortie. Sans un mot pour ses hommes, il la rattrapa dans le couloir.

— Murphy ! Alors qu'est-ce que t'en dis ?

— Il ment.

— Comment ça ?

— Il invente ce qu'il dit. Il affabule.

— À quoi tu vois ça ?

— À sa gestuelle, ses expressions. Son corps dit la vérité, mais ses paroles la cachent la plupart du temps.

— Pourquoi il ferait ça ?

— J'en sais rien. La honte de ne pas se rappeler, peut-être…

Abby grimaça et fit une pause dans le couloir pour reprendre son souffle. Elle s'assit dans un espace d'attente, fouilla dans la poche de sa parka et y trouva un flacon de comprimés. Elle en glissa un sous sa langue et ferma les yeux.

— Ça va ?

— Oui, oui, t'inquiète. Les douleurs, c'est H24, mais parfois il y a des pics insupportables.

Elle se racla la gorge et soupira.

— Continue de me parler, ça m'aide.

Il s'assit à ses côtés et demanda :

— Je peux savoir de quoi vous discutiez, toi et le père du gamin, avant l'audition ?

— De Vlad Andrash.

— De qui ?

— De celui qui a tenté de tuer son fils. Ils étaient ensemble en Antarctique, il y a un an. Je lui ai montré la photo de la morgue, il l'a identifié.

— Je croyais que Taylor était le seul survivant de la catastrophe aérienne.

— Tu fais confiance au Kremlin, maintenant ?

— OK, fit Cooper, estomaqué. Tu sais quoi ? Je sens que je vais te raccompagner chez toi. Il faut qu'on parle.

— De quoi ? De la proposition de travail que tu es censé m'avoir faite ?

— Ah, qu'est-ce que tu peux être chiante, à tout déduire comme ça !

— C'est mon métier, Coop.

19

Un an plus tôt
Antarctique

La chaleur du café leur avait insufflé un regain de vie. Quant à celle fournie par le générateur, il allait falloir attendre plusieurs heures avant qu'elle compense la température glaciale qui régnait dans la base. Marcus et Piri s'employèrent à calfeutrer les carreaux cassés avec tout ce qui leur tombait sous la main ; du carton, des couvertures… Mais dès le lendemain matin, il leur faudrait les remplacer par du matériel adéquat, stocké dans l'entrepôt.

Le suicide de la technicienne russe les avait tous bouleversés, mais Marcus plus encore que les autres pour une raison qui lui était personnelle…

Il se revit au chevet de cette vieille dame à laquelle il fêtait la fête des mamans chaque année, celle qui l'avait élevé à la place de sa mère, quarante-cinq ans plus tôt. Il venait la voir tous les week-ends à la maison de retraite, à l'heure du déjeuner, pour s'assurer qu'elle mange. Il lui donnait la becquée, comme elle avait fait pour lui quand il était petit. Et dans ses yeux voilés, il voyait bien que c'était pour ces quelques heures de partage qu'elle acceptait de continuer de vivre les cinq autres jours. Mais, ce week-end-là, Marcus n'avait pas pu venir et elle en avait profité pour larguer les amarres. De son dernier repas, elle n'avait touché qu'au couteau. Et quand la fille de salle était venue débarrasser, il n'était plus sur le plateau. Lorsque le téléphone sonna ce dimanche en pleine nuit, Marcus sut avant de décrocher. Il se précipita sur place, espérant la trouver encore chaude, mais l'hiver était arrivé avant lui. Elle s'était ouvert les veines avec ce couteau émoussé qui semblait pourtant aussi inoffensif qu'elle.

Larguer les amarres… Il la comprenait tellement, maintenant !

— OK, elle se suicide, soupira Kalypso en travaillant sur l'équipement radio. Mais pourquoi elle se barricade avant de le faire ? Est-ce que c'est lié à la disparition de ses collègues ?

— Il faut fouiller la base à la recherche d'autres cadavres, déclara Piri, en proie à un malaise grandissant.

— On va s'en occuper, fit Marcus, mais il faut déjà terminer l'isolation de la base et signaler notre présence. Tu en es où de la réparation de la radio, Kaly ?

— J'ai réparé tout ce qui pouvait l'être et j'ai envoyé des messages de détresse à Amundsen-Scott, Concordia et Mirny sur plusieurs fréquences. Mais j'ai un doute sur les relais à haut gain de l'antenne. Faudra monter vérifier dès que la tempête se calme.

Piri était pâle et transpirait anormalement. Il avait beau avoir rétabli le chauffage des locaux en relançant le générateur, il ne faisait pas chaud au point d'être en sueur.

— Qu'est-ce que tu t'es fait à la main ? demanda Kalypso en apercevant le bandage ensanglanté que Piri avait bricolé.

— Je me suis blessé… en manipulant un…

Il se tut brusquement, grimaça et sembla désorienté. Marcus courut le rattraper avant qu'il ne tombe. Kalypso lui toucha le front.

— Il est brûlant !

— Apporte-moi de la glace, vite ! ordonna Marcus en retirant le pansement ensanglanté que le pilote portait à la main. L'hémorragie s'était arrêtée mais sa peau était couverte de taches noires nécrosées.

— Merde ! bredouilla le pilote en le découvrant. Qu'est-ce que c'est que ce truc ?

— Kaly ? Ça vient, la glace ?

Elle rappliqua avec des packs. Marcus en plaça un sur la nuque de Piri.

— Mets-en sous ses aisselles !

Kalypso obtempéra sans discuter.

— Putain, j'ai super mal, Marcus ! Et je sens que ça monte, je sens que…

Il s'interrompit au milieu de sa phrase. Le visage crispé, il se mit à gémir atrocement. Il empoigna le bord d'une table de sa main valide. Ses muscles se crispèrent et tout son corps se mit à trembler. Paralysée par cette vision, Kalypso le regardait se tordre de douleur.

— Kaly ! Aide-moi à le transporter à l'infirmerie ! Maintenant !

L'autorité de Marcus la fit sortir de sa torpeur. Il enveloppa la main contaminée dans un chiffon et s'adressa au pilote, d'un ton rassurant :

— Allez, on y va, Piri ! Attention à son bras cassé. Un, deux, trois !

Ils le soulevèrent par les aisselles et, ensemble, le traînèrent à travers les couloirs de la station.

— On y est presque, vieux. Allez, tu peux le faire.

Ils pénétrèrent dans l'infirmerie et l'installèrent sur la table d'opération.

— Tu le tiens, là ? s'enquit Marcus.

— Oui, répondit Kalypso.

— Attention à sa nuque. Doucement, doucement.

— Putain, c'est insupportable, Marcus ! J'ai trop mal !

— On s'en occupe, Je vais te filer de la morphine. Reste avec nous, OK ?

— Je sens que… ça monte, dit-il en grimaçant.

— Kaly, les packs de glace, recouvre-le avec ! ordonna Marcus. Il faut faire chuter la température.

Elle courut les chercher dans la salle commune.

— On va t'entraver, vieux, le temps de te soigner, d'accord ?

— Faites vite, je ne sais pas si je pourrai…

Kalypso revint avec les packs et les entassa sur lui comme si c'étaient des sacs de sable. Ils bouclèrent des sangles autour de ses chevilles et de ses coudes pour éviter de manipuler la main infectée. Puis Marcus se rua vers le placard à pharmacie et en retira de quoi faire une injection d'analgésique. Une fois la piqûre terminée, il jeta la seringue et enfila des gants de latex. Mais le pilote glissait progressivement vers la perte de connaissance.

— Ouvre-moi ces putains d'yeux, Piri ! ordonna Marcus. Et fais-moi un haka, bordel !

L'ex-All Black n'était pas très doué pour obéir aux ordres, mais la provocation de Marcus fut efficace. Ses paupières se rouvrirent.

— Voyons où en est cette main, fit le commandant.

— Ne la touchez pas ! Je ne veux pas… vous filer cette saloperie.

— J'ai des gants, Piri, et je vais faire super gaffe, crois-moi.

Il dégagea la couverture qui enveloppait l'infection et constata avec angoisse que la croûte noire grimpait le long du bras.

— Oh, mon Dieu ! ne put s'empêcher de lâcher Kalypso.

— Je suis désolé, vieux, soupira Marcus. Je peux juste te soulager, mais je suis glaciologue, pas toubib.

— C'est déjà bien. La morphine… commence à faire son effet, merci, commandant.

Marcus lui caressa le front en essayant de conserver le ton neutre d'un chef, mais il avait de plus en plus de mal.

— Yuri et Masha vont arriver d'un instant à l'autre et eux sauront te soigner. Ils voudront sûrement une prise de sang donc je vais te la faire pour gagner du temps, ça marche ?

— Ça marche. Quelle ironie, hein ? On s'écrase en avion… je m'en sors et… une putain de bactérie patiente trente-quatre millions d'années pour me bouffer…

Marcus fronça les sourcils. Les paroles de Piri prenaient un sens nouveau pour lui. Il déballa un kit de prise de sang et demanda :

— Tu veux dire quoi par là ? Que cette saloperie…

— … provient des carottes glaciaires… que les Ruskofs ont exhumées. « – 3 *623 metrov* », y avait écrit dessus. Dans le bâtiment 7. J'en ai manipulé une, comme un con.

Tout en effectuant le prélèvement, Marcus songeait aux dispositions qu'ils allaient devoir prendre pour accomplir leur mission. Elle consistait à étudier cette forme de vie, à l'analyser, pas à s'en protéger.

Les taches nécrosées avaient déjà colonisé tout le bras de Piri, recouvrant ses tatouages d'une épaisse croûte noire.

— All Black…, ironisa-t-il, j'aurai bientôt plus besoin de maillot…

Son rire se transforma en une toux qui le fit grimacer de douleur.

— Arrête tes conneries ! Yuri et Masha vont stopper cette merde.

Mais la crise était loin d'être terminée. Les lèvres de Piri se contractèrent de façon incontrôlable et son corps entier fut pris de convulsions ; des spasmes tellement violents qu'il serait tombé s'il n'avait pas été attaché à la table d'opération. Ses yeux se révulsèrent. Ses paupières gonflèrent sous l'excédent de pus et se teintèrent de noir.

— Son visage, commandant…, murmura Kalypso, horrifiée.

Les veines de son front et de ses joues devinrent apparentes et sombres. Ses muscles fondirent à vue d'œil, au point que sa peau n'avait d'autre choix que d'épouser ses os, lui conférant progressivement une apparence de cadavre. Des bruits de déchirement, des sons affreux de gargouillis accompagnaient la transformation d'un corps souffrant le martyre. Une odeur répugnante, putride et pestifère se répandit dans la pièce, faisant reculer les explorateurs.

Avant qu'ils aient pu recouvrer leurs esprits, Piri gisait inconscient sur le lit chirurgical, tête rejetée en arrière et bouche béante.

20

Retour au présent
Christchurch,
Nouvelle-Zélande

Une voiture de police arborant le balisage Battenberg jaune et bleu se gara le long du trottoir, suivie de près par le pick-up de Marcus. Les policiers descendirent et repoussèrent les journalistes et les photographes qui avaient déjà envahi l'entrée.

— S'il vous plaît, reculez, laissez passer !

Marcus et Raïana sortirent et se tournèrent vers Nateo, qui examinait la maison de Fendalton depuis la banquette arrière. Il y avait, dans son regard, un mélange de curiosité et d'émerveillement, mais pas une once de souvenir de ce chez-lui dans lequel il était censé avoir vécu cinq ans.

Marcus couvrit sa tête à l'aide de son blouson pour le protéger des photographes et l'aida à descendre. L'enfant avait encore quelques difficultés à se déplacer en raison de l'intervention qu'il avait subie. Ses parents le guidèrent vers l'entrée en se frayant un chemin à travers les reporters que les policiers continuaient d'éloigner.

— Monsieur Taylor, qu'est-ce que ça vous fait de retrouver votre fils ?

— Êtes-vous sûr qu'il s'agit bien de Nateo ?

Choqué par cette dernière question, Marcus fut tenté de répondre mais préféra épargner cela à sa famille.

Une fois à l'intérieur, il débarrassa Nateo du blouson et le laissa se familiariser à nouveau avec son foyer. Marcus dut se faire violence pour ne pas précipiter les choses. Il avait investi tellement d'émotions dans ce moment qu'il lui fallait se raisonner pour intervenir le moins possible. Donner le maximum d'espace à son fils, lui laisser gérer ce retour à sa façon, voilà ce qu'il s'était promis.

Nateo regarda autour de lui, sans rien reconnaître.

— C'est sûrement un peu différent pour toi, maintenant, se risqua à dire Raïana, d'autant que ça l'était pour elle.

Un silence douloureux vint ponctuer cette phrase.

— Tu veux manger quelque chose ? proposa Marcus pour dissiper la gêne.

— Non merci. Je suis fatigué.

— Bien sûr. Viens, je… on va te montrer ta chambre. Elle est à l'étage. Ça ira ? Si c'est trop difficile pour toi, on t'installera au rez-de-chaussée.

Nateo ne répondit pas et suivit ses parents dans l'escalier. Il monta lentement les marches en détaillant les photos accrochées au mur. Il se découvrit à des âges différents dans des moments de bonheur partagés avec ses parents, moments qu'il n'avait pas la sensation d'avoir vécus. Il se retourna vers eux, désemparé.

— Ne t'inquiète pas, Nateo, le rassura Marcus. Ta mémoire reviendra.

Ils traversèrent ensemble le couloir et s'arrêtèrent devant une porte.

Le petit garçon caressa les lettres de bois qui formaient son prénom sur le battant. Il leva les yeux vers son père, comme pour demander la permission, Marcus hocha la tête et il entra.

La chambre n'avait pas changé depuis sa disparition. C'était donc celle d'un enfant de cinq ans : un petit lit bien rangé, des casiers de jouets empilés près de la fenêtre, des peluches, des vêtements aux couleurs pastel. Marcus et Raïana observaient leur fils, depuis le seuil.

Étrangement, ce furent les posters de l'Antarctique qui retinrent son attention. Il s'en approcha si près qu'il donnait l'impression de vouloir s'y fondre.

Marcus fut troublé par ce comportement. Qu'y avait-il de plus familier dans ces posters que dans n'importe quel objet de la pièce ?

La nuit était chaude, mais un doux vent de nord-ouest la rendait supportable. Le nez collé à la fenêtre de la cuisine, Marcus observait la relève des policiers qui montaient la garde devant son domicile.

Derrière lui, Raïana alla ouvrir le réfrigérateur. Elle resta ainsi quelques minutes, debout dans la fraîcheur qui s'en dégageait, les yeux perdus dans le vague.

— Nateo ne me laisse pas le toucher, fit-elle tristement.

— Tout ça est très nouveau pour lui. Il faut lui laisser le temps de s'habituer.

Elle prit deux bières dans le frigo, les décapsula, en tendit une à Marcus et lui dit :

— Est-ce que tu penses que ceux qui ont essayé de le tuer vont à nouveau s'en prendre à lui ?

— Ils sont morts, Raï. Et l'un d'eux était Vlad.

— Vlad Andrash, ton ami ? Mais je croyais qu'il était mort dans votre accident d'avion…

— C'est compliqué, Raï, je ne peux pas t'en dire plus, tu le sais… Mais… je n'arrive pas à comprendre pourquoi il aurait fait une chose pareille. J'ai participé à cinq missions polaires avec lui. On était comme les deux doigts de la main. Il savait ce que j'endurais par rapport à Nateo. Il m'a soutenu moralement pendant toute cette période. Alors quoi ? Il l'aurait retrouvé pour le tuer ?

— C'est peut-être lui qui l'a enlevé, Marcus. Et quand Nateo s'est enfui, il a eu peur qu'il parle.

Marcus poussa un long soupir.

— Pourquoi il l'aurait enlevé ? Pour l'offrir en pâture à sa secte ?

— Quelle secte ? s'inquiéta Raïana.

— Les khlysts… Vlad en était membre, apparemment. J'arrive pas à y croire…

Gagnée par le stress de son mari, Raïana s'en détourna. Son regard s'arrêta sur la porte du frigo. Parmi les nombreuses photos qui y étaient collées, celle de Marcus et elle, amoureux, était la plus grande. Elle sourit tendrement en s'y perdant, puis se sentit obligée de dire :

— Écoute… je ne veux pas t'imposer ma présence ici, je peux me…

— C'est ta maison, Raï. La seule chose que tu m'aies imposée, c'est ton absence. Tu peux rester chez nous le temps qu'il te plaira.

— Je pense que… si on veut que Nateo retrouve la mémoire, il faut que tout soit exactement comme avant. Nous y compris. On est ses parents et ça, ça ne peut pas changer.

Marcus acquiesça tristement et posa sa bière non entamée sur la table.

— La chambre d'amis est prête, conclut-il en s'éloignant.

Il quitta la cuisine, abandonnant Raïana à ses pensées.

Arrivé à l'étage, il vit que la porte de la chambre de son fils était entrouverte. Il s'approcha et jeta un œil à l'intérieur. Nateo était couché, non pas dans son lit mais par terre, au pied des posters de l'Antarctique.

21

Un an plus tôt
Antarctique

Le bruit caractéristique du moteur de l'AT44 attira l'attention de Kalypso et de Marcus. Ils délaissèrent la réfection des locaux pour aller prêter main-forte aux rescapés que Vlad ramenait.

Dario avait miraculeusement survécu au transport en tout-terrain. Il était sous sédatif mais vivant. On l'installa dans une chambre-cabine avec une partie du matériel d'assistance médicale dont disposait l'infirmerie. L'autre restait affectée à Piri.

Marcus débriefa l'équipe sur la situation dans la station : les dégâts matériels, la disparition des membres de la mission précédente, le suicide de l'une d'entre eux et l'infection fongique dont Piri avait été victime… Le moral était donc au plus bas.

Bizarrement, le seul à ne pas être affecté par ces mauvaises nouvelles était Damian Richard. Il vivait cela comme une expérience hors du commun et tenait juste à ce que l'on en garde une trace. Aussi avait-il commencé à tout filmer avec son portable. Quand il serait de retour à la civilisation, le documentaire qu'il réaliserait pour Nirvana battrait tous les records d'audience.

En attendant d'en apprendre plus sur ce qui avait poussé leur compatriote à se suicider, Yuri et Masha s'étaient opposés à toute inhumation de son cadavre. Ils l'avaient juste enroulé dans une protection isolante et placé dehors, jusqu'à ce qu'ils puissent l'autopsier.

Quant à Piri, l'infection fongique dont il souffrait avait colonisé son corps, si bien que sa peau était entièrement couverte d'une sorte de croûte noire nécrosée qui avait fait fondre ses muscles, lui conférant l'apparence parcheminée d'une momie. Ses yeux et toute la zone orbitaire étaient gonflés et noirs. Mais plus rien ne suintait. Les paupières étaient fermées. Les narines et les oreilles bouchées par une sorte d'excroissance spongieuse.

— Ça ressemble à une mucormycose, commenta Masha.

— C'est quoi ? s'enquit Marcus.

— La maladie du champignon noir. Mais elle a besoin d'un climat chaud et humide pour se développer. Tout le contraire d'ici.

— Le plus étrange, dit Yuri, c'est cette sorte d'hibernation dans laquelle Piri est plongé. Son rythme cardiaque est ralenti. Il tourne à vingt battements par minute au lieu de soixante et sa température corporelle est à trente-deux degrés !

— On ne peut pas le laisser dans cet état, s'inquiéta Vlad, Il y a bien un traitement contre la mucormycose, non ?

— Oui, répondit Yuri. Le débridement chirurgical, mais…

— Le quoi ? demanda Damian Richard qui filmait l'examen avec son portable équipé d'un stabilisateur.

— Le retrait de cette couche de champignon chirurgicalement. Mais, vu l'étendue de l'infection, ça reviendrait à l'écorcher.

Masha glissa sous le microscope un échantillon du sang de Piri, tiré du prélèvement que Marcus avait effectué.

— On peut peut-être essayer un traitement antifongique, suggéra-t-elle, à base d'amphotéricine B ou un antimycosique comme le posaconazole…

Marcus se tourna vers Yuri et demanda :

— Et on a ça ici ?

— Je ne connais pas le stock, commandant, je viens d'arriver.

— Oui, excuse-moi.

— Viens voir ça, chéri ! s'exclama Masha en cédant le microscope à son mari.

Yuri se pencha sur l'œilleton et observa quelques secondes avant de commenter :

— C'est comme si… deux souches sanguines étaient présentes et que l'une essayait de dominer l'autre. Tu as pu isoler la souche étrangère ?

— Oui. Mais elle n'est pas étrangère, Yuri. C'est celle de Piri, mais… transformée par l'organisme spongiaire.

Yuri se redressa, surpris.

— Tu veux dire quoi par « transformée » ?

— Mutée. La souche variante est très voisine de la nôtre mais plus résistante à la maladie. Elle contient des leucocytes surnuméraires en pagaille, son matériel cellulaire est plus dense, le plasma plus fluide… je n'ai jamais vu ça.

Yuri se tourna vers Marcus et demanda :

— Où est-ce que tu dis qu'il s'est blessé ?

L'instant d'après, Masha ouvrait la porte d'un réfrigérateur sur lequel était inscrit « *Morozhenoye morkov'* ». Stockés à l'intérieur, elle découvrit des échantillons de glace conservés dans des cylindres de Plexiglas. Sur l'un d'eux, une étiquette annonçait : « *Gubchatyye bakterii, otobrannyye na glubine 3 623 metra.* »

Des cristaux noirs colonisaient sa base. Sous la loupe, ces excroissances spongiaires paraissaient suffisamment acérées pour que Piri ait pu s'y blesser. Du reste, il y avait encore des traces de sang.

Masha effectua un prélèvement.

— Et ça veut dire quoi, l'inscription en ruskof ? demanda Damian Richard, qui continuait d'immortaliser les événements.

— « Carotte de glace », traduisit Masha. « Bactérie spongiaire, prélevée à – 3 623 mètres de profondeur. »

— Bactérie ? s'étonna le styliste de Nirvana. Ne me dites pas que l'éponge préhistorique qu'on est censés analyser est une putain de bactérie !

— Les éponges sont des animaux, Damian. Et la plupart vivent en symbiose avec des bactéries qui peuvent représenter jusqu'à 40 % de leur masse corporelle. Et peut-être plus dans le cas de celle qui nous occupe.

— Vous pensez que la disparition des membres de la mission précédente pourrait être liée à l'infection dont souffre Piri ? s'inquiéta Vlad.

— C'est possible mais, dans ce cas, où sont leurs corps ?

— Si c'est le cas, on ferait peut-être bien de se débarrasser des deux qu'on a sous la main, suggéra le styliste.

— De qui vous parlez ? demanda Yuri, choqué.

— De la suicidée et de Piri. On ne va pas compromettre la vie de toute une équipe parce que l'un d'entre nous est touché, si ?

— Je n'arrive pas à croire que vous puissiez dire une chose pareille, monsieur Richard ! s'emporta Marcus. Qu'est-ce qui débloque chez vous ?

— Chez moi ? Ce n'est pas moi qui mets nos vies en danger.

— Qu'est-ce que vous voulez dire par là ?

— Que Piri a violé le protocole en tripotant des échantillons, alors vous m'excusez, mais je n'ai aucune compassion pour lui.

Kalypso fit irruption dans la salle des machines en disant :

— Notre compatriote a enregistré un rapport vidéo destiné à Mirny avant de se suicider. Je pense que… vous devriez venir l'écouter.

L'équipe accompagna l'informaticienne jusqu'à la salle commune. Kalypso mit en marche l'enregistrement et la femme apparut sur l'écran. Aussi résignée qu'épuisée. « *Baza Vostok na stantsii Mirny. Vot dezhurnyy Vera Kiriyenko.* »

Kalypso effectua une traduction simultanée qui permit aux non-Russes de ne rien rater de ses propos.

— « Base de Vostok à station Mirny. Ici l'officière en charge Vera Kiriyenko. Je ne sais pas ce que… vous saviez exactement avant de nous envoyer ici, mais…

ce que nous vivons est difficile à décrire. On n'arrive même pas à se mettre d'accord entre nous sur ce qui… sur ce qui nous arrive, ou… sur ce qu'il faut faire. Je suppose que la solution la plus évidente serait de fuir, mais… il n'y a qu'un véhicule et… ça ne changerait pas ce que nous devenons. Je me suis barricadée dans la salle commune pour me protéger. Et éventuellement… protéger les autres car… je ne sais pas où j'en suis moi-même, mais… je ne peux pas prendre le risque de survivre… je ne peux pas… J'espère que, dans son infinie sagesse, Dieu ne verra dans mon geste que charité et que les miens me pardonneront. »

Soudain, l'image se pixélisa sur l'écran. Kalypso arrêta l'appareil et se tourna vers ses collègues, sidérés.

22

Retour au présent
Christchurch,
Nouvelle-Zélande

Nateo ouvrit le robinet de douche et régla la température au plus froid. Puis il entra dans la cabine et s'assit sous le jet. L'eau glaciale qui coulait sur son visage et son corps ne l'incommodait pas, bien au contraire. Il semblait en éprouver une forme d'apaisement.

Au bout de quelques secondes, il ouvrit les yeux pour contempler sa peau qui se hérissait de milliers de petites bosses, une chair de poule vivifiante qui lui faisait un bien fou. Il toucha les cicatrices qu'avaient laissées les balles sur son thorax et son crâne, et les détonations revinrent le hanter…

Il revit ses mains sanglantes tentant de hisser son corps meurtri le long des marches froides, le marbre humide sous lui et cette douleur qui irradiait dans sa poitrine. Il leva les yeux vers les silhouettes des résidents qui se découpaient sous le pommeau de douche. L'eau froide qui en giclait l'aveuglait, mais il parvint malgré tout à entendre les bottes de son bourreau s'arrêter derrière lui. Il se retourna dans la cabine et… le vieil homme était là, de l'autre côté de la vitre embuée et, dans ses yeux froids, Nateo ne décela rien d'autre qu'une mort promise. Une nouvelle détonation retentit qui projeta du sang sur le sol carrelé.

L'eau glacée l'entraîna aussitôt dans l'évacuation…

L'enfant reprit soudain conscience. Il n'y avait ni sang dans le bac, ni agresseur derrière lui. Et, tandis qu'il recouvrait ses esprits, les derniers mots du vieil homme résonnaient encore dans sa tête.

— *Ne rebenok…*

Raïana sortit de la chambre d'amis et se dirigea spontanément vers celle de son fils. La porte était ouverte, le lit intact et la pièce vide. Elle s'inquiéta soudain de cette absence qui lui en rappelait une autre. Elle se précipita au bas de l'escalier et découvrit Nateo, les cheveux mouillés, assis en tailleur sur le divan, un album de famille ouvert sur les genoux. L'enfant se tourna vers elle. Il avait les larmes aux yeux.

— Excuse-moi, bafouilla-t-elle, je ne voulais pas… te faire peur.

Le petit garçon ne répondit rien et reprit son feuilletage des photos souvenirs, s'attardant sur ces tranches de vie dont il ignorait tout.

— Je n'ai pas de… de petit frère ou de grande sœur ? demanda-t-il.

— Non. Tu aurais aimé en avoir ?

Nateo haussa les épaules.

— Tu avais des amis, à l'école. Sam, par exemple. Ou Megan. Tu l'aimais bien, Megan. Ça te dirait de les revoir ?

Il essuya ses larmes sans répondre.

— Je peux organiser ça, si tu veux. Tu leur as tellement manqué !

— Ils me reconnaîtront plus, fit-il tristement.

— Ça vous fera un point commun, plaisanta-t-elle.

Nateo pencha la tête de côté et plissa les yeux. Il vit que sa mère souriait mais ne comprit pas ce que cela signifiait.

— C'est juste de l'humour, Nateo.

— De l'humour ?

— Oui, une taquinerie, une blague. Tu en faisais beaucoup, avant.

Raïana se mit à rire et l'enfant l'imita.

Du haut de la mezzanine, Marcus assistait avec tendresse à ce moment de complicité entre mère et fils. Comme s'il ressentait sa présence, Nateo leva les yeux vers son père et lui sourit.

Dans ce sourire, Marcus vit une promesse de guérison. Celle de Nateo, bien sûr, mais aussi la sienne. Quelques secondes de bonheur suffisaient-elles à effacer des années de souffrance ? L'âme humaine était ainsi faite qu'elles le pouvaient.

Et Marcus voulait y croire.

23

Un an plus tôt
Antarctique

La salle commune était la pièce la plus large et la plus fréquentée de la station. Un baby-foot et un billard permettaient aux explorateurs d'y partager des moments de complicité. Une console de jeux vidéo, des livres et des films étaient également à leur disposition. Mais les rescapés de la mission Nirvana n'avaient pas le cœur à la détente.

L'enregistrement qu'ils avaient écouté résonnait encore dans l'esprit de tous, et l'état de Dario et de Piri était plus que préoccupant. Les secondes qui s'écoulaient donnaient l'impression que personne ne parlerait plus jamais. Même le bruit des couverts revêtait un parfum d'indécence. Comme un médecin qui vous prend le pouls, Marcus observait chaque membre de son équipe tout en jouant nerveusement avec le bracelet maori qu'il portait au poignet.

Damian Richard fut le premier à oser briser l'ormerta.

— Je croyais que ces putains de satellites pouvaient déceler jusqu'à la marque de nos jeans. Et ils peuvent pas voir nos allées et venues ?

La même expression d'irritation traversa le visage des scientifiques. Kalypso se dévoua pour répondre :

— Un satellite de transmission au-dessus d'un désert de quatorze millions de kilomètres carrés n'a pas dû sembler d'une grande utilité, monsieur Richard.

— Damian…

Décontenancée, Kalypso se tourna vers son chef de mission en quête d'approbation. Marcus la lui donna, d'un hochement de tête.

— Damian, rectifia-t-elle.

— Enfin, il y doit bien y avoir un moyen de faire comprendre à quelqu'un, sur ce putain de glaçon, qu'on est vivants, non ?!

Bien décidé à mettre un terme à cette interminable journée, Marcus se leva et demanda :

— Quelqu'un veut un autre café ? Non ? Bon, on est tous épuisés. Après une bonne nuit de sommeil, si les conditions météo le permettent, Kalypso vérifiera l'antenne radio et réparera si besoin les relais à haut gain.

— Commandant, on peut évoquer le cas de Piri, avant d'aller dormir ? suggéra Masha.

Les naufragés se tournèrent vers Marcus.

— Bien sûr, dit-il en se rasseyant. Je vous écoute.

— Qu'est-ce qui se passe si son… hibernation s'éternise ? demanda-t-elle.

— Pourquoi ? On va le garder combien de temps dans nos murs ? s'inquiéta le styliste.

— Vous proposez quoi, « Damian » ? réagit Kalypso. De le jeter dehors ?

— Jeter, non, bien sûr, mais, dehors, va falloir y penser. Le froid momifie. C'est un rite mortuaire comme un autre. Nos amis du crash s'en sont bien contentés.

— Piri n'est pas encore mort, que je sache, souligna Marcus. Et, si ça doit se produire, on décidera ensemble de ce qu'on fait.

— C'est tout vu, trancha Vlad. Il faut enterrer nos morts. Même ici, ils ont droit à une sépulture. *Libera nos a Malo*.

— Quoi ?

— « Délivrez-nous du Mal. » Sans sépulture, ils ne seront jamais libres. Sur le site du crash, on ne pouvait pas, mais ici on a le matériel pour le faire.

Le silence s'imposa, mais comme un temps de réflexion, cette fois. Et Damian Richard le rompit à nouveau :

— Je trouve juste absurde de dépenser notre énergie à creuser dans la glace une tombe que personne ne viendra fleurir.

— Moi aussi, je suis contre, fit Masha. Mais pas pour les mêmes raisons. L'idée de contaminer l'Antarctique avec des bactéries dont on ignore tout me semble contraire à toute déontologie.

— On parle de Piri, là ! s'énerva Vlad. Alors tu nous lâches avec ta putain de déontologie. Les bactéries en question, c'est ici qu'il les a chopées. Alors on fait quoi ? On les ramène à la maison ?

— Le brûler me semble une bonne alternative, suggéra Marcus.

— Est-ce qu'on sait seulement si Piri est pour la crémation ? objecta Kalypso.

— Ce qui est sûr, c'est qu'il s'en fout, maintenant.

— Damian…, soupira Marcus.

Le sponsor s'excusa d'un geste.

— Moi, je vote pour la tombe, affirma Kalypso. Et je peux même vous dire que, puisqu'on est ici pour un bail, j'irai m'y recueillir toutes les semaines.

La remarque de la jeune informaticienne fut appréciée de Vlad et imposa le silence à tous. Mais les crachotis de l'interphone mural vinrent bientôt l'interrompre.

— Commandant ? Y a du nouveau sur Piri.

L'urgence dans la voix de Yuri raviva tout le monde.

— Qu'est-ce qui se passe ? fit Marcus en se redressant.

— Euh… c'est plus simple que vous veniez voir.

Tous se précipitèrent vers le couloir.

Des hypothèses épouvantables traversèrent l'esprit de Marcus pendant qu'il pressait le pas vers l'infirmerie. Quels autres effets secondaires l'infection avait-elle pu produire chez son ami ?

Quand ils arrivèrent sur place, essoufflés, le pilote se tenait assis sur la table d'opération. Son corps ne présentait plus aucune trace de croûte fongique.

— Piri ? fit Marcus, qui n'en croyait pas ses yeux. Tu te sens bien ?

— J'ai la bouche sèche, bredouilla-t-il.

Il paraissait en bonne santé, mais l'esprit embrouillé, comme s'il essayait de faire le tri dans ses pensées.

— Je peux avoir de l'eau ?

Yuri se rua sur le distributeur, remplit un gobelet et le lui tendit. Il l'avala d'un trait et en demanda un autre. Masha nota que la coordination de ses membres était un peu plus lente que la normale, mais qu'elle s'effectuait sans réflexion préalable.

— Encore, dit Piri, qui ne parvenait pas à étancher sa soif.

Le commandant s'empara d'une bouteille d'eau minérale de un litre et la lui tendit. Il l'ingurgita jusqu'à la dernière goutte.

— Comment tu te sens ? demanda Kalypso.

— En pleine forme. Qu'est-ce que je fous là ?

— Tu ne te souviens pas ? s'étonna Masha.

Piri respira profondément et secoua la tête. Puis il étudia chacun des visages qui le fixaient anxieusement, comme s'il les découvrait pour la première fois.

— Je me souviens de vous tous mais pas de vos noms.

— T'inquiète, ça reviendra, le rassura Yuri. C'est dû au coma.

— Est-ce que tu souffres ? demanda Kalypso.

— J'ai des courbatures partout, comme si j'avais fait trois heures de muscu.

Il s'appuya sur ses mains pour se lever.

— Piri, ton bras ! s'étonna l'informaticienne.

— Quoi, mon bras ? répondit-il en boxant contre un ennemi invisible.

Elle se tourna vers Masha, qui n'en revenait pas. Il s'en servait comme s'il n'avait jamais été fracturé.

— J'ai surtout faim, en fait, ajouta-t-il. Je suis resté combien de temps dans le coma ?

— Deux heures, fit Yuri. Allez, viens manger.

Encore sous le choc de cette « résurrection », Kalypso éprouva le besoin de s'isoler du reste du groupe. Elle regagna sa chambre et laissa son regard se perdre dans la seule photo qu'elle avait emmenée avec elle : un aventurier en tenue d'explorateur qui portait fièrement une petite fille dans ses bras. Ses doigts caressèrent la dédicace qui disait : *Ma plus belle aventure, c'est toi. Papa.*

Le visage de Kalypso portait encore les séquelles du froid qui avait failli lui coûter la vie. Elle retira ses vêtements et pénétra dans la cabine de douche. Elle ouvrit les robinets et s'abandonna sous le jet, la tête relevée vers le pommeau.

Et, tandis que l'eau chaude lui giflait le visage et purifiait son corps de toutes ses crispations, Kalypso se mit à sangloter. Toute l'émotion qu'elle avait refoulée se libéra. Loin des regards de ses coéquipiers, elle pouvait enfin exprimer sa peur et redevenir vulnérable.

En tant que chef mécanicien, Vlad refusait d'aller se coucher sans avoir passé en revue chaque secteur de la station en suivant les procédures : étanchéité du plafond, réglage de la composition de l'air, appareils de chauffage, réserve d'eau, de carburant, d'oxygène, de nourriture… Ses gestes traduisaient l'efficacité de celui qui a accompli ce genre de tâches des centaines de fois.

Masha avait du mal à trouver le sommeil. Blottie dans les bras de Yuri, elle apparaissait étonnamment fragile dans ce moment d'intimité.

— Pendant que l'avion chutait, murmura-t-elle, j'ai vraiment cru que c'était la fin, tu sais ? J'ai revu toute notre vie en quelques minutes… comme dans une bande-annonce.

— Et elle t'a plu, notre bande-annonce ? demanda Yuri en lui caressant les cheveux.

Masha hésita à répondre, d'autant que l'émotion n'était pas loin.

— J'ai vu son visage, Yuri. J'ai vu le visage qu'aurait eu notre David.

Yuri se raidit aussitôt, gêné qu'elle évoque ce sujet tabou. Mais Masha poursuivit, comme illuminée.

— Pas celui de l'échographie, non. Son vrai visage. Celui qu'on avait imaginé, tous les deux, pour notre bébé. Il avait tes yeux, Yuri. Il avait tes yeux…

Yuri se rendit compte que sa femme pleurait. Alors, il se redressa, se pencha vers elle en essuyant ses larmes et lui dit tendrement :

— C'est peut-être grâce à lui qu'on a survécu au crash, mon ange. C'est comme une seconde chance qu'il nous donne à tous les deux. Tous les parents ne peuvent pas en dire autant.

Les yeux de Masha se chargèrent de remords. Elle tourna le dos à son mari et murmura :

— Les morts ne donnent pas de seconde chance, Yuri. Ils te volent la première.

En passant près de la cabine où était installé Dario, Vlad s'arrêta un moment sur le seuil. Il avait disposé des bougies un peu partout dans la pièce. Elles distillaient une lumière chaude et sacrée qui contrastait avec le matériel médical monitorant ses signes vitaux. Vlad se signa et s'approcha respectueusement du cuistot endormi. Puis il sortit une petite boîte de sa poche et l'ouvrit, révélant l'onguent qu'elle contenait. Il y trempa son pouce et dessina des symboles cyrilliques sur le front et les mains de son ami.

Dans l'infirmerie déserte, Marcus, torse nu, finissait de soigner sa plaie. L'hématome avait crevé et il lui fallait à présent désinfecter. Ce qui s'avérait particulièrement douloureux.

— Vous comptiez nous parler quand de cette blessure ? demanda Damian Richard derrière lui.

Marcus se retourna et aperçut le styliste qui se tenait sur le seuil.

— Le plus tard possible.

— Yuri est au courant ? poursuivit-il en s'approchant.

— Il a suffisamment de boulot avec Dario.

— Comment vous avez pu gérer tout ce merdier avec une blessure pareille ?

— Je n'avais pas vraiment le choix.

— On est dans la merde, hein, commandant ?

— Plutôt, oui.

— Combien de chances on a d'être secourus, d'après vous ?

— Je dirais… dix pour cent.

— Et c'est ce faible pourcentage qui justifie que vous ne fassiez rien pour nous sortir de là ?

— Et faire quoi, par exemple ?

— Trouver un moyen de partir d'ici.

— Écoutez, monsieur « y a qu'à », demain, on finit de remettre cette station en ordre de marche. Et quand ce sera fait, on pourra hiverner, ce qui était le but de la mission que vous, et vos partenaires russes, nous avez confiée, je vous rappelle.

— Le but de cette mission était de trouver la vie, pas la mort. Et, je ne sais pas vous, mais moi je ne suis pas tranquille à l'idée d'être enfermé, jour et nuit, avec quelqu'un qui a été infecté par une bactérie préhistorique.

— Piri est en pleine forme, Damian. Cette infection semble l'avoir boosté plus qu'autre chose. Même sa fracture s'est résorbée. On se serait bien passé de ce qui lui est arrivé mais, grâce à lui, nous allons pouvoir avancer plus vite dans l'analyse de cette nouvelle forme de vie. Masha et Yuri suivent son évolution, ne vous inquiétez pas.

Debout derrière la porte, Piri avait surpris les quelques mots échangés. Et son visage hésitait entre inquiétude et paranoïa.

24

Retour au présent
Christchurch,
Nouvelle-Zélande

Le judas s'ouvrit de l'autre côté de la porte.

Et un œil observa la visiteuse qui avait sonné.

— Docteur Abby Murphy, annonça-t-elle. Je viens voir la docteur Oksana Andrash.

Une longue hésitation faite de méfiance et de curiosité précéda l'ouverture du battant. Une dame d'une cinquantaine d'années se tenait sur le seuil. Une beauté délicate et intemporelle. Rebelle aussi. Ses yeux intenses et clairvoyants ne cillaient pas.

— Je sais, fit-elle. J'ai eu votre message.

— Je ne voulais pas venir à l'improviste, docteur Andrash mais, c'est très important. Je voudrais vous parler de votre mari.

Le visage d'Oksana resta de marbre, mais elle n'invita pas pour autant la visiteuse à entrer. Abby lui tendit son passeport, qu'elle détailla méticuleusement. Dans un premier temps pour le comparer aux traits de son interlocutrice, ensuite pour le feuilleter. Jamais Abby ne s'était sentie scrutée à ce point. Que pouvait bien se demander son hôtesse ?

— Scotland Yard… C'est Nirvana qui vous envoie ?

— Non, madame, je… je ne travaille plus pour Scotland Yard. Le chef de la police de Christchurch est un ami et il m'a demandé de l'aider sur l'affaire du petit Nateo. J'ai juste quelques questions à vous poser, ça ne durera pas très longtemps. Puis-je entrer ?

Oksana lui rendit son passeport et fit un pas en arrière. En franchissant le seuil, Abby put lire une forme de fatalisme sur le visage de cette femme toute vêtue de noir, comme si elle avait su que cette heure viendrait.

L'appartement dégageait une atmosphère à la fois surannée et sacrée, avec sa hauteur de plafond, ses multiples cierges allumés et ses icônes byzantines qui tapissaient les murs. On aurait dit qu'il y avait quelque chose à protéger.

— Vous vouliez savoir quoi, sur mon mari ? demanda Oksana d'un ton détaché.

— C'est au sujet de sa mission en Antarctique, je sais que le dossier est classifié, mais…

— Mais ? répéta la dame avec une moue ironique.

— Mais… la mort récente de votre mari prouve que certains passagers du C-130 ont survécu au crash, contrairement à ce que prétend le Kremlin. Et mon instinct me dit que ce qui s'est passé là-bas, il y a un an, est lié à sa tentative de meurtre sur le petit Nateo…

— C'est une opinion originale. Est-ce que la police de Christchurch partage vos vues sur la question ?

— Pas encore… Justement, je cherche des arguments pour accréditer cette théorie.

— Et vous comptez sur moi pour vous en donner.

— En tant que chef virologue de la base de Mirny, vous devez forcément savoir ce qui s'est passé.

Oksana se contenta d'observer son interlocutrice, sans rien livrer ni rien laisser filtrer. Puis elle regarda par la fenêtre et lui confia :

— La vérité ne guérit pas ceux qui la cherchent, vous savez ?

Il y avait chez cette femme quelque chose qui touchait Abby.

— Vous avez interrogé le… « petit Nateo » ? demanda-t-elle.

— Avec la police, oui.

— Et vous avez eu l'impression qu'il mentait.

Un frisson parcourut Abby. Cela devenait vraiment bizarre.

— Oui, avoua-t-elle. Comment le savez-vous ?

Oksana ne répondit pas mais, notant qu'Abby s'appuyait de plus en plus sur sa canne, elle changea d'attitude à son égard.

— Asseyez-vous, je vous en prie, je… manque à tous mes devoirs. Je vous offre un café ?

— Volontiers, répondit la psychologue en s'installant dans un fauteuil.

Oksana se dirigea vers une machine à espresso qui jurait avec le look vintage des lieux.

— Je dois poser une condition aux quelques révélations que je vais vous faire, fit-elle en mettant en route l'appareil. Vous ne parlerez de cet entretien à personne, mon nom ne figurera sur aucun de vos rapports et je ne vous remettrai aucune preuve physique. Tout ce que je vous dirai apparaîtra donc comme pure supputation de votre part. Ce qui fera de vous, si vous l'évoquez, au mieux une complotiste. Est-ce que cela vous va ?

— Vous ne me laissez guère le choix, docteur Andrash.

— Je ne l'ai pas non plus, répondit-elle. Ma hiérarchie ne veut rien savoir et… je n'ai pas le courage d'un Snowden.

Elle tendit une tasse fumante à Abby et s'assit face à elle.

— Au début des années 1970, en pleine guerre froide, la compétition scientifique faisait rage entre Russes et Américains et pas seulement pour la conquête spatiale. « Faire mieux » que les premiers pas de l'Homme sur la Lune devenait vital pour l'Union soviétique. L'Institut des mines de Leningrad lança donc un ambitieux projet de forage profond en Antarctique.

— Pourquoi là-bas ? demanda Abby.

— Parce que la « planète blanche » était aussi inconnue et mystérieuse que la Lune. C'est un forage à Vostok, en 1990, qui a permis d'établir le lien entre l'excès de CO_2 et le réchauffement climatique. Et, au cours de ces dernières années, pendant que les Américains dépensaient des fortunes à chercher la vie sur Mars, nous la trouvions en Antarctique, à plus de trois kilomètres sous la glace. Une forme de vie inconnue emprisonnée là depuis trente-quatre millions d'années.

— Mais les travaux ont été interrompus, je crois, en raison d'une possible pollution des sols par le kérosène de la foreuse ?

Oksana hocha la tête avec un demi-sourire.

— C'est la raison officielle qui a été donnée, oui.

— Et la raison officieuse, c'était quoi ?

La virologue eut une dernière hésitation avant de poursuivre :

— Cette bactérie spongiaire était un germe pathogène.

— Mais, dans ce cas, pourquoi avoir repris le forage ?

— En raison de son pouvoir hautement curatif.

— Je ne comprends pas.

— Elle agissait un peu comme les bactériophages des années 1920, ces virus naturels des bactéries avec lesquels on soignait, avant l'apparition des antibiotiques. Sauf que sa phase d'infection était très impressionnante en laboratoire et que le sujet s'en trouvait profondément modifié.

— C'est-à-dire ?

— Disons… une perte de contrôle, une hostilité nouvelle.

— Du genre ?

— Je ne peux pas vous en dire plus sur ce point, je suis désolée.

— Je comprends. Vous avez travaillé vous-même sur cette bactérie, n'est-ce pas ?

— J'ai eu cet honneur en effet, sur la base antarctique de Mirny.

— Quand vous parlez de pouvoir curatif, vous voulez dire quoi exactement ?

— Guérison spontanée des tumeurs, par exemple… La bactérie remettait un organisme à neuf, en corrigeant ses anomalies et en accroissant ses capacités. Elle jouait aussi un rôle de stimulateur sur des cultures en les faisant se développer huit fois plus vite. Vous imaginez les enjeux pour un groupe pharmaceutique ?

— Je vois.

— Non, vous ne voyez pas. Le but de tout chercheur est d'améliorer la vie par ses découvertes. Et c'est ce que nous avons essayé de faire à Mirny en menant nos expériences. Mais le Bien reste l'appât le plus efficace que le Mal ait trouvé.

— Le Mal ?

— Oui. Il y a une dimension maléfique inévitable dans la prise de contrôle d'un hôte par un parasite. C'est une relation de possession. Et même si, dans le cas qui nous occupe, l'hôte s'en trouve amélioré, il devient très vite la marionnette d'une entité qui n'a pas que de bonnes intentions. Quand on s'en rend compte, il est généralement trop tard.

— Est-ce que cela a été le cas pour votre mari ?

— Vlad et moi étions séparés depuis un an. Mais, ce que je peux vous assurer, docteur Murphy, c'est que jamais le mari que je connais n'aurait pu faire ce dont on l'accuse sans une bonne raison.

— Quelle bonne raison peut-il y avoir de tuer un enfant ?

Oksana Andrash la dévisagea à nouveau, sans ciller.

— Les images sont éloquentes, madame, insista Abby. Quand vous dites « jamais le mari que je connais n'aurait pu faire ça », est-ce que cela signifie qu'il n'était plus lui-même quand il a essayé de tuer le petit Nateo ?

— Ça n'a plus d'importance, maintenant.

Cette esquive prouvait à Abby qu'elle dissimulait autre chose.

— Ça en a pour moi, répondit la criminologue. Est-ce que votre mari aurait été infecté par ce germe pathogène après avoir survécu à la catastrophe aérienne ?

Un sourire gêné se dessina sur les lèvres d'Oksana, qui répondit en se levant :

— Vlad a été soumis à une stricte quarantaine sur la base de Mirny, tout comme les survivants de la catastrophe aérienne. S'ils avaient présenté un danger biologique quelconque, jamais nous ne les aurions libérés.

— Il y avait combien de survivants ?

— Je ne peux pas répondre à cette question, je suis désolée.

Les deux femmes se regardèrent un moment. Abby était persuadée qu'il y avait d'autres raisons derrière ces mots. Mais elle comprit que son hôtesse ne dirait plus rien. Aussi prit-elle appui sur sa canne pour se lever.

— Eh bien, je vous remercie pour le café, madame, et pour votre confiance. Si j'ai d'autres questions à vous poser, vous permettez que je vous appelle ?

— Je préférerais que nous en restions là, répondit-elle poliment.

— Je vous laisse tout de même mon numéro, on ne sait jamais.

Abby le griffonna sur une feuille de carnet et la lui tendit. Puis elle suivit son hôtesse jusqu'à l'entrée. Sur le point de sortir, elle remarqua la phrase latine qui trônait, en lettres gothiques, au-dessus de la porte : *Libera nos a Malo*.

— La devise des khlysts, osa Abby.

— Mon mari était très croyant. Il était persuadé que l'enfer était sur Terre et que notre seul choix possible était le paradis.

Abby médita ces paroles sombres auxquelles elle n'adhérait pas.

— Vous croyez en Dieu, docteur Murphy ? demanda Oksana.

La psychologue se retourna sur le seuil et chercha ses mots pour ne pas choquer.

— Avec ce que je vois dans mon métier, madame, c'est difficile d'avoir la foi.

— Le Mal peut faire bien pire que ce que vous voyez dans votre métier, docteur Murphy. Que Dieu vous bénisse, vous en aurez besoin.

Et elle disparut derrière sa porte.

25

Un an plus tôt
Antarctique

L'Homme est la seule créature au monde capable de s'inventer une bonne raison pour affronter l'hiver austral. Et il s'y emploie avec l'arrogance de celui qui croit être chez lui partout. En plus de son équipement et sa nourriture, il emmène ses démons : paranoïa, peur de la solitude, des espaces infinis, autant de bombes à retardement qui peuvent se déclencher n'importe quand et toucher aussi bien le technicien méthodique que le chercheur le plus équilibré.

La plupart du temps, ces penchants restent dormants, muselés, car l'explorateur est accaparé par les problèmes liés à sa survie dans un environnement où tout est extrême. Mais, dans certaines situations exceptionnelles, la paranoïa reste le seul moyen d'assurer sa survie. Et cette mission avait tout pour devenir l'une d'elles.

Masha et Yuri n'avaient rien décelé d'anormal au cours de l'autopsie de Vera Kiriyenko. Mais, par mesure de précaution, ils avaient décidé de l'incinérer. Après avoir décontaminé ses effets personnels, ils les avaient conservés, de façon à pouvoir les remettre à sa famille, le moment venu.

Le vent avait cessé et le soleil s'était levé sur des paysages désertiques à couper le souffle. À la lumière du jour, l'architecture de la base de Vostok apparaissait plus clairement. Elle était composée de sept bâtiments dont la plupart communiquaient entre eux.

Le premier abritait les communications radio, le deuxième, la cuisine, la réserve de nourriture et une machine à faire fondre la neige pour fournir de l'eau. Les troisième, quatrième et sixième accueillaient des laboratoires d'aéro-météorologie, de glaciologie et de géophysique. Le cinquième bloc était le plus confortable et le plus silencieux. Il servait à la fois de salle à manger, de salle commune et d'infirmerie. Enfin, le septième édifice constituait le cœur énergétique de la station, sa centrale électrique équipée de deux groupes électrogènes diesel.

Les chambres-cellules étaient réparties sur les différentes unités en fonction des métiers de chacun, ce qui permettait de s'isoler quand le besoin se faisait trop sentir. Car, à force de vivre ensemble, la solitude était appréciée comme une denrée rare.

Presque toutes les constructions permanentes de la station étaient enterrées dans le sol gelé, sous la couche de neige mouvante, pour éviter les déperditions de chaleur. La première tâche de l'équipe était donc de restaurer l'étanchéité de l'habitat.

Ne pouvant compter sur aucun magasin de bricolage dans le coin, les explorateurs, coincés sur place pendant les six mois d'hiver, devaient être capables de remplacer chaque pièce défectueuse. Tout était donc stocké en double ou en triple : fournitures de construction, de plomberie, matériel électronique. C'est ce qui permettait à chacun d'espérer pouvoir réparer la transmission radio.

Pour l'heure, tout le monde s'attelait dehors à consolider les portions d'habitat qui le nécessitaient, Damian Richard compris. Marcus s'employait à remplacer toutes les triples vitres des fenêtres qui avaient été brisées, de manière à retrouver une isolation convenable.

Piri, lui, faisait preuve d'une forme exceptionnelle en déblayant, au chasse-neige, les voies d'accès aux différents bâtiments, jusqu'au derrick du complexe de forage.

— Qu'est-ce que c'est beau ! déclara Kalypso en admirant la vue depuis la tour d'antenne.

— Comme tout ce qui est venimeux, ajouta Vlad en la rejoignant près de l'émetteur à moitié enneigé.

Ils commencèrent à le dégager avec les outils adéquats et, durant l'opération, le colonel rouvrit le débat à propos de Dario.

— Si personne ne veut le soulager, je veux bien m'en charger.

— L'euthanasie est illégale, Vlad.

— Chez nous peut-être, mais en Antarctique ?

— L'Antarctique, c'est chez nous, non ?

— Pas si l'on en croit la résidente qui a infecté Piri. Sur place depuis trente-quatre millions d'années. Ça bat tous les cadastres, ça !

— *Comment ça se passe, les gars ?* grésilla la voix de Marcus dans le talkie.

Kalypso saisit l'appareil accroché à sa ceinture et appuya sur le bouton d'émission.

— On y est presque, monsieur.

À coups de piolet, Vlad brisa le gel qui recouvrait la boîte de connexion de l'antenne.

— Si je dis ça, poursuivit le colonel, c'est que j'ai déjà vécu ce genre de situation en Afghanistan. Un pote avait sauté sur une mine antipersonnel. On se rassurait en se disant que les calmants opéraient, mais… ça a été épouvantable, pour lui. Il a agonisé pendant cinq jours sans qu'on s'en rende compte.

Horrifiée par l'anecdote, Kalypso se força à concentrer son attention sur le déblocage de la boîte de connexion de l'antenne. Elle tenta de forcer le couvercle, en vain. Vlad essaya à son tour, mais il n'eut pas plus de chance.

— Le couvercle est bloqué, commandant, fit Kalypso sur son talkie. On va devoir déboulonner le boîtier. Vous êtes toujours devant la console ?

— *Affirmatif.*

— Restez en ligne alors, OK ? Je vous expliquerai quoi faire.

— *Bien reçu, Kaly.*

La dévisseuse entra en action et l'intérieur de la boîte de connexion fut bientôt visible. Mais l'examen de ses composants provoqua la mauvaise humeur de l'informaticienne.

— Ah, d'accord… On n'est pas dans la merde.

— *Quoi ?*

— Il manque les décodeurs de Quindar Tones. Autant essayer de faire marcher un talkie sans le poussoir.

Devant la console radio, Marcus suggéra :

— Arrachés par la tempête ?

— *Négatif, monsieur. Il n'y a pas de trace d'arrachement. Et le boîtier était intact.*

Kalypso désossa tout le système, ce qui lui permit de préciser :

— En revanche, les capteurs télémétriques qui gèrent le transfert de données sont à nu.

— *Défaut de fabrication ?* supposa Marcus.

— Sabotage, vous voulez dire, rectifia Damian Richard au pied de la tour.

— Qui aurait intérêt à faire ça ? contesta Yuri derrière lui.

— Le responsable du massacre de l'équipe précédente, rétorqua le sponsor. Si personne n'était au courant de ce qui se passait à Vostok, c'est bien qu'ils n'avaient aucun moyen de prévenir.

Kalypso et Vlad échangèrent un regard anxieux. La remarque du styliste de Nirvana créa un véritable malaise parmi les membres de l'équipe et quand Marcus les rejoignit à l'extérieur, l'idée du sabotage était sur toutes les lèvres.

— Ah, commandant, vous tombez bien, fit Damian Richard. Si notre stagiaire préférée parvient à réparer l'antenne, je suggère que deux d'entre nous effectuent des patrouilles à tour de rôle pour s'assurer qu'il n'y ait pas d'autre sabotage. Qu'en pensez-vous ?

Tous les regards se portèrent vers Marcus.

— Vous insinuez que l'un d'entre nous pourrait…

— Je n'insinue rien, je souhaite juste que nous ne commettions pas la même erreur que l'équipe précédente.

Le trouble des rescapés se transforma en une suspicion contagieuse, chacun dévisageant l'autre.

Le soir venu, Yuri effectua sa visite quotidienne auprès de Dario. Le but officiel était de changer ses pansements pour la nuit et de nettoyer ses plaies. Mais, en bon psy, il était surtout là pour le soutien moral.

— Je te fais pas trop mal ? demanda-t-il.

— Des doigts de fée, répondit Dario. Je viens enfin de comprendre pourquoi ta femme te kiffe.

— Et la tienne, c'est pour ta cuisine, c'est ça ?

— Quand un homme fait à manger, sa femme lui pardonne beaucoup de choses…

Yuri ne put s'empêcher de sourire.

— Ma Bianca est incroyable, soupira Dario. Je… J'ai une chance folle… de l'avoir rencontrée. Je devrais le lui dire plus souvent…

Des larmes coulèrent le long de ses joues.

— V'là que je pleure comme *una ragazza*, maintenant.

— Les *ragazze* ne pleurent plus, aujourd'hui, tu sais, Dario ?

— La parité, c'est ça ?

Ils partagèrent un rire complice.

— Je ne sais pas si je pourrai tenir jusqu'à ce que les putains de secours arrivent…

— Arrête tout de suite, OK ? Masha et moi, on fait le maximum pour que tu tiennes, alors tu vas le faire aussi, d'accord ?

— Si Dieu veut que j'aille lui faire à manger, personne ne pourra l'en empêcher, Yuri. Pas même Masha. Et, si ça devait arriver, je voudrais que tu dises à ma Bianca que je suis d'accord pour qu'on appelle notre fils Marcello.

Le psy le fixa en silence et hocha la tête, la gorge serrée.

— Je ne me suis jamais vu comme quelqu'un d'important, tu sais, Yuri ? Pas un grand scientifique comme vous qui découvrez notre ancêtre l'éponge à quatre kilomètres sous terre. Je suis juste un cuistot. *Un cuoco.*

— Pas n'importe quel cuistot, Dario. Celui du pape.

— J'ai un peu exagéré là-dessus. Tu sais comment sont les ritals. Mais peut-être qu'avec un peu de chance, je peux devenir celui de Dieu, maintenant.

Un sourire tendre vint éclairer le visage ému de Yuri pendant que Dario concluait :

— T'imagines le kiffe de cuisiner pour lui ?

Yuri rejoignit Masha dans le labo. Penchée sur l'oculaire d'un microscope, elle était tellement concentrée qu'elle ne l'avait pas entendu entrer.

— Dario ne va pas fort, déclara-t-il. La gangrène de ses jambes progresse trop vite. On va devoir l'amputer.

Masha se retourna et Yuri comprit que quelque chose d'autre l'angoissait.

— Qu'est-ce qu'il y a ?

— Où est Piri ? demanda-t-elle gravement.

Penchée sur sa console radio, un casque sur les oreilles, Kalypso tentait de joindre les autres bases permanentes du Continent blanc. L'antenne ayant été réparée, elle entretenait l'espoir que son SOS en anglais soit perçu. Ayant échoué avec Mirny, Concordia et Amundsen-Scott, elle essaya à nouveau la base russe.

— Ici Vostok, mission Nirvana, répondez, Mirny, à vous…

Elle attendit patiemment mais n'obtint, en guise de réponse, que des crépitements et du bruit rose. Elle rapprocha le micro et tenta un nouvel appel, en russe, cette fois :

— Ici Vostok, je répète, mission Nirvana, répondez, Mirny, à vous…

Les parasites et les crépitements persistèrent, mais soudain une voix sourde en émergea.

— *Ici Mirny. Nous vous recevons, Vostok. Soulagés d'avoir enfin de vos nouvelles. Que s'est-il passé ? McMurdo n'avait aucune trace de votre vol et Nirvana nous fait vivre un enfer, Ils veulent des nouvelles de Damian Richard, à vous…*

— Notre avion s'est crashé à trente kilomètres au sud-ouest de Vostok. Huit survivants ont pu rejoindre la base. Damian Richard est l'un d'eux. Mais nous sommes confrontés à un risque biologique grave. Demandons rapatriement médical d'urgence et procédure de quarantaine. Répondez, Mirny, à vous…

— *Bien reçu, Vostok. Navré d'apprendre ces terribles nouvelles. Malheureusement, aucun appareil ne peut décoller depuis des semaines car le carburant gèle. Mais nous allons organiser une quarantaine et nous viendrons vous chercher dès que la température le permettra. Bon courage.*

Frustrée, Kalypso arracha son casque et le jeta sur la console. En se retournant, elle sursauta et poussa un cri. Piri était debout, juste derrière elle.

— Putain, tu m'as foutu une de ces trouilles !

— Tu faisais quoi exactement ? demanda-t-il, suspicieux.

— Mon boulot. J'ai réussi à joindre Mirny.

L'inquiétude qu'elle put lire dans les yeux de son collègue était incompréhensible.

— Tu as fait quoi ?! lui reprocha-t-il.

— J'ai eu les Russes. C'est plutôt une bonne nouvelle, non ? Le seul truc c'est qu'ils ne peuvent pas venir tout de suite à cause de cette putain de météo.

Piri fit de grands efforts pour se calmer.

— Tu n'aurais pas dû faire ça, Kaly, soupira-t-il en s'avançant vers elle, menaçant. Tu n'aurais pas dû faire ça.

— Qu'est-ce que... qu'est-ce qui te prend ? bredouilla-t-elle en reculant. Ça ne va pas ?

— Oh si, ça va... Très bien, même. Viens par ici que je te montre.

Prenant peur, Kalypso se précipita vers la porte, mais, quand elle l'atteignit, Piri se tenait déjà devant, bloquant sa fuite.

— Laisse-moi passer ! exigea-t-elle en tremblant.

Pour toute réponse, il lui tendit les bras et s'avança lentement vers elle, une expression étrange sur le visage.

— Ne t'inquiète pas, Kaly... Tout va bien se passer, tu verras.

— Qu'est-ce qui va bien se passer ? s'angoissa-t-elle en reculant.

Soudain, d'un mouvement trop rapide pour qu'elle puisse le voir, Piri la souleva par la taille et la colla fermement contre son bassin.

— Lâche-moi ! supplia-t-elle d'un ton qu'elle ne se connaissait pas.

Mais le désir venimeux qu'elle pouvait lire dans les yeux de Piri était sans équivoque. Prise de panique, elle le frappa au visage de toutes ses forces. Il la retourna brusquement, l'agrippa par les cheveux et la culbuta contre la couchette. Avant qu'elle puisse réagir, un coussin lui écrasa la nuque.

Kalypso suffoquait. Elle tenta de se débattre, mais plus elle essayait, plus Piri enfonçait son visage dans le matelas.

Poussée par son instinct de conservation, Kalypso parvint à saisir l'oreiller derrière sa nuque et à secouer violemment sa tête pour reprendre son souffle. Mais elle n'y parvenait que très difficilement, le temps d'une respiration ou deux.

À bout de patience, Piri vautra ses cent soixante-dix kilos de muscle sur elle pour la maintenir plus fortement. Kalypso sentit alors une main arracher son jogging et sa culotte pendant que l'autre continuait de faire pression sur sa nuque. En désespoir de cause, elle tenta de se cabrer, mais Piri n'en fut que plus excité. Il libéra son sexe avide d'infection.

Prête à tuer, Kalypso s'agita comme une diablesse pour éviter la pénétration, mais bientôt une douleur fulgurante lui déchira le bas du dos, la rendant impuissante. Ses jambes écartées étaient clouées sur la couchette. Piri la déchirait en forçant son passage en elle. Il s'activa encore et encore pour la pénétrer toujours plus profondément.

Un liquide coula sur ses cuisses. Kalypso crut que son agresseur avait éjaculé, mais c'était son sang à elle qui ruisselait sur ses jambes.

Quand il se retira enfin, Kalypso sombra dans les ténèbres.

L'obscurité grandissait et la douleur s'évaporait.

Suis-je morte enfin ? songea-t-elle.

Elle entendit de loin la porte de sa chambre que l'on tentait d'enfoncer. Au bout de quelques secondes, le plafonnier s'alluma au-dessus de sa tête. Et elle se redressa lentement en poussant sur ses bras endoloris. Le visage en larmes, elle se tourna vers l'entrée.

Yuri et Masha se tenaient sur le. seuil. Leurs yeux écarquillés n'en revenaient pas du spectacle de désolation qu'ils découvraient.

— Piri m'a violée, sanglota Kalypso, il m'a violée. La fenêtre était ouverte et il avait disparu…

26

Retour au présent
Université de Canterbury
Christchurch,
Nouvelle-Zélande

Madison Cochrane avait un don inné pour transformer un revers en opportunité médiatique. À peine Marcus Taylor avait-il retrouvé son fils perdu que le service de presse de l'université de Canterbury l'avait rappelé pour parrainer la célébration de Waitangi Day, la fête nationale de la Nouvelle-Zélande. C'était l'occasion parfaite pour une séance photo soigneusement mise en scène par la chancelière. Et, cerise sur le gâteau, les enfants y jouaient un rôle important.

Raïana en avait profité pour inviter Sam et Megan, les meilleurs amis de Nateo. Pendant que son fils refaisait connaissance avec eux, Marcus et elle échangeaient avec leurs parents autour d'un barbecue. Ils étaient entourés de dizaines d'étudiants, de curieux et de passionnés de l'Antarctique, de tous âges.

Parmi eux, Raïana reconnut Maisie Lomu, la femme de Piri, qui lui fit signe de loin avant de se frayer un chemin jusqu'à elle.

La musique battait son plein, les officiels avaient l'air heureux et les invités ravis. Seul l'un d'entre eux semblait préoccupé. Clyde Anderson, le médecin qui avait opéré Nateo après son agression, regardait en direction de Marcus et attendait le moment opportun pour l'approcher. Son regard croisa celui de Raïana, qui s'inquiéta de sa présence.

Qu'est-ce qu'il lui veut, bon sang ? songea-t-elle.

— Raï, tu m'écoutes ? demanda Maisie.

— Oui, excuse-moi.

— Alors ? Est-ce qu'il en parle ?

— Qui ça ?

— Marcus... est-ce qu'il t'a raconté ce qui s'est passé, après l'accident ?

La jeune Néo-Zélandaise avait toutes les raisons du monde de vouloir comprendre ce qui était arrivé en Antarctique. Elle n'avait jamais pu récupérer le corps de son mari et la version officielle, évoquant une catastrophe aérienne, était trop succincte pour qu'on ne se pose pas de questions. De plus, le classement secret-défense par le Kremlin de tout ce qui avait à voir, de près ou de loin, avec la mission Nirvana, alimentait les théories les plus folles, La presse à sensation britannique avait réussi à repérer l'épave du C-130 grâce à des drones envoyés depuis la base de Halley VI. Les clichés du fuselage éventré avaient fait la une des tabloïds qui titraient « La tombe de Damian Richard ». Le gouvernement néo-zélandais avait contesté la légalité du secret-défense instauré par le Kremlin pour ses activités à Vostok, mais la cour suprême russe avait rejeté son recours.

— Il n'en parle pas, n'est-ce pas ? déduisit Maisie. Jamais.

— Écoute, je n'étais pas à ses côtés lorsqu'il a décidé de partir, ni auprès de lui pour le soutenir à son retour, mais… ça a dû être épouvantable pour lui de perdre Piri et ses collègues. Pourquoi voudrait-il revivre ça en en parlant ?

— Comment ne le pourrait-il pas ? s'énerva Maisie. Qu'est-ce qui s'est véritablement passé sur place après cet accident pour qu'on lui fasse signer un accord de non-divulgation ? Si c'était juste un accident d'avion, de quoi ne faut-il pas qu'il parle ?

Quand Raïana se tourna à nouveau vers Marcus, il était en pleine discussion avec Clyde, une discussion qui semblait en rupture avec l'ambiance festive.

Le docteur était particulièrement nerveux. Il cherchait ses mots et Marcus avait du mal à comprendre où il voulait en venir.

— Cela prendra très peu de temps, vieux, mais je me dois d'effectuer d'autres analyses. Il en va de la santé de Nateo.

— J'apprécie que tu t'inquiètes pour lui, Clyde, mais de quoi s'agit-il exactement ? Nateo a passé plus de tests chez toi qu'on en subit dans toute une vie. Et c'est suffisamment déstabilisant pour un petit garçon qui a vécu on ne sait quoi !

— Bien sûr, Marcus, mais… j'ai décelé quelque chose d'étrange dans son sang et je voudrais…

— Quoi ? Tu as décelé quoi, dans son sang, bordel ? s'énerva Marcus.

— Je dois vérifier avant, je ne veux pas t'inquiéter inutilement.

— Tu m'inquiètes déjà, là. Est-ce que sa vie est en danger ?

— Non, mais…

Soudain, des hurlements d'enfants gelèrent toutes les conversations en cours.

Marcus bouscula Clyde et se précipita vers le jardin. Figés sur place par la peur, les enfants fixaient quelque chose d'horrible qu'il aperçut soudain : Maisie, la femme de Piri, était prisonnière des flammes sous le barbecue renversé. Choqué et comme en transe, Nateo s'approchait du brasier, à la fois terrifié et fasciné, imperméable aux cris de son père, qui courait vers lui :

— Nateo ! Noon !!!

Marcus rattrapa son fils *in extremis* et l'éjecta en arrière du foyer. Le petit garçon s'était presque jeté dans les flammes pour porter secours à Maisie.

Deux invités surgirent avec des extincteurs et pulvérisèrent de la neige carbonique sur le corps en feu de la femme de Piri.

Raïana accourut vers son fils et l'aida à se relever, tandis qu'il demeurait bouche bée devant la scène.

27

Un an plus tôt
Antarctique

Alertés par le bruit qui régnait dans les couloirs, Marcus, Vlad et Richard sortirent de leurs cabines respectives et rejoignirent Masha et Yuri dans la salle commune.

— Les accès ! s'écria le psy. Aidez-nous à les bloquer !

— Mais pourquoi ? s'inquiéta Marcus.

— Piri est à l'extérieur, fit Masha. Il faut l'y enfermer !

Sans perdre une seconde, les deux scientifiques verrouillèrent les portes et les barricadèrent avec tout ce qui leur tombait sous la main.

— Comment ça, « l'enfermer à l'extérieur » ? protesta Marcus. Vous pouvez m'expliquer ce qui se passe, à la fin ?

— Piri a violé Kalypso.

— Quoi ?! s'exclama-t-il, estomaqué.

— Il n'est plus lui-même, Marcus. La bactérie a phagocyté son ADN.

— Elle lui a transféré son matériel génétique et elle le contrôle à présent. Comme un parasite chez un hôte.

Un violent impact les fit sursauter. Marcus et Vlad se tournèrent vers la porte et aperçurent Piri par le hublot.

— Ouvre-moi, Marcus ! Ça commence à cailler, dehors.

— Ne l'écoute pas ! s'écria Yuri. Ce n'est pas Piri.

— Arrêtez le délire ! protesta Richard. Il n'a même pas sa tenue de froid !

— Justement ! Quel être humain prendrait le risque de sortir en polo par – 60 degrés ? Et qui parviendrait à survivre à une température pareille ?

Choqué et horrifié, Marcus les aida à bloquer les accès tout en demandant à Masha :

— Mais comment c'est possible ?

— La bactérie a pris possession de son organisme, expliqua-t-elle. Elle a injecté son ADN dans ses cellules et elle le contrôle à présent, comme un parasite avec son hôte. Maintenant son seul but est de se propager en infectant d'autres hôtes.

Marcus réalisa soudain ce que cela impliquait.

— Mais alors, Kalypso…

— Oui, si on n'agit pas rapidement. Occupez-vous de Piri. Yuri et moi, on retourne à l'infirmerie.

Le pilote se mit à marteler furieusement la porte et les explorateurs partagèrent la même inquiétude. Tous sauf Vlad, qui décrocha une hache à incendie.

Les Gorski installèrent une Kalypso inconsciente sur la table d'opération. Pendant que Yuri l'entravait, Masha ouvrait le placard à pharmacie.

— Tu crois vraiment que ça va marcher ? demanda le psy.

— Pourquoi pas ? C'est une bactérie, non ? Et on a une collection d'antibiotiques à large spectre, ici : pénicilline, oxacilline, amphotéricine B, tétracycline, céphalosporine…

— Et comment tu comptes t'y prendre pour l'administrer à Piri ?

— Pour l'instant, c'est de Kalypso qu'on s'occupe. Fais-moi une prise de sang, s'il te plaît, pour l'antibiogramme.

Dans la salle commune, Piri avait cessé de marteler la porte, mais le silence s'avérait plus inquiétant car on ne pouvait plus le localiser. Vlad se risqua à regarder par le hublot. Le paysage crépusculaire semblait désert.

— Il est parti.

— Ou le froid l'a tué, suggéra Damian Richard.

— Je ne pense pas, non, fit Marcus. Mais le feu pourrait peut-être. Vlad, tu peux piquer l'essence du petit groupe de la cuisine et nous fabriquer des cocktails Molotov ?

Le colonel se rua vers les fourneaux.

— Est-ce qu'il peut passer par les autres bâtiments ? s'inquiéta le styliste.

— Yuri et Masha ont bloqué les sas y donnant accès.

— Il peut les défoncer ?

— Non. Les murs et les portes ont dix centimètres d'épaisseur. Ils sont remplis de mousse rigide. Il faudrait…

Marcus s'interrompit et leva les yeux vers le plafond, prenant soudain conscience de ce qui se préparait.

— Qu'est-ce que c'est ? s'affola Damian qui commençait à perdre son sang-froid.

Le commandant monta sur une table et passa ses mains sur le caisson, à la recherche de vibrations. Puis il y colla son oreille et perçut un gémissement étouffé.

— Une tronçonneuse, conclut-il. Il s'attaque à la toiture.

Le sang de Kalypso avait été exposé à différents antibiotiques. Une des cultures semblait mieux réagir que les autres. Les mains gantées de Masha en prélevèrent un échantillon, le déposèrent sur une lame et la placèrent sous le microscope.

Penchée sur l'œilleton, Masha l'examina soigneusement.

— OK, on a quelque chose, soupira-t-elle, soulagée. Viens voir. La bactérie est sensible à l'amphotéricine B.

Mais le médecin ne bougeait pas. Une expression grave sur le visage, il découvrait les plaques de champignon noir qui colonisaient déjà le cou de Kalypso et menaçaient son visage. Masha se tourna vers lui.

— Qu'est-ce que tu fous ?

— La chrysalidation a commencé.

— Oui, ben, on s'y attendait. T'es avec moi, Yuri, oui ou non ?

— Bien sûr, répondit-il en se ressaisissant.

— Tu vas lui tenir la tête pendant que je lui administre le traitement, parce que notre bactérie d'amour ne va pas aimer ça.

Il acquiesça et alla se placer derrière Kalypso pendant que Masha remplissait une seringue d'amphotéricine B.

Quand elle s'approcha de la table opératoire, sa patiente avait repris conscience et la fixait avec des yeux qui la suppliaient de ne rien faire.

— Ne la lâche pas ! ordonna Masha.

Elle effectua l'injection dans le cou, là où la réaction fongique était apparue. Quelques secondes plus tard, Kalypso fut prise de convulsions. Son corps entravé se secouait dans tous les sens, donnant des signes évidents de souffrance. Elle appelait à l'aide et Yuri avait du mal à y rester indifférent.

— On ne peut pas la laisser comme ça, il faut faire quelque chose !

— C'est ce qu'on fait, justement ! Ce n'est pas elle qui te supplie d'intervenir, Yuri ! C'est celle qui veut prendre sa place.

Progressivement, les convulsions diminuèrent et finirent par s'interrompre dans une perte de connaissance.

Masha vérifia le pouls de Kalypso et, satisfaite, déclara :

— Refaisons une prise de sang.

La lame de la tronçonneuse jaillit dans l'épaisseur du sous-plafond. Damian Richard était cloué sur place, complètement abasourdi. Marcus et Vlad se tenaient prêts à combattre, des cocktails Molotov à la main. Mais, contre toute attente, Piri ne chercha pas à s'introduire par le toit. Bien au contraire.

— Qu'est-ce qu'il fout ? demanda le styliste.

— Taisez-vous ! ordonna Marcus.

Dans le silence qui suivit, ils entendirent un bruissement, un souffle d'air continu et perçurent une odeur caractéristique.

— Il est en train de nous gazer ! déduisit Marcus. Damian, aidez-moi à entasser de quoi grimper jusqu'au plafond. Vlad ! Tu me trouves du *duct tape* ou un truc dans le genre ?

Marcus et Damian empilèrent deux tables sous l'ouverture. Le commandant se tourna vers son chef mécanicien, qui fouillait dans le frigo.

— Qu'est-ce que tu fous, Vlad ?

— Y a pas de *duct tape*, commandant, mais je t'ai trouvé de quoi boucher ce trou.

Il lui tendit une casserole dans laquelle il avait mélangé bacon, miel et papier. Marcus le dévisagea, l'air de dire « tu te fous de ma gueule ? ». Mais le colonel hocha la tête, confiant. Faute d'une meilleure solution, le glaciologue appliqua la mixture de Vlad sur la faille, laquelle parvint à interrompre l'échappement.

Mais l'effet collant ne fut que temporaire. Car, quelques secondes plus tard, la mixture retomba lamentablement.

— Et si on allait couper le gaz depuis l'extérieur ? suggéra Vlad.

Marcus comprit aussitôt le sens de cette proposition.

28

Retour au présent
Université de Canterbury
Christchurch,
Nouvelle-Zélande

Voitures de police et ambulances s'étaient garées au pied des bâtiments universitaires. Les médias nationaux s'agglutinaient devant l'entrée et diffusaient des reportages en direct. Un hélicoptère d'une chaîne d'info bourdonnait en vol stationnaire au-dessus du campus, tandis qu'au sol le grésillement des talkies se mélangeait aux sonneries des téléphones portables et à la rumeur étouffée des conversations.

Abby s'apprêtait à franchir le périmètre de sécurité en s'appuyant sur sa canne quand un officier en tenue s'interposa :

— Désolé, madame, mais cette zone est interdite aux…

— C'est bon, laisse-la passer ! s'exclama Cooper au-dessus du vacarme ambiant.

Le policier souleva la rubalise et Abby rejoignit le détective.

— Merci d'être venue aussi vite.

— Qu'est-ce qui s'est passé ?

— D'après les témoins, une dispute aurait éclaté entre la victime, Maisie Lomu, et le petit Nateo Taylor. Et, quelques minutes plus tard, elle s'est retrouvée coincée dans les flammes du barbecue.

— C'est Nateo qui l'a poussée ?

— C'est là où ça se complique. Les témoignages sont contradictoires. Certains disent qu'il l'a poussée, d'autres qu'il a tenté de la tirer des flammes. C'est son père qui l'en a empêché. Mais le petit a les mains brûlées.

Abby repéra la bâche autour de laquelle des policiers en uniforme et des inspecteurs étaient regroupés. Parmi eux, elle reconnut le lieutenant Williams et le sergent Jones.

— Lomu, comme Piri Lomu ? demanda Abby.

— L'ex-joueur des Blacks, oui. C'était sa veuve. Elle avait remué ciel et terre pour tenter d'en savoir plus sur la mort de son mari. Ils avaient deux enfants, putain…

Cet acharnement du destin semblait affecter Cooper. Abby s'en rendit compte et tenta de conserver son objectivité.

— Des caméras de surveillance ?

— Pas vers l'angle où ça s'est passé.

Voyant leur chef s'avancer avec la profileuse, les policiers interrompirent leurs discussions pour la dévisager.

Abby passa à côté d'eux en continuant d'ignorer leur comportement, mélange de jalousie professionnelle et de misogynie.

— Et le thème de la dispute, c'était quoi ?

— Personne n'a su nous le dire. La musique était à fond. Seul le gamin pourrait répondre à cette question. Mais il n'a pas moufté. Ses parents disent qu'il est trop choqué pour être interrogé. Tu ne veux pas essayer de les convaincre ? J'ai vu que t'avais la cote avec le père du petit.

Abby haussa les épaules et se tourna vers l'endroit qu'indiquait Cooper. Marcus s'entretenait avec la chancelière de l'université et avec une femme d'une trentaine d'années, tailleur gris sombre, chemisier blanc.

— Son avocate ?

— *Mm mm.*

— Et Nateo, je le trouve où ?

— Avec sa mère, dans le bureau de la chancelière.

Précédés par Marcus et l'avocate de la famille, Abby et Cooper grimpaient les marches d'un escalier menant à la partie administrative de l'université.

— Il est encore sous le choc, confia le père de Nateo, il n'a répondu à aucune de nos questions ni à celles du médecin qui a soigné ses brûlures. Je doute que vous puissiez en tirer quoi que ce soit.

— Je ferai de mon mieux, monsieur, répondit Abby, essoufflée.

— Étant son avocate, je devrai être présente pendant toute la durée de votre entrevue.

— Bien sûr, maître.

Marcus poussa la porte du bureau de la chancelière. Abby et Cooper découvrirent un petit garçon traumatisé, blotti contre sa mère sur un divan.

— Nateo ? Tu te souviens de la docteur Murphy ? demanda Marcus.

— Bonjour, Nateo, fit Abby en entrant dans la pièce. Comment tu vas ?

L'enfant se recroquevilla contre sa mère et se contenta de fixer la nouvelle venue qui s'approchait.

— J'ai juste besoin de te poser quelques questions, histoire de voir comment je peux t'aider. Tu veux bien ?

Il baissa la tête sans répondre et joua nerveusement avec les pansements qu'il portait aux mains. Elle s'assit face à lui.

— C'est douloureux ?

Il haussa les épaules.

— Tu connaissais Maisie Lomu ? demanda-t-elle du ton le plus détaché possible.

Il secoua la tête.

— C'est plutôt courageux d'avoir essayé de la sortir des flammes.

— C'est surtout méchant de l'avoir poussée, rétorqua l'enfant timidement.

L'avocate se tourna vers Marcus et Cooper, surprise que le petit garçon se mette à parler.

— C'est toi qui l'as poussée ?

La question provoqua une certaine nervosité chez Nateo. Il croisa et décroisa les jambes.

— Oui, finit-il par répondre, une note de méfiance dans la voix.

— Tu t'es brûlé les mains en la poussant ?

Nateo la fixait sans sourciller. Une cascade d'émotions l'agitait intérieurement, mais il les étouffa rapidement.

— Non, c'est… en essayant de la sauver.

Abby plissa les yeux en signe d'incompréhension. Il se remit à tripoter ses bandages.

— Pourquoi vouloir la sauver si tu l'as poussée ?

L'enfant baissa la tête et s'enferma à nouveau dans le silence.

— Nateo… Nateo ?

Le petit garçon leva les yeux vers Abby, qui attendait patiemment sa réponse en jouant avec la crosse de sa canne.

— Je sais pas… Je voulais pas lui faire de mal. Je sais pas ce qui m'a pris, mais… j'ai essayé de réparer.

Il y avait, dans la façon de s'exprimer de Nateo, quelque chose de plus mûr que son âge qui déroutait Abby et même ses parents ; des arguments raisonnables qui n'étaient pas ceux d'un enfant.

— Pourquoi vous vous disputiez, avec Maisie Lomu ? poursuivit Abby. Elle a dit quelque chose qui t'a énervé ?

— Pourquoi vous voulez savoir ça ?

— Pour essayer de comprendre pourquoi tu l'as poussée. Tu es le seul à savoir ce que vous vous êtes dit. Cela peut nous servir à trouver des circonstances atténuantes à ton geste.

— La dame est morte. Et ce qu'on s'est dit n'y changera rien, répondit-il avec une maturité déconcertante.

— Ça pourrait changer beaucoup de choses, au contraire…

— Je me suis brûlé les mains en essayant de la sauver ! cria-t-il en se levant. C'est plus important que ce qu'on s'est dit, non ?

— Nateo, tu t'assois, maintenant ! exigea Marcus. C'est quoi, cette façon de parler, là ? Excuse-toi auprès de la docteur Murphy.

Nateo se rassit, penaud, et retrouva la fragilité qu'on lui connaissait. Abby se tourna vers Cooper pour s'assurer qu'il n'avait rien raté de ce moment. Il affichait une expression indéchiffrable, sorte de mélange entre surprise et incompréhension.

— Désolé, docteur Murphy, bredouilla Nateo, je... je ne voulais pas être impoli.

— Il n'y a pas de mal, le rassura Abby.

Elle se leva et fit quelques pas dans la pièce en prenant appui sur sa canne pour se dégourdir les jambes.

— Nateo, tu vas être mis en examen et ça va devenir plus difficile pour toi. Tu auras affaire à plein de nouvelles personnes et peu d'entre elles seront prêtes à t'écouter. Si tu veux que je t'aide, il faut me parler.

— Vous pouvez pas m'aider, répondit l'enfant en sanglotant. Personne ne peut !

— Bon, on va s'arrêter là, d'accord ? intervint Marcus en se tournant vers son avocate. Il se passe quoi, maintenant ?

Cooper remercia Abby d'un hochement de tête et prit le relais :

— Vous allez accompagner Nateo au poste et nous étudierons ensemble avec votre avocate la suite à donner à tout ça.

— Je ne veux pas d'avocat, déclara l'enfant, en larmes.

— Ce n'est pas à toi d'en décider, Nat, dit calmement Marcus. Nous sommes tes parents et tu es mineur.

— Je ne veux pas d'avocat, sanglota-t-il. Cette dame est morte à cause de moi. Je dois être puni !

— Ça suffit, Nateo, trancha Marcus. Tu ne sais pas ce que tu dis. (S'adressant à tout le monde :) Cet entretien est terminé.

Il se leva et fit un geste invitant l'assemblée à sortir. Abby suivit le mouvement et, sur le pas de la porte, jeta un dernier regard à Nateo, qui pleurait à chaudes larmes.

29

Cooper raccompagna Abby jusqu'à sa voiture. Elle n'avait pas dit un mot depuis la fin de l'entrevue avec Nateo et le détective avait hâte de savoir ce qu'elle pensait. Il s'était juré d'attendre qu'elle entame la conversation, mais la patience n'était pas un de ses points forts :

— Je dois t'avouer qu'en dix-sept ans de boutique je n'ai jamais vu un truc pareil. Si les mômes se mettent à tuer des mères de famille maintenant, on va où ?

Abby actionna le déverrouillage de ses portières, mais, juste avant de monter, quelque chose attira son attention de l'autre côté de la rue. Assis sur un banc, un vieux Maori de soixante ans la fixait de ses yeux opaques. Son visage couvert de tatouages rituels et ses vêtements traditionnels exhibaient la fatigue de cette souffrance qu'est la vie. À ses pieds, un chien patientait.

Troublée par cette vision, Abby reprit ses esprits et monta dans sa voiture. Cooper s'appuya sur la portière ouverte et poursuivit :

— Enfin… on a des témoins et, grâce à toi, des aveux. Il ne nous reste plus qu'à le mettre en examen.

Et vu la personnalité du père et le passé du gamin en tant que disparu vedette, ça va être un de ces cirques médiatiques, je ne te raconte pas.

— Justement, il vaut mieux patienter.

— Comment ça ?

— Monte, je te raccompagne au bureau.

Cooper fit signe à ses hommes de ne pas l'attendre et grimpa côté passager. Abby jeta un œil dans son rétroviseur : le vieux Maori regardait toujours dans sa direction.

La clé glissa dans le contact. Abby démarra et quitta les lieux.

Le vieil homme leva ses yeux voilés vers le ciel en caressant la tête de son chien.

Cooper dévisageait Abby pendant qu'elle conduisait. La circulation ralentit et la pluie s'invita sur le pare-brise. La profileuse enclencha les essuie-glaces et demeura perdue dans ses pensées. Cooper soupira et finit par rompre le silence.

— Bon, alors, tu me la craches, ta théorie ?

— Tu ne vas pas aimer, Coop.

— Pourquoi ? C'est ésotérique ?

— Pour toi, ça le sera sans doute, oui.

— Écoute… vas-y, je suis à poil, de toute façon. Déjà, pourquoi tu me dis qu'il vaut mieux patienter ?

— Si tu mets le petit en examen, c'est le tribunal des mineurs, Coop. Dans trois jours, il sera devant le juge. Et il se passera quoi, d'après toi ?

— On a ses aveux et des témoins.

— Leur avocate évoquera une démence passagère due au traumatisme d'un enfant arraché à ses parents durant trois ans et sur lequel on a tiré il y a quelques semaines.

— Ben… elle fera son boulot, et moi, je dois faire le mien. Je reçois déjà beaucoup trop d'appels à cause de cette histoire. Le bureau du DA a tout ce qu'il lui faut.

— Non, Coop. C'est quoi, le mobile ? La mort de Maisie Lomu n'est ni un accident ni un homicide involontaire.

— Tu veux dire que le petit s'en serait pris à elle volontairement ?

— Une partie de lui, oui. Et l'autre aurait été jusqu'à brûler ses mains pour la sauver. D'où les témoignages divergents.

— Tu nous joues quoi, là ? Un dédoublement de personnalité ?

Abby pencha la tête sur le côté, l'air de dire : « Tu plaisantes ? »

— C'est un peu plus complexe que ça, Coop. Et tu le sais. Enfin, tu étais là. Tu as assisté comme moi à cette volonté qu'avait le petit de s'accuser à tout prix, de refuser un avocat, de vouloir être puni comme si… comme s'il s'attendait à recommencer. Et puis cette façon de s'exprimer qui n'est pas celle d'un enfant de huit ans.

— De qui, alors ?

— J'en sais rien. Des phénomènes de ce genre ont existé de tout temps, mais on les a toujours dénigrés. Au Moyen Âge, on brûlait des gens pour ça, aujourd'hui c'est lithium et électroconvulsivothérapie.

— Murphy… je ne te suivrai pas sur ce terrain-là, OK ?

— Je sais, dit-elle calmement sans quitter la route des yeux.

Le silence s'éternisait à nouveau et Cooper commençait à se sentir stupide d'avoir interrompu la discussion. Il s'éclaircit la voix et se tourna vers Abby.

— Admettons que Nateo s'en soit pris volontairement à Maisie Lomu. Pourquoi il l'aurait choisie, elle ?

— D'après ce que j'ai pu lire, Mme Lomu a assigné Marcus Taylor en justice pour le contraindre à révéler ce qu'il savait sur la mort de son mari. Elle représentait donc un danger pour le père de Nateo et le secret qu'il détient. C'est peut-être à propos de ça qu'ils se sont disputés.

— Quel secret ?

— La nature pathogène de l'organisme découvert sous les glaces de Vostok.

— Tu donnes dans le complotisme, maintenant, Murphy ?

— Tu ne vas pas t'y mettre, Coop ! Le colonel Vlad Andrash est sur la liste officielle des victimes du crash du C-130, on est d'accord ? Et pourtant cet ancien agent du KGB a tenté d'assassiner Nateo, il y a un mois. C'est du complotisme, ça aussi ? Quel intérêt aurait le Kremlin à classer secret-défense une mission en Antarctique si ses membres avaient tous péri dans une catastrophe aérienne ? La raison est que certains d'entre eux, parmi lesquels Marcus Taylor et Vlad Andrash, ont survécu au crash. Qu'ils ont réussi à atteindre la base et que c'est sans doute en analysant la bactérie découverte que les événements qu'on cherche à nous dissimuler se sont produits.

Le détective hocha la tête, songeur. La théorie d'Abby faisait sens.

— Tu veux dire qu'il y aurait eu contamination, c'est ça ?

— Tu mettrais en quarantaine le survivant d'une catastrophe aérienne, toi ? Il y a forcément eu contamination. D'après les Russes, Marcus était négatif au sortir de sa quarantaine. Et le père a l'air équilibré, mais… ça vaudrait peut-être le coup de demander à ton légiste de contrôler la sérologie d'Andrash.

Cooper acquiesça et vit qu'Abby demeurait songeuse.

— Quoi ? demanda-t-il.

— D'après ce que m'a dit Marcus Taylor, Vlad Andrash et lui étaient très amis. Il fallait qu'il soit sacrément perturbé pour donner la chasse à son fils avec l'acharnement dont il fait preuve sur les images de surveillance.

— Ou qu'il ait une vraie raison de vouloir éliminer Nateo, suggéra Cooper.

— *Libera nos a Malo…*

Abby en revenait à sa théorie, ce qui laissa le policier songeur.

— Ça vaut le coup, d'après toi, de requérir une évaluation psychologique ? demanda-t-il.

— Fais comme tu le sens, Coop. C'est ton enquête. Mais si la presse établit le lien entre les deux affaires, tu ne veux pas être celui qui a négligé une piste.

Cette dernière remarque sembla convaincre le détective.

— Tu pourrais t'occuper de cette évaluation ? Le DA est un ami, il approuvera ce choix. Et, pour lui, ce sera toujours mieux que de s'en remettre aux experts de la défense.

30

Un an plus tôt
Antarctique

Un crépuscule antarctique qui semblait ne jamais finir avait accueilli les explorateurs à leur sortie de la base. Emmitouflés dans leur tenue de grand froid, Vlad et Damian scrutaient la toiture du bâtiment 5 sur laquelle Marcus avait grimpé. À sa grande surprise, seule la bouteille de gaz était encore en place. Piri, lui, avait disparu.

— Il ne doit pas être bien loin ! s'écria Vlad. Ses empreintes sont encore visibles dans la neige fraîche.

— Faites gaffe à vous, répondit Marcus en déconnectant la bonbonne. Il ne nous a pas fait sortir pour rien.

Vlad avait dégainé sa torche électrique et étudiait les traces de bottes. Contre toute attente, elles ne se dirigeaient pas vers les autres bâtiments. Elles s'éloignaient de la station.

— Putain, mais à quoi il joue ? s'interrogea le colonel en braquant son faisceau vers les marques suivantes.

— Il veut nous perdre ou nous épuiser, commenta Marcus en rejoignant ses collègues, la bouteille de gaz à la main. Il résistera au froid bien plus longtemps que nous.

— Pourquoi ? Vous comptez aller le chercher ? s'inquiéta le sponsor, qui filmait la scène.

— La meilleure défense, c'est l'attaque, Damian, ce n'est pas à vous que je vais apprendre ça. On ne va pas attendre qu'il nous tombe dessus.

— Je croyais que c'était votre ami…

— Notre ami ne se balade pas en tee-shirt par – 60, rétorqua Vlad. Ce n'est plus Piri. Il en a juste l'apparence, c'est tout.

— Vlad, je veux que tu transformes deux de nos chalumeaux en lance-flammes. Tu nous ramènes ça à l'AT44 avec des bidons d'essence et une caisse de torches à main, OK ?

Le colonel hocha la tête et se dirigea aussitôt vers le septième bâtiment. Médusé, le sponsor le regarda s'éloigner vers la centrale électrique de la station.

— Et qu'est-ce que vous comptez faire avec tout ce matos ? demanda le styliste en luttant contre le froid.

— Vous n'êtes pas obligé de venir, Damian, répondit Marcus en dégageant la glace qui encombrait sa barbe. C'est risqué et ce n'était pas vraiment prévu au programme de la mission Nirvana.

— Je vous l'ai dit, commandant, le risque, c'est mon métier. Je ne suis pas venu jusqu'ici pour faire des réussites. Et puis la chasse au zombie, ça fera une séquence de ouf pour le docu.

Kalypso ouvrit les yeux et regarda autour d'elle. Elle aperçut Masha et Yuri de dos, qui effectuaient des tests à partir de prélèvements. Elle essaya spontanément de se redresser, mais ses entraves l'en empêchèrent.

— Qu'est-ce que je fous ici ? se plaignit-elle. Détachez-moi !

La biologiste et le médecin se retournèrent. L'état d'agitation de Kalypso pouvait être perçu de deux façons. C'était soit celui d'une personne normale se demandant pourquoi on la maintenait attachée, soit celui de l'hôte que la bactérie contrôlait.

— Détends-toi, Kaly, dit calmement Masha. Yuri et moi, on travaille à vaincre ton infection. Tu étais très agitée, d'où les entraves. Comment tu te sens à présent ?

Le ton rassurant de la biologiste eut pour effet de calmer l'informaticienne. Elle avait les yeux rouges, signe qu'elle avait manqué d'oxygène. Elle fit un effort de réflexion avant de répondre à la question :

— Mieux. Beaucoup mieux.

Le problème était que Masha et Yuri ne savaient pas s'ils pouvaient faire confiance à cette affirmation. Qui répondait ? Était-ce encore Kalypso ?

— Il faut me détacher, maintenant. Je vais bien.

— On a quelques vérifications à faire avant, déclara Masha.

— Qu'est-ce que vous m'avez fait ?

— On t'a injecté un traitement antibiotique auquel la bactérie est sensible. Mais on a besoin de surveiller ton état pour voir comment ton organisme l'accepte.

— Est-ce que vous avez arrêté ce salopard ?

Cette question leur prouva qu'ils parlaient bien à Kalypso.

— Marcus, Vlad et Damian sont partis à sa recherche, répondit Yuri. Il est toujours à l'extérieur. Mais ne t'inquiète pas. Toutes les issues sont condamnées.

— Et Dario ?

— Son état empire, mais… tu le connais un peu, maintenant. Il a toujours le moral.

— Comment est-ce que Piri a pu…

L'émotion empêcha momentanément l'informaticienne de terminer sa phrase.

— C'était comme… s'il était possédé par un démon, ajouta-t-elle, les larmes aux yeux.

Masha fit signe à Yuri et, ensemble, ils débouclèrent les entraves.

Kalypso essaya d'interrompre ses pleurs, mais elle ne parvenait plus à exprimer autre chose que la douleur. Les sentiments les plus noirs se bousculaient dans sa tête : la terreur, la répulsion, l'humiliation. Elle couvrit son visage avec ses mains.

— C'était si répugnant, gémit-elle. Si honteux ! Je me sens si sale !

Si Masha avait su l'aider biologiquement, Yuri était à court de mots pour la consoler. Lui qui les trouvait toujours.

Kalypso n'était plus la jeune femme vaillante qui s'était embarquée avec eux pour sa première expédition australe. Elle n'était plus qu'un corps, vide de toute dignité.

Les pleurs cessèrent. Peu à peu.

Et un silence grandissant les enveloppa tous les trois.

— Je veux juste mourir, murmura-t-elle.

Vlad travaillait vite. La transformation des chalumeaux en lance-flammes n'était pas très compliquée pour un ancien agent du KGB, elle était juste illégale. Le colonel acheva de verrouiller la valve du tuyau reliant le jerrican au pistolet de l'appareil transformé. Puis il le tint fermement devant lui, ouvrit le manomètre et appuya sur la gâchette de tir. Après un bref grésillement, des flammes surgirent de la buse comme de la bouche d'un dragon.

Le moteur de l'AT44 tournait déjà quand Vlad rejoignit ses camarades. Il ouvrit le coffre arrière, y chargea les lance-flammes bricolés, plusieurs jerricans d'essence et la caisse de torches à main. Damian, qui filmait tout ça, n'en revenait pas de la rapidité avec laquelle le colonel s'était acquitté de sa mission. Celui-ci grimpa sur la banquette arrière et s'adressa à Marcus, qui étudiait une carte étalée sur le tableau de bord :

— Leur portée est de quatre mètres, mais, si tu veux, je peux en gagner deux de plus en rétrécissant la largeur du champ.

— Non, ça ira comme ça, je préfère qu'on couvre large.

À cette époque de l'année, en Antarctique, le soleil parvenait difficilement à descendre plus bas que l'horizon, si bien que l'heure magique durait des heures. L'AT44 avançait donc dans un paysage crépusculaire en suivant les empreintes de pas laissées par Piri. Damian avait été chargé de les traquer à la jumelle.

La neige qui virevoltait autour du véhicule était trop fine pour effacer les traces, mais les explorateurs savaient que ça ne durerait pas. Bientôt le vent prendrait de l'ampleur et la neige balayerait jusqu'au souvenir de leur existence. Il fallait donc rouler vite, prendre tous les risques pour avoir une chance de retrouver Piri. Mais les traces descendaient à présent une pente raide, balisée de rochers.

— Vous croyez que le 4 × 4 va pouvoir tenir bon ? s'inquiéta le styliste.

— Un 4 × 4 ne le pourrait pas, mais notre 6 × 6 devrait y arriver.

Le terrain était de plus en plus accidenté. De hautes crêtes de glace les surplombaient de plusieurs dizaines de mètres. Ils s'enfonçaient au cœur d'un véritable labyrinthe dans lequel la lumière du soleil ne pénétrait plus.

— Il va où, comme ça ? demanda Damian.

— J'en sais rien, répondit Marcus.

— Ça n'a aucun sens ! s'agaça le sponsor. Si son but premier est de nous infecter, pourquoi s'éloigner du camp, là où il y a des hôtes potentiels à contaminer ?

Marcus réalisa soudain qu'ils étaient tombés dans le piège.

— Ce n'est pas lui qui s'éloigne du camp, déduisit-il, c'est nous. La tactique du marteau et de l'enclume, chère à Alexandre le Grand. En nous attirant jusqu'ici, il débarrasse la base de ses principales forces. Et il permet à Kalypso, infectée elle aussi, d'avoir le champ libre.

Marcus chercha les yeux de Vlad dans le rétroviseur. Et il put y lire la même gravité.

— Là-bas ! cria le styliste en pointant du doigt une silhouette humaine prise dans le faisceau des phares.

Piri était assis en tailleur de dos, torse nu, indifférent au véhicule qui approchait. Ses tatouages maoris brillaient dans la lumière dorée.

Son absence totale de réaction rendit le groupe encore plus méfiant.

L'AT44 ralentit et s'arrêta au milieu du canyon, à une distance raisonnable.

Marcus, Vlad et Damian descendirent et allèrent s'équiper dans le coffre arrière. Vlad et Marcus récupérèrent les lance-flammes et Damian sortit la caisse de torches. Il en alluma une et la brandit d'une main, tandis que l'autre filmait avec son portable. Ils marchèrent ensemble vers Piri, en prenant soin de rester bien écartés les uns des autres, au cas où l'agresseur de Kalypso déciderait de se montrer violent.

Tandis qu'ils approchaient à contre-jour dans la lumière des phares, Marcus tenta, contre toute logique, le pari fou de raisonner son ami :

— Écoute-moi, Piri ! Je sais que l'homme qui est mon ami n'aurait jamais pu agresser Kalypso comme tu l'as fait. L'infection dont tu es victime modifie ton comportement, comme le ferait la rage. Mais je veux croire que tu peux lutter contre elle. Alors, s'il te plaît, si tu comprends ce que je te dis, fais-moi un signe.

Non seulement Piri n'eut aucune réaction, mais il arborait une pose méditative, le menton posé sur ses doigts recourbés.

— Actionnez votre putain de lance-flammes, bordel ! s'écria le styliste en tournant sa caméra vers Vlad et Marcus. Brûlez-le, tant que vous le pouvez enc…

Avant qu'il ne puisse finir sa phrase, quelque chose le saisit à la gorge. Son téléphone s'écrasa contre le sol gelé. Piri s'était déplacé à une vitesse inhumaine. Et, à présent, il se servait de Damian comme d'un bouclier face à ses agresseurs.

— Lâche-le, Piri ! ordonna Marcus.

Pour toute réponse, le pilote arracha d'une main le col de sa proie, mettant à nu son cou, non pas pour lui prendre du sang comme un vampire l'aurait fait mais pour lui offrir sa salive et l'infection qu'elle transportait.

— Quand vous l'aurez acceptée en vous, dit-il avec un calme qu'on ne lui connaissait pas, vous serez les mêmes, mais tellement plus forts, plus performants. Vos souvenirs seront légèrement altérés, mais ils se reformeront différemment.

Contrairement à celle de ses anciens camarades, l'haleine de Piri n'était pas visible, comme si la température intérieure de son corps s'était acclimatée à celle de l'extérieur. Il s'avança avec Damian, qui était incapable de prononcer un mot tant les doigts de Piri exerçaient une pression forte sur sa gorge.

— Vous n'aurez plus jamais froid, Marcus, plus jamais mal. C'est une régénérescence qui m'a été offerte. Et vous allez tous pouvoir en bénéficier. Comme notre ami, maintenant.

Mais, au moment où Piri se penchait pour infecter son otage, Marcus se jeta sur le styliste et le plaqua à terre. Ces quelques secondes de séparation suffirent à Vlad pour actionner son arme. La langue de feu frappa Piri qui s'embrasa instantanément. Sous la violence des flammes, il poussa un feulement perçant qu'aucun homme ou animal n'aurait pu produire. Transformé en torche humaine, il se roula à terre pour tenter désespérément d'éteindre le brasier qui consumait sa chair.

En se redressant, Marcus réalisa avec horreur que Damian présentait une blessure au cou. Piri avait eu le temps de l'infecter.

Le Russe continuait d'arroser de feu le corps du pilote comme s'il craignait qu'il puisse en réchapper. Pourtant, ce n'était plus qu'un squelette ardent et la glace sous lui commençait à fondre.

— C'est bon, vieux, arrête ! ordonna Marcus. Il a infecté Damian.

Vlad se tourna vers le styliste, lequel tentait frénétiquement de nettoyer sa plaie avec de la neige.

— Écarte-toi, fit le Russe.

— Pourquoi ?

— Parce que je vais le brûler.

— On va le ramener à la base, Vlad, et le soigner. Comme on fait pour Kalypso.

— Ils ne sont pas soignables.

— Quand ils ne le seront plus, on agira. Pas avant. Donne-moi cette arme.

Se sentant en danger, Damian profita de la querelle des deux hommes pour ramasser son portable et se ruer vers le véhicule. Le temps que ses compagnons réagissent, il démarra, les abandonnant à leur triste sort.

31

Retour au présent
Christchurch,
Nouvelle-Zélande

Derrière un miroir sans tain, Cooper observait Nateo, qui attendait calmement, assis, les coudes appuyés sur la table dans une des salles réservées aux interrogatoires. Difficile d'imaginer que ce petit garçon de huit ans ait intentionnellement poussé une mère de famille dans les flammes et tenté de la sauver l'instant d'après.

Sur la baie vitrée de la pièce, l'officier apercevait également le reflet de Marcus qui discutait stratégie de défense avec l'avocate de la famille. Et Cooper ne put s'empêcher de penser à la pression qu'il recevrait immanquablement de ses supérieurs s'il décidait, comme le préconisait Abby, de ne pas mettre tout de suite Nateo en examen. Les médias y verraient aussitôt une tolérance pour le fils d'une célébrité, la preuve d'une justice à deux vitesses.

Au moment de pénétrer dans la salle d'interrogatoire, Marcus reçut un texto sur son portable : *Appelle-moi dès que tu peux, c'est important.*

Le message était signé « Oksana Andrash ». Marcus releva la tête, songeur. Que lui voulait la femme de Vlad ?

— On y va ? demanda l'avocate.

Il hocha la tête, empocha le téléphone et rejoignit son fils dans la pièce. Il s'installa à côté de lui et le défenseur resta en retrait.

Cooper n'entendait pas les propos échangés. Il en mourait d'envie, bien sûr, mais passer outre la fameuse confidentialité revenait à violer les droits du suspect. Ce qui provoquerait immédiatement sa relaxe devant un tribunal.

Marcus semblait vouloir éviter tout contact physique avec Nateo, une façon de permettre au petit garçon de marquer son territoire. Il essayait aussi de ne pas s'effondrer. Son but était avant tout de le convaincre.

Quand Nateo accepta enfin de le regarder dans les yeux, le choix fut difficile à faire entre ses sentiments et la réalité de la situation qu'ils vivaient.

— Je ne sais pas comment t'expliquer ce qu'on ressent, ta mère et moi, Nat. Je n'arrête pas de revoir dans ma tête ce qui s'est passé tout à l'heure… et ce que tu as dit après… ça ne correspond pas ! J'étais là, sur place, Nat ! Si je ne t'avais pas arrêté, tu aurais rejoint Maisie dans les flammes, tellement tu voulais la sauver !

— Et pourtant, je l'ai poussée.

— Pourquoi tu aurais fait ça ? Tu ne te souviens même pas de qui c'est. Les gens disent que vous vous disputiez. À propos de quoi ? Explique-moi, je veux juste comprendre…

— Je crois qu'y a un truc qui ne va pas chez moi.

— Tu veux dire quoi par là ?

— Un truc, je sais pas… Je fais des choses et c'est pas moi qui veux les faire… Je deviens fou, tu crois ?

— Non, c'est juste que… la balle qui a touché ton cerveau provoque encore des choses chez toi qu'on n'arrive pas à évaluer. C'est ça qu'il faut qu'on plaide. Cette confusion qui arriverait à n'importe qui dans cette situation médicale.

Marcus leva les yeux vers son avocate, qui acquiesça. Mais Nateo n'était pas de cet avis. C'était ce qui les effrayait tous les deux.

— Elle est où, maman ?

— Elle est… Elle a été très choquée par ce qui s'est passé. Et par… ce que tu as dit à la policière… Elle a besoin de temps.

Nateo baissa les yeux, un mélange de honte et de chagrin.

— Il se passe quoi, maintenant ? demanda-t-il avec un fatalisme qui perturba un peu plus son père.

— Ils vont prendre ta déposition et tu seras convoqué devant le juge pour une audience préliminaire.

— Et après ? J'irai en prison ?

— Non, parce que notre avocate va lui expliquer la situation.

— Y a rien à expliquer, s'agaça l'enfant. Je l'ai fait, c'est tout.

Nateo regarda Marcus dans les yeux, à la fois peiné et coupable.

— Je suis désolé, papa.

Ce dernier mot fit perdre à Marcus toute la distance qu'il s'était efforcé de mettre en place. En sentant la détermination de son fils, il réalisa que rien ne serait plus jamais comme avant. Il fallait qu'il tente quelque chose, quitte à jouer sur les sentiments. Il s'approcha de Nateo et prit tendrement ses mains bandées dans les siennes.

— Nateo, écoute-moi… tu n'étais pas toi-même quand tu as agressé cette femme. Tu as un dossier médical qui peut le prouver et je vais en parler à ton docteur, Clyde Anderson, qui t'aime beaucoup, Je suis sûr qu'il sera prêt à témoigner. Tu ne mérites pas de passer quatorze ans en prison à cause d'un moment d'absence.

Marcus avait de plus en plus de mal à retenir ses larmes.

— Tu as un père et une mère qui t'aiment, poursuivit-il, et qui ont déjà été privés de toi pendant trois ans, tu ne peux pas leur faire ça. Tu dois nous laisser t'aider.

À court d'arguments, l'enfant ne put que baisser la tête. Face à l'émotion de Marcus, l'avocate prit le relais :

— Si on plaide la folie passagère, Nateo, qu'on demande une évaluation psychologique, tu pourrais avoir une réduction de peine. Une libération conditionnelle anticipée.

Le petit menton de l'enfant se mit à vibrer.

— Je suis dangereux, papa. Il vaut mieux que j'aille en prison. Ce que j'ai fait, je peux le refaire.

— Il y a des médecins qui peuvent t'aider, Nateo, soupira Marcus.

— Non. Pas de psychiatres.

— Pourquoi pas ?

Les yeux hantés par la terreur des pulsions qui l'habitaient, le petit garçon se contenta de pleurer.

Alors Marcus prit son fils contre lui et le berça en murmurant :

— Qu'est-ce qui t'arrive, mon Nateo ? Qu'est-ce qui t'arrive ?

32

Raïana était assise à la terrasse d'un café. Les yeux plongés dans un espresso auquel elle n'avait pas touché, elle semblait y chercher les réponses à ses questions. Comment son cœur de mère avait-il pu ignorer que celui de son fils battait encore quelque part ? Un bébé n'est-il pas pour celle qui l'a porté comme un membre fantôme dont la présence ne quitte jamais vraiment ses entrailles ?

Pourquoi avait-elle cessé de ressentir cela ?

Ce qui venait de se passer à l'université et les propos qu'avait tenus Nateo l'avaient totalement déstabilisée. Cependant, elle se devait de faire face, cette fois-ci. Elle ne pouvait pas fuir à nouveau. Marcus et Nateo avait besoin d'elle. Aussi se força-t-elle à chasser ces pensées maudites de son esprit et prit la décision de les rejoindre au commissariat, mais…

Elle n'y arrivait pas.

Elle sortit un billet de sa poche et le déposa sur la table.

Alors qu'elle se levait pour partir, elle aperçut un homme qui la fixait, debout à l'entrée de la terrasse.

Des dossiers débordant de documents encombraient ses bras. Elle reconnut le docteur qui avait soigné Nateo, celui qui argumentait avec Marcus à la célébration de Waitangi Day.

Quand il fit un pas vers elle, Raïana tenta de l'éviter, mais il n'y avait qu'une sortie possible sur cette terrasse.

— Madame Taylor ? appela Clyde en continuant d'avancer. Vous vous souvenez de moi ?

Raïana s'arrêta et fit l'effort d'être amicale. Après tout, qu'avait-elle à craindre d'un médecin ?

— Vous êtes le docteur Anderson, c'est bien ça ?

— Absolument. C'est moi qui ai opéré votre fils. J'ai besoin de vous parler, madame Taylor. C'est très important.

Raïana sentit sa méfiance ressurgir. Aussi tenta-t-elle de se défausser.

— Voyez ça avec mon mari, docteur. C'est votre ami, je crois, et…

Clyde la coupa.

— C'est à *vous* que j'ai besoin de parler, madame Taylor. De Nateo. Du *nouveau* Nateo, vous voyez ce que je veux dire, n'est-ce pas ?

— Non, je ne vois pas, mentit-elle.

Raïana se faisait violence pour ne pas chercher à en savoir plus. Pourtant, elle sentait que quelque chose de terrible se préparait et les sous-entendus du médecin ne faisaient que l'angoisser davantage.

— Madame Taylor, avez-vous remarqué un changement dans le comportement de votre fils, depuis son retour ?

Bien sûr que oui, songea-t-elle. Mais elle n'avait pas l'intention d'alimenter la parano de cet homme. La mort de Maisie Lomu suffisait largement à justifier ses propos. Ces années d'absence, dont Nateo refusait de parler, avaient dû être pour lui une épreuve terrifiante.

— Non, docteur, mentit-elle à nouveau. Je n'ai vu aucun changement chez Nateo. Ce qui s'est passé à l'université était un malheureux accident dont mon fils a été lui-même victime. Il s'est brûlé les mains en tentant de sauver cette femme, je vous le rappelle.

Clyde n'en resta pas là.

— J'ai analysé les derniers tests effectués sur votre fils, madame, et j'y ai découvert des choses étranges.

Il ouvrit l'un des dossiers volumineux qu'il transportait et en sortit un relevé de laboratoire.

— J'ai ici les analyses de sang de votre fils, avant sa disparition.

— Docteur…

Réalisant qu'il était en train de la perdre, il s'empressa de poursuivre sa présentation. Il sortit de nouvelles pièces, en fit tomber d'autres.

— Et voici… euh… les résultats des tests médicaux que nous avons effectués à son retour. Voyez-vous euh… il y a plusieurs anomalies dans son génome qui devraient avoir un impact dramatique sur son comportement.

Au lieu d'examiner les documents qu'on lui tendait, Raïana dévisageait son interlocuteur.

— C'est l'hôpital universitaire qui vous envoie ?

Clyde choisit d'ignorer la question. Il tira un autre papier.

— J'ai essayé d'en parler à votre mari, mais…

— Docteur Anderson !

Raïana avait presque dû crier pour attirer son attention.

— Est-ce que Madison Cochrane est au courant de ce que vous cherchez à prouver ?

Clyde fit un geste méprisant.

— Oh… au courant oui, mais… la chancelière n'a pas voulu m'écouter. Elle ne *veut* pas entendre ce genre de choses. Du coup, elle s'est débrouillée pour… ne pas renouveler mon contrat le mois prochain et m'a même conseillé d'aller voir un psychiatre.

C'était tout ce que Raïana voulait savoir.

— Je dois y aller, maintenant, docteur.

Elle lui passa devant, mais il lui emboîta le pas.

— Je n'ai fait que lui exposer les faits, madame Taylor, mais elle a eu peur des conséquences. Votre mari est trop important pour l'image de l'université.

Les propos du médecin étaient autant de coups bas que Raïana recevait. Au bord du K-O, elle voulut s'éloigner de lui.

— S'il vous plaît, dit-elle par-dessus son épaule, laissez-moi tranquille.

Mais il l'attrapa par le bras et lui posa la question qu'elle refusait de formuler :

— Pouvez-vous me jurer que Nateo est toujours votre enfant, madame Taylor ?

Le barman, qui avait observé la scène de loin, finit par intervenir.

— Madame, est-ce que cet homme vous importune ?

— Oui, répondit-elle.

Elle dégagea sèchement son bras et s'éloigna. Clyde était sur le point de la suivre quand le barman l'attrapa fermement par le col et le repoussa.

— Il faut vous le dire comment, monsieur ? On laisse la dame tranquille, c'est compris ?

Clyde cria par-dessus son épaule :

— Une mère sent ce genre de choses, madame Taylor. Nateo peut flouer Marcus, mais pas vous ! Quand vous serez prête à entendre, appelez-moi au Christchurch Hospital et je vous expliquerai.

33

Un an plus tôt
Antarctique

Le sifflement obstiné de la tempête était perceptible jusque dans la base et soulignait le silence angoissant qui y régnait. Masha, Yuri et Kalypso s'étaient rassemblés dans la salle commune pour dîner. Mais l'appétit n'était pas au rendez-vous. Si la jeune informaticienne semblait bien tolérer son traitement, l'inquiétude demeurait présente chez ses collègues qui l'observaient en permanence. Cela créait chez elle une susceptibilité qui jouait sur son humeur. Personne n'essayait de dissimuler sa peur. Surtout pas Kalypso qui avait eu un aperçu, avec Piri, de ce qu'elle pouvait devenir sous l'influence de cette bactérie.

Yuri étudiait un plan de la base moins comme un scientifique qui devait y travailler que comme un stratège qui s'apprêtait à la défendre. Kalypso s'en rendit compte et osa demander :

— Ça fait longtemps qu'ils sont partis ?

— Je dirais… un peu plus d'une heure trente, dit le psy en consultant sa montre pour la énième fois.

— Et combien de temps il a fallu à Piri après l'infection pour que ses symptômes visibles disparaissent ? poursuivit-elle.

— Deux heures, fit Masha gravement.

Ils échangèrent un regard sombre, chargé de sous-entendus.

— Il faut qu'on pense à se protéger, suggéra Yuri. Ils ont été en contact avec Piri et rien ne dit qu'ils soient encore eux-mêmes à l'heure qu'il est.

Il fixa Masha longuement, puis Kalypso. Même si tous trois refusaient l'idée d'une contamination de leurs collègues, ils devaient se résoudre à l'envisager. Chaque équipe avait été en contact avec un membre infecté : Vlad, Marcus et Richard, avec Piri ; Masha, Dario et Yuri, avec Kalypso. Étant restés loin de la base plus d'une heure trente, les premiers avaient eu le temps de développer l'infection et peut-être même d'en voir les symptômes visibles disparaître.

— Que ferait le commandant à notre place ? demanda Kalypso.

— Il opterait pour une quarantaine, répondit Masha.

— Tu veux dire qu'il les ferait rentrer ? s'inquiéta l'informaticienne.

— On ne va quand même pas les laisser dehors ! objecta Yuri.

— Ça dépend dans quel état ils sont ! s'énerva Kalypso. Et si Piri est avec eux ? C'était quoi, le plan du commandant ? Le ramener ici ou s'en débarrasser à l'extérieur ?

À bout de nerfs, l'informaticienne ne tenait plus en place. Elle se leva et se dirigea vers les fenêtres. Encore traumatisée par son agression, elle refusait de prendre le risque de revivre de tels moments. D'autant que la bactérie était en elle et qu'elle se demandait combien de temps le traitement de Masha lui permettrait de lutter contre cet envahisseur.

— On va commencer par se calmer, dit Yuri en s'efforçant de garder un ton neutre. On n'arrivera à rien en paniquant. Si Piri est encore en vie, il est bien sûr hors de question qu'il nous rejoigne. Quant aux autres, je propose qu'on les accueille un par un, qu'on leur fasse une prise de sang et qu'on les isole en attendant les résultats.

— Et s'ils sont infectés ? demanda Kalypso, le visage collé au hublot.

— On leur administre le traitement antibiotique que tu as reçu.

— Et on les isole deux heures, ajouta Masha, pour voir s'il est efficace sur chacun d'eux.

— Les voilà ! s'écria Kalypso. Ils arrivent !

Masha et Yuri se levèrent d'un bond et la rejoignirent. À travers la vitre embuée, ils aperçurent la silhouette de l'AT44 qui se détachait dans la nuit. Ses phares luttaient contre le manque de visibilité générée par les conditions météo. Le tout-terrain s'immobilisa devant l'entrée principale et, à la grande surprise des observateurs, un seul homme en descendit.

— Où sont les autres ? s'inquiéta Masha.

— C'est qui ? Piri ? s'affola Kalypso.

La silhouette se rapprocha, mais la tempête de neige rendait l'identification difficile. Bientôt, on entendit cogner contre la porte. Kalypso recula instinctivement. Yuri décrocha une hache à incendie de son support et Masha se précipita dans la cuisine pour s'équiper d'un couteau.

— Ouvrez ! hurla la voix parfaitement reconnaissable de Damian Richard.

Ils se regardèrent sans répondre. Puis Yuri s'approcha de la porte.

— Qu'est-il arrivé à Marcus et à Vlad ? demanda-t-il.

— Piri les a eus ! mentit le styliste. Je n'ai rien pu faire à part m'enfuir. Ouvrez-moi vite, merde !

Paniquée, Kalypso disparut dans les couloirs.

— Et ils sont où, maintenant ? insista Masha.

— En chemin sûrement, rétorqua Damian, terrifié. Ouvrez-moi, je vous en supplie !

Yuri n'était pas convaincu.

— J'ai besoin de plus de précisions sur ce qui vous est arrivé, lui renvoya-t-il tranquillement.

— Des précisions ? s'offusqua le sponsor sans parvenir à réprimer sa colère. Vous allez ouvrir cette putain de porte ou vous ne saurez rien de ce qui s'est passé.

— En l'absence de Marcus, je suis le chef de mission, déclara Yuri, et je ne mettrai pas mon équipe en danger sur la base d'un témoignage aussi flou.

Mais quelqu'un opta pour une décision contraire. Masha déverrouilla la porte. Neige, rafales et Damian s'engouffrèrent ensemble dans la base comme un trop-plein gelé. À bout de forces, le styliste s'écroula à l'intérieur.

Masha poussa de tout son poids sur le battant pour le refermer et se tourna vers Yuri, qui la fusillait du regard.

Son expression était bien plus éloquente que tout ce qu'il aurait pu dire.

Kalypso trouva refuge dans la cabine de Dario et verrouilla la porte derrière elle. Le cuisinier était toujours alité, masque à oxygène sur le visage. Malgré l'assistance médicale dont il disposait, son état ne s'était pas amélioré. Il redressa difficilement la tête et, dans la lueur chaude des bougies, il aperçut la silhouette de Kalypso, en proie à des spasmes incontrôlables. La fièvre la forçait à se déshabiller, mais rien ne parvenait à calmer cette poussée de chaleur, comme si son propre sang entrait en ébullition.

Damian redressa la tête et remarqua les armes blanches dont Yuri et Masha s'étaient équipés. La neige dégoulinait de son visage et il avait du mal à reprendre son souffle.

— Pourquoi Marcus et Vlad ne sont pas rentrés ? demanda Masha. J'aurais pu les soigner. Le traitement est efficace sur Kalypso.

Le styliste s'efforça de ne pas laisser transparaître l'espoir que représentait pour lui cette information. Il lui fallait parler pour éviter de penser.

— Piri les a... ligotés, le temps que leur... métamorphose aille au bout. C'est à ce moment-là que j'ai pu m'échapper.

— Avant ou après avoir été infecté ? s'enquit la biologiste d'un ton accusateur.

— Avant, bien sûr.

Yuri et Masha échangèrent un regard chargé de suspicion. En tant que créateur vedette d'un consortium aussi puissant que Nirvana, Damian Richard devait être un virtuose du bluff. Il savait mieux que quiconque mentir avec sincérité, mais la biologiste avait ressenti l'ombre d'un soulagement sur son visage quand elle avait évoqué le traitement. Et puis, il y avait ce col de parka déchiré au niveau du cou…

— Vous avez peut-être été infecté sans le savoir, Damian, dit Masha. À votre place, je ferais une prise de sang avant qu'il ne soit trop tard pour le traitement.

Damian poussa un long soupir et se remit debout douloureusement. Masha en profita pour écarter vivement le col de sa parka, mettant au jour les plaques de champignon noir qui colonisaient déjà sa poitrine. La chrysalidation avait commencé.

Ils se regardèrent gravement. Le bluff n'était plus de mise.

— C'est Piri ? demanda la biologiste.

Il hocha la tête.

— Il y a combien de temps ?

— Quarante-cinq minutes.

Kalypso s'était écroulée sous le champ de vision de Dario, mais les bruits qu'il percevait avaient de quoi le faire frémir. Au bout de son lit, hors de portée de ses yeux, quelque chose d'humide haletait au sol : un terrifiant mélange de gémissements et de liquéfaction. Une odeur répugnante s'était répandue dans la pièce.

Puisant dans ses dernières forces, il se hissa sur ses mains et ce qu'il découvrit le glaça d'effroi. Couché sur le côté, le corps fongique suintant de Kalypso scintillait dans la lumière vacillante des bougies. La structure cireuse d'un visage se contorsionnait sous une peau devenue chrysalide. Ses iris étaient laiteux, presque aveugles, et sa mâchoire s'ouvrait et se fermait lentement, comme celle d'un poisson hors de l'eau.

Dario était comme hypnotisé par la métamorphose qui s'opérait.

— *Madre di Dio*, qu'est-ce qui... ?

Sous ses yeux médusés, la vieille peau de Kalypso se déchira et se détacha progressivement de son corps, comme chez un serpent en train de faire sa mue. Elle se releva lentement, laissant au sol son ancienne enveloppe, terne, sèche et plissée. Elle fit un pas vers le pied du lit et parcourut du regard le corps meurtri de Dario, comme si elle l'auscultait. Puis elle s'avança vers lui, sans se soucier du fait qu'elle était nue.

— Quand tu l'auras acceptée en toi, Dario, dit-elle avec un calme qu'on ne lui connaissait pas, ton corps sera guéri. Tu n'auras plus jamais mal, plus jamais froid.

Elle s'assit sur le bord de sa couchette et le regarda, les yeux pleins de mansuétude. Puis, d'un geste vif, elle retira le masque à oxygène de l'Italien et se pencha vers lui pour l'infecter. Dans un réflexe défensif, il tenta de l'en empêcher, mais Kalypso le plaqua contre le matelas, l'obligeant à lui faire face.

— S'il te plaît, ne fais pas ça ! supplia-t-il en grimaçant.

La langue de Kalypso sortit de sa bouche en tremblant. Elle commença à s'humidifier, à quelques centimètres du visage de Dario.

— Kaly, s'il te plaît, non ! implora-t-il, à bout de forces.

Il secoua la tête dans tous les sens et ferma les paupières pour fuir la contamination, mais la salive venimeuse coulait déjà sur ses yeux, sur ses lèvres et dans ses narines.

Dario se retint de respirer aussi longtemps qu'il le put mais, quand il ouvrit la bouche pour reprendre sa respiration, la langue de Kalypso y pénétra de force et y déversa son poison. Le baiser virulent ne dura que quelques secondes. Puis la jeune femme se retira sous les insultes de l'Italien.

— Tu me remercieras bientôt, Dario, fit-elle en souriant. Car je t'ai guéri.

34

Retour au présent
Christchurch,
Nouvelle-Zélande

Abby sirotait un café à la table de sa cuisine en lisant le *New Zealand Herald*. Comme elle pouvait s'y attendre, l'incident de Canterbury s'étalait en première page.

LA VEUVE DE LOMU
VICTIME DU FILS DE TAYLOR
Le district attorney demande
une évaluation psychologique

Ce nouveau rebondissement impliquant le fils d'un explorateur célèbre et la femme d'une ancienne star des All Blacks était du pain bénit pour les médias.

Abby s'assura que l'article ne mentionnait pas son nom. C'était une des conditions qu'elle avait exigées de Cooper pour accepter de l'aider. Elle s'était toujours efforcée par le passé de limiter la publicité sur ses activités. Et encore plus depuis qu'elle avait quitté Scotland Yard. En général, la police ne faisait aucune difficulté pour s'attribuer le mérite de la résolution d'affaires difficiles, surtout lorsque quelqu'un d'aussi talentueux qu'Abby y jouait un rôle. De toute façon, une procédure classique paraissait toujours plus sérieuse aux yeux de l'opinion qu'une instruction fondée sur des déductions psychologiques, voire ésotériques.

Cela lui convenait parfaitement. Moins le public en savait sur elle et sur ce qu'elle faisait, moins elle aurait à gérer de répercussions au plan personnel. La famille qu'elle s'efforçait de construire avec Liam avait déjà eu son compte d'effets secondaires indésirables avec sa maladie. Aussi luttait-elle chaque jour afin d'être la mère la plus normale pour son fils, quitte à faire ce que des parents normaux n'envisageraient jamais de faire.

Étant enfant, Abby avait plus souffert de ce qu'avait dû endurer son père face à l'ignorance du corps médical sur ce syndrome que de la maladie elle-même. Les réflexions du genre « votre fille est maladroite » suite aux entorses à répétition, ou les « c'est dans sa tête » pour justifier les douleurs articulaires et la fatigue avaient été dévastatrices. Quand ce n'était pas tout simplement l'hystérie pour expliquer que rien ne soit détectable sur les radios, IRM ou scanners. Sans parler de ce maître d'école qui croyait que Pierce la battait en raison de la présence de nombreux hématomes sur sa peau. Sans ce père guerrier à ses côtés, Abby n'aurait jamais pu s'en sortir. Et, aujourd'hui, c'était à elle d'être la guerrière, pour son fils.

Un fou rire d'enfant lui fit lever les yeux. Liam déboula dans la cuisine avec une paire de talkies. Il en déposa un sur la table et alla se glisser dessous. Bientôt, sa voix surgit du haut-parleur, mélangée aux parasites :

— Lieutenant Liam, de Scotland Yard, pour docteur Murphy, à vous !

Abby sourit et attrapa l'appareil pour répondre :

— Ici docteur Murphy, je vous reçois cinq sur cinq, lieutenant, à vous !

— Murphy, votre fils nous a appelés de votre maison de Christchurch. Il se plaint de ne pas vous voir assez. Il va falloir arranger ça, sinon nous devrons intervenir, à vous !

Abby se retint de rire et réfléchit quelques instants à une repartie.

— Message reçu, lieutenant Liam. Dois-je m'attendre à un gage ? À vous !

— Un très gros gage, Murphy, terminé !

Abby éclata de rire et se pencha sous la table, d'où elle sortit son fils avec force chatouilles.

— Viens par ici, petit cafteur. Alors, comme ça, tu dénonces ta mère à Scotland Yard ?

Liam s'esclaffa et Abby se délecta de ce moment de tendre complicité entre eux. Mais bientôt, la voix du petit garçon prit une intonation plus sérieuse.

— Maman ?

— Oui, mon prince, dit-elle en reconnaissant ce ton.

— Quand est-ce que tu vas rester à la maison pour de bon ?

Abby embrassa la main de Liam.

— Je ne sais pas, mon cœur, mais… bientôt. Peut-être d'ici une semaine ?

— Tu travailles avec la police ?

— Oui.

— Je croyais que t'avais envie d'un break ?

Le cœur d'Abby s'arrêta de battre un moment. Mais elle choisit de ne pas botter en touche et de répondre sérieusement.

— Pas « envie », Liam : « besoin ».

— Tu l'aimes bien, ton métier, hein ?

— Ouaip.

— Il y a des méchants, ici aussi ?

— Moins, mais… il y en a.

— Et tu vas l'attraper, celui-là ?

Elle réfléchit quelques secondes avant de répondre :

— Vous pouvez compter là-dessus, lieutenant Liam. Petit déj ?

— Tu m'appelles sur le talkie quand c'est prêt ? dit-il en détalant avec son appareil.

Il manqua de heurter son grand-père qui se dirigeait vers la cuisine.

— Hé ! Regarde où tu vas, courant d'air ! lança-t-il tendrement. Bonjour, Abby jolie.

— Bonjour, papa. Bien dormi ?

— Comme un vieux bébé.

— Merci pour les cartons ! Grâce à toi, ça ressemble déjà à un chez-nous.

— Grâce à Liam, aussi. Il m'a beaucoup aidé.

Abby ouvrit plusieurs placards avant de trouver les ustensiles nécessaires à la préparation du petit déjeuner. Elle n'avait pas encore eu le temps de se familiariser avec sa maison.

— Laisse, je vais m'en occuper.

— Non, ça me fait plaisir de…

Ce qu'Abby vit par la fenêtre lui fit interrompre sa phrase.

Le vieux Maori au visage couvert de tatouages rituels qu'elle avait aperçu la veille devant l'université de Canterbury patientait comme une vieille dette, de l'autre côté de la rue.

— Tu m'excuses un moment, papa ? Je reviens tout de suite.

— Bien sûr.

Abby sortit de la maison, traversa la rue et se dirigea vers le vieux Maori, qui caressait la tête de son chien sans le regarder. En apercevant les iris blanchis de l'homme, Abby comprit qu'il était aveugle, ce qui tempéra quelque peu son agacement.

— Vous étiez devant le campus, hier, lui dit-elle.

— Pardon ?

— Vous étiez devant Canterbury hier, et aujourd'hui vous êtes devant chez moi. Qu'est-ce que vous voulez ?

— Vous aider, docteur Murphy, dit-il d'une voix éraillée dans un souffle d'asthmatique.

Surprise que le vieil homme connaisse son nom, Abby étudia attentivement son visage hâve et décharné.

— Est-ce que je vous connais ?

Il grimaça un sourire qui révéla ses dents manquantes et se pencha avec respect.

— Mon nom est Matapo. Nous combattons le même ennemi.

— Ah oui ? Quel ennemi… ?

Les mains du vieil aveugle se mirent à trembler. Et ses lèvres eurent du mal à articuler ce qu'il voulait dire, comme si une force invisible tentait de l'en empêcher.

— Un Mal ancien a été libéré, docteur Murphy. Un Mal venu du fond des âges.

Le vent se leva soudain, créant un tourbillon de feuilles autour d'eux. Le chien du vieux Maori se mit à gémir et Abby en éprouva une crainte irrationnelle.

— Je ne comprends pas à quoi vous faites allusion, se défendit-elle.

— Oh si, vous comprenez, murmura l'aveugle. Je parle du petit Nateo et du Mal qui y fait son nid. Il a déjà tué une fois et il tuera encore jusqu'à ce qu'on le libère.

— Qu'on le libère de qui ?

— De quoi, vous voulez dire…

Troublée, Abby s'alarma des propos du vieil homme qui semblaient donner raison à ses intuitions.

— Le Mal est invisible à l'œil nu, poursuivit le vieillard. Mais il est patient. Même emprisonné sous des kilomètres de glace, il peut attendre des millions d'années qu'on le libère. Le Bien est le meilleur des hôtes car il est confiant et accueillant, mais… il est aussi vulnérable. Il suffit d'une petite écorchure pour que le Mal s'y introduise.

Le vent se calma peu à peu, tout comme les gémissements du chien.

— En quoi pensez-vous pouvoir m'aider ? s'enquit Abby, intriguée.

— Je suis un *tohunga*, l'équivalent d'un prêtre dans votre culture. La famille de Nateo ne s'en sortira pas toute seule, docteur Murphy. Elle est divisée. Il faut chasser le Makutu avant que l'enfant n'atteigne sa puberté. Au-delà, le Mal aura totalement pris possession de lui et rien ne pourra l'arrêter. Je puis assister cette famille dans son combat.

— Pourquoi vous adresser à moi, alors, et pas à eux ?

— Parce que la douleur est un territoire qui vous est familier.

— Je ne comprends pas.

— Elle vous poursuit, docteur Murphy, depuis votre plus tendre enfance. Mais votre lumière a toujours su en protéger les vôtres.

Déstabilisée par cette évocation qui la renvoyait à son syndrome, Abby eut envie de fuir. Elle fit un geste de la main pour interrompre le vieux Maori, oubliant qu'il était aveugle.

— Je vous ai écouté patiemment, monsieur...

— Matapo.

— Maintenant, c'est à vous de m'écouter. Si jamais je vous revois à proximité de ma maison, je me verrai contrainte de vous faire arrêter. Est-ce que vous comprenez ?

Le vieil homme hocha la tête en disant :

— Je ne vous dérangerai plus, mais, s'il vous plaît, acceptez cette carte.

Il la glissa à tâtons dans la main d'Abby, qu'il prit chaleureusement entre les siennes.

— Gardez-la où vous voulez, mais ne la jetez pas. Quand vous aurez besoin de moi, vous pourrez me joindre.

Abby se perdit dans les yeux voilés de Matapo et ressentit, à son contact, un étrange bien-être. Elle accepta la carte. L'homme s'inclina respectueusement et suivit son chien.

— Mes pensées sont avec vous, murmura-t-il en s'éloignant.

35

Un an plus tôt
Antarctique

Marcus et Vlad avançaient lourdement en vacillant contre le vent. Le Russe portait son lance-flammes sur le dos comme l'aurait fait un soldat avec son paquetage. Le commandant, lui, brandissait une torchère dont la combustion luttait contre les ténèbres. Parfois, une rafale particulièrement cinglante les contraignait à tourner le dos et à attendre quelques minutes avant de repartir. Parfois, c'était juste l'épuisement qui les poussait à mettre un genou à terre.

Au début, ils avaient suivi les traces de l'AT44, mais peu à peu la tempête avait effacé tout repère. Aussi furent-ils surpris et soulagés lorsqu'ils se cognèrent aux lettres géantes *VOSTOK* plantées dans la glace. Un peu à la manière de l'enseigne *HOLLYWOOD* sur les collines de Los Angeles, elles annonçaient fièrement la présence de la base, cent mètres plus loin.

Pris d'un fou rire nerveux, Marcus et Vlad s'adossèrent un moment à la pancarte pour évacuer leur stress à l'abri des embruns glacés. Mais le gel les rappela vite à l'ordre et ils durent à nouveau affronter un blizzard contraire. Des bourrasques de plus en plus vives soulevaient des nuées de particules de glace qui tuaient toute visibilité en se collant à leurs lunettes de protection. Ils poursuivirent à l'aveugle en utilisant, pour se diriger, les cordes repères qui reliaient les bâtiments entre eux.

Leurs feux de Bengale n'éclairaient pas plus loin que leurs pieds et l'unique signe de vie devant eux provenait de la lueur chaude des quartz de la station qui tentait vainement de percer le maelström de neige.

Entravé à la table d'opération, Damian Richard réagissait à la prise d'antibiotiques par des spasmes, comme l'avait fait Kalypso avant lui. Le styliste donnait des signes évidents de souffrance, mais Yuri avait appris à y rester indifférent. Progressivement, les convulsions diminuèrent et finirent par s'interrompre dans une perte de connaissance…

Lorsqu'il rouvrit les yeux, Masha était penchée sur l'œilleton de son microscope.

— Alors ? bredouilla-t-il, encore groggy du combat que son organisme venait de livrer.

— Ça marche, répondit-elle. L'amphothéricine B prend le dessus sur la bactérie.

— Et ça va me débarrasser de ces putains de champignons ?

— Oui. Il faut juste éviter de vous gratter pour ne pas contaminer tout ce que vous toucherez. Vous allez devoir vous isoler dans votre cabine, le temps que les plaques disparaissent.

— Combien de temps ?

— Deux heures. On vous refera une prise de sang à ce moment-là, pour être sûrs.

Un bruit sourd provenant de la pièce commune les fit sursauter. Quelqu'un tambourinait à la porte.

— Ce sont eux, fit Damian, terrorisé. Ne les laissez pas entrer, surtout !

Malgré le vacarme de la tempête, la voix de Marcus restait reconnaissable :

— Ouvrez la porte ! C'est Marcus et Vlad !

Yuri et Masha se regardèrent.

— Ne les écoutez pas ! insista le styliste. Aucun être humain n'aurait pu revenir jusqu'ici à pied par ce temps !

— Enfermez-vous dans votre cabine, exigea Yuri en consultant sa montre. On viendra vous chercher dans deux heures.

Damian ne se fit pas prier et quitta la pièce précipitamment.

Le martèlement reprit.

— Ouvrez cette putain de porte ! C'est un ordre ! Damian nous a piqué l'AT44 et on a dû se farcir le retour à pied ! On est gelés ! Laissez-nous entrer, bordel !

Yuri fronça les sourcils. Quelque chose le perturbait dans la version du sponsor.

— Et si c'étaient vraiment eux, dehors ? suggéra-t-il d'une voix tremblante. Damian nous a menti sur son état. Il a très bien pu nous mentir sur le reste ? Si on ne leur ouvre pas, ils vont mourir de froid !

Masha médita les paroles de son mari, puis se précipita vers les bocaux d'antibiotique.

— Aide-moi à préparer des doses. On va leur ouvrir et leur en injecter. De force, s'il le faut.

Yuri se joignit à elle, sans se soucier du martèlement qui persistait.

— Qu'est-ce que vous foutez, les gars ? beugla Vlad, épuisé. On est à moitié congelés, merde ! Damian est infecté, Piri l'a mordu ! Mais nous, on n'a rien, à part des engelures !

Un bruit de déverrouillage se fit entendre. Yuri et Masha se retournèrent. Quelqu'un avait ouvert la porte.

— Kalypso…, soupira la biologiste. Viens vite, elle n'est pas au courant !

Seringues à la main, ils se précipitèrent vers la salle commune.

Quand ils arrivèrent sur place, Kalypso luttait de tout son poids pour refermer la porte. Vlad et Marcus étaient à terre.

— Où est cet enfoiré de Rosbif ? s'exclama Vlad, à bout de souffle.

— En isolement, dans sa cabine, répondit Yuri. Il est sous traitement antibiotique. Et vous allez devoir l'être aussi. Ouvrez vos parkas et laissez-moi voir votre cou.

— C'est quoi, cet accueil ? protesta Vlad. Pour qui tu te prends, toi ?

— Pour celui qui est en charge en mon absence, rétorqua Marcus en se relevant. Il a raison. Principe de précaution.

Ils ôtèrent leurs lunettes protectrices, retirèrent leurs paquetages couverts de neige et ouvrirent leurs parkas raidies par le gel. Leur barbe et leurs cheveux étaient festonnés de glace. Des gelures tachaient leurs joues et leurs nez. Mais ils ne présentaient aucun signe de chrysalidation fongique, ni sur le cou ni sur la poitrine.

— Où est Piri ? demanda Kalypso, qui avait observé la scène en silence.

— Je l'ai immolé, répondit Vlad en se relevant. Cette saloperie a beau être virulente, elle craint le feu, comme toutes les bestioles. Et je vais même adorer me faire le Rosbif au barbecue.

— Hors de question, répondit Yuri. Le traitement de Masha fonctionne. Kalypso en est l'exemple vivant.

Tous les yeux se portèrent vers la jeune informaticienne qui tira sur le col de son sweat-shirt pour dégager son cou et le haut de sa poitrine, tous deux vierges de plaques fongiques.

— Mais ce n'est que l'avis du médecin de la mission, poursuivit-il. C'est à notre commandant d'en décider.

Marcus remercia Yuri d'un hochement de tête et demanda :

— Combien de temps faut-il au traitement pour agir, Masha ?

— Les premiers effets se font sentir très vite. Pour le reste, je manque de recul.

— Peut-on se l'injecter, à titre préventif ?

— On peut, mais entendons-nous bien, commandant : ce n'est pas un vaccin. C'est juste un traitement dont on ne connaît pas l'efficacité à long terme.

— Je prends.

— D'abord, on doit te faire une prise de sang.

Marcus retira sa parka et tendit son bras, sous le regard perplexe de Kalypso. Il se tourna vers Vlad, qui soupira, avant de l'imiter.

Pendant que les soignants opéraient, Marcus prit la parole :

— Masha, je veux que chaque membre de l'équipe reçoive le traitement et que l'on contrôle, s'il est positif ou non, par des prises de sang régulières. Et ça vaut pour tout le monde : les infectés et les non-infectés. Il est hors de question que cette bactérie prenne possession de mon équipe, c'est clair ?

Le chef de mission parlait lentement de façon à réaffirmer son autorité, ce qui, il le savait, était rassurant et indispensable en période de chaos.

— C'était… terrifiant de voir Piri dans cet état, poursuivit-il. Il était comme… possédé. Et d'un calme… je ne l'ai jamais vu comme ça. Il vivait son infection comme un bienfait… messianique. C'était horrible.

Marcus leva des yeux pleins de compassion vers Kalypso, sachant qu'elle savait de quoi il parlait. Elle soutint son regard avec un étrange détachement.

— Nous devons rester groupés le plus possible, continua-t-il. Car jusqu'ici chaque infection a eu lieu sur des hôtes isolés. C'était le cas pour Piri, pour Kalypso. Quant à Damian, Piri nous a éloignés de la base pour l'attaquer.

Yuri et Masha méditèrent les paroles de Marcus et approuvèrent d'un hochement de tête.

— Notre prochain ennemi sera forcément quelqu'un à qui on tient beaucoup. Et ne pensez pas une seconde pouvoir le convaincre. J'ai essayé avec Piri. Vous devrez l'immoler. Qui que ce soit.

36

Retour au présent
Christchurch,
Nouvelle-Zélande

En Nouvelle-Zélande, la responsabilité pénale d'un mineur ne pouvait être engagée qu'à partir de dix ans. En dessous de cet âge, la loi considérait qu'il n'était pas en capacité d'apprécier avec justesse une situation. On parlait alors de « présomption de non-discernement ».

Mais en cas d'homicide même involontaire, le mineur devait être présenté devant un juge pour enfants, qui allait statuer sur cette présomption en fonction de trois critères : l'enfant était-il en capacité de comprendre ce qu'il avait fait ? avait-il eu l'intention de le faire ? comprenait-il le sens de la procédure dont il faisait l'objet ?

Dans le cas de Nateo, les aveux qu'il avait réitérés devant le magistrat en charge de l'affaire ne permettaient pas de répondre de manière cohérente aux trois critères. En effet, comment pouvait-on être incapable de comprendre ce que l'on avait fait, tout en ayant eu l'intention de le faire ?

Le juge Brown confirma donc l'avis du district attorney sur la nécessité d'une évaluation psychologique et, dans cette attente, il plaça Nateo en détention provisoire.

Relevé d'empreintes, photos face-profil : le petit garçon suivit la même procédure que les délinquants juvéniles qui l'entouraient et qui affichaient au compteur le double de son âge. Il passa à la douche, enfila une tenue réglementaire de détenu, trop grande pour lui, et fit un arrêt à l'infirmerie pour qu'on refasse ses pansements aux mains.

Puis, faute d'installation adéquate pour séparer les enfants des prisonniers plus âgés, on le plaça dans une cellule privée sans fenêtre qui sentait la peinture fraîche. Les raccordements de plomberie avaient été faits à la va-vite, si bien que des gouttes tombaient dans le lavabo avec la régularité d'un métronome. Une simple ampoule pendait du plafond, éclairant faiblement la pièce de sa clarté chaude.

Un bruit de serrure annonça une visite.

— Bonjour, Nateo. Tu te souviens de moi ? Je suis la docteur Murphy. Le tribunal m'a chargée de faire ton évaluation psychologique, ce qui veut dire que je vais te poser une série de questions stupides auxquelles tu t'efforceras de répondre avec sérieux.

Le petit garçon sourit. Elle s'assit face à lui, posa sa canne sur la table et installa le caméscope grâce auquel elle allait filmer l'entretien.

— Il n'y a pas de bonnes ou de mauvaises réponses, il y a juste celles que tu donneras et que je filmerai avec cet appareil. Tu es prêt ?

Nateo hocha la tête. Abby régla le cadre, appuya sur le bouton d'enregistrement et posa sa première question.

— Tu sais où tu es, Nateo ?

— À la prison pour hommes de Christchurch.

— Et tu sais pourquoi on t'y a placé ?

— À cause de ce qui est arrivé à Maisie Lomu.

— Qu'est-ce qui lui est arrivé ?

— Vous le savez.

— Est-ce que… tu peux me le dire quand même ?

— Je l'ai poussée dans le feu.

— Et tu sais pourquoi tu as fait ça ?

— Non.

Abby étudiait les micro-expressions de l'enfant et sa gestuelle, à l'affût de mensonges éventuels. Mais tout semblait indiquer qu'il était sincère.

— Tu sais pourquoi tu as essayé de la sauver ?

— C'est moi qui étais le plus près… Je pouvais pas la laisser là.

— Quitte à te brûler les mains ?

— J'ai pas pensé à ça.

Il y eut un silence que le goutte-à-goutte du robinet s'empressa de combler. Abby fit un effort pour oublier ce bruit que son hyperacousie mettait en avant.

Sans quitter Nateo des yeux, elle récupéra son dossier, le feuilleta et s'arrêta sur un procès-verbal.

— Dans tes aveux, tu dis que c'était comme si quelqu'un d'autre s'était servi de toi pour pousser Maisie Lomu dans les flammes pendant que toi, tu essayais de la sauver. Tu peux m'en dire plus ?

Nateo se mura dans le silence, comme s'il craignait des représailles.

— On a tous eu un ami imaginaire étant enfant, poursuivit-elle, mais il ne nous poussait pas à tuer des gens. Pourquoi est-ce que le tien te fait faire ces choses ?

— Ce n'est pas un ami, répondit-il. Et il me fait peur. S'il vous plaît, aidez-moi à aller en prison.

— Mais pourquoi voudrais-tu aller en prison, Nateo ? demanda Abby avec douceur. Tu as des parents qui t'aiment et auxquels tu as manqué pendant des années. Si tu es condamné, ce sera entre dix et quatorze ans d'absence supplémentaire que tu leur infligeras.

Ces arguments ne faisaient qu'accentuer la frustration de l'enfant. Seules ses larmes parvenaient à exprimer ce qu'il ressentait.

— Tu aimes tes parents, n'est-ce pas ?

Nateo ne savait pas comment répondre à cette question.

— Ce sont eux que tu penses protéger en allant en prison ?

La question sembla le contrarier. Il posa son menton sur ses doigts entrecroisés. Puis il dévisagea Abby avec le regard perçant de celui qui cherche à jauger. L'innocence de ce visage avait laissé place à une sagacité bien décidée à prendre le relais.

— Je n'ai pas envie de parler de ça, dit-il de manière péremptoire. Je ne vois pas en quoi ça regarde notre affaire.

Abby nota le changement d'attitude qui venait subtilement de s'opérer. Même si elle s'y attendait en raison du précédent interrogatoire, la glissade psychologique était d'autant plus surprenante qu'elle ne s'accompagnait d'aucun changement physique.

— Ce n'est pas à toi d'en juger, déclara-t-elle du ton le plus neutre possible. Ce sera au magistrat qui siégera lors de ton procès.

D'un revers de main, Nateo essuya sur son visage les larmes qu'il avait honte d'avoir versées. Ce n'était qu'un détail mais, pour Abby, cela signifiait qu'il allait se montrer beaucoup moins conciliant.

— Vous êtes comme les autres, en fait, hein ? Vous me voulez du mal.

— Pourquoi je te voudrais du mal ? demanda Abby.

— Parce que je suis différent. Les gens veulent détruire ce qui est différent. Ça leur fait peur. Peur d'être remplacés, parce que tellement banals.

La maturité des propos et la syntaxe utilisée avaient de quoi dérouter dans la bouche d'un enfant de huit ans.

— Ils vivent comme tout le monde, pensent comme tout le monde. Du coup, leurs opinions sont *tellement* prévisibles. Comme la vôtre, en ce moment.

Le cœur d'Abby se mit à battre plus vite. Et la lumière de l'ampoule au-dessus d'elle sembla épouser le même rythme. Tout comme le goutte-à-goutte du robinet dont le bruit se faisait de plus en plus présent. L'exacerbation des sens dont souffrait Abby, comme la plupart des SED, nuisait de plus en plus à sa concentration.

— Vous pensez « dissociation de personnalité », n'est-ce pas, docteur Murphy ? C'est ça que vous voulez cocher depuis le début sur votre formulaire. (Il secoua la tête en souriant.) Mais ce dont je souffre est un peu plus… organique. Et vous savez quoi ? La case n'existe pas sur votre QCM.

Il retourna sa chaise et s'assit dessus à califourchon, les bras reposant sur le dossier.

— Comment vous comptez faire, alors, pour m'évaluer ?

Les gouttes d'eau continuaient de tomber dans le lavabo avec une régularité hypnotisante. Quant à la pulsation de la lumière, elle s'était calmée en même temps qu'Abby.

— Comment je compte faire ? répéta-t-elle en s'efforçant de reprendre le contrôle de l'entretien. Je vais remplir bêtement mon questionnaire en cochant les cases qui peuvent être cochées. On y va ?

— C'est… votre première question ? ironisa-t-il.

— Non. La première, c'est… (Elle consulta son formulaire.) Qu'est-ce qui te fait peur ?

— Je répondrai à cette question dès que vous aurez fait pareil.

Prise au dépourvu, Abby ne se dégonfla pas pour autant.

— Très bien… Ce qui me fait peur, à moi, c'est… la mer, avoua-t-elle. Depuis toute petite, je refuse d'aller m'y baigner. Le fond est trouble. On peut marcher sur n'importe quoi, un crabe, un oursin, une méduse… C'est juste cette impression que… en dessous, c'est vivant, hostile. Et aujourd'hui encore, je me baigne uniquement dans des piscines. Jamais dans la mer.

Elle se fendit d'un sourire.

— Et toi ? Qu'est-ce qui te fait peur ?

— Ma mémoire, répondit-il.

— Tu as peur de ta mémoire ?

— *Mm mm.*

— Qu'est-ce qui te fait peur, dans ta mémoire ?

— Les sentiments qui y sont stockés. Je ne suis pas encore à l'aise avec.

— Quel genre de sentiments ?

— Tous. L'amour, la haine… c'est difficile de faire la différence entre les deux. La mémoire complique tout. Elle nous force à comparer en permanence le présent et le passé.

Abby avait du mal à conserver le contrôle de l'entretien, d'autant que la théorie que développait l'enfant l'intriguait.

— C'est beaucoup plus facile quand il n'y a pas de passé. On peut détester quelqu'un sans forcément se demander si c'est de la rancune.

— Détester qui, par exemple ? Maisie Lomu ?

L'enfant éclata de rire en disant :

— Non. Vous.

Un frisson instinctif parcourut Abby.

— Qu'est-ce que je t'ai fait pour que tu me détestes ?

— Je n'aime pas votre façon de penser…

— Qu'est-ce qu'elle a, ma façon de penser ?

— Elle est taxinomique.

— Taxinomique ?

Il hocha la tête.

— Est-ce que tu sais seulement ce que ça veut dire ?

— Qui repose sur des classifications. Qui manque d'imagination, qui est incapable de penser en dehors de la boîte.

Un silence glacé s'ensuivit. La psychologue venait de se faire moucher par un gamin de huit ans. Il chercha son regard et le trouva.

— Calmez-vous, docteur Murphy, dit-il en souriant. J'entends vos craintes de petite fille qui battent comme une horloge. Vous êtes tellement facile à lire… autant que Maisie Lomu…

Abby avala sa salive. Elle aurait voulu quitter cette pièce, mais elle était incapable de bouger. Quant à l'enfant, elle se rendit compte qu'il était au bord du malaise. Il continuait de parler, mais il n'en avait plus la force.

— Qu'est-ce qu'elle croyait, hein ? Que je ne l'avais pas vue, le jour de la fête, questionner le médecin qui m'a opéré ? Elle me voulait du mal. Alors elle a payé. Et le médecin aussi me veut du mal. Et je ne le laisserai pas faire.

— Nateo ? s'inquiéta Abby.

Au rappel de son prénom, l'enfant perdit connaissance et s'affaissa contre la table. Et, tandis qu'Abby se levait pour lui porter secours, l'ampoule éclata au-dessus d'eux, plongeant la pièce dans les ténèbres.

37

Un an plus tôt
Antarctique

Marcus, Yuri, Masha, Vlad et Kalypso étaient réunis autour de la table centrale de la salle commune. Le stress lisible sur les visages ne contribuait pas à adoucir l'ambiance. Chacun étudiait son voisin d'un air méfiant, car personne ne pouvait dire avec certitude qui était infecté et qui ne l'était pas encore.

— Je ne peux qu'émettre des théories, précisa Masha, il m'est difficile d'aller plus loin. Mais je pense que ce processus de possession, et, quand je dis « possession », je parle au sens biologique du terme, ressemble à ce qu'on appelle une transduction génétique.

— Traduction, *please* ? demanda Vlad.

— Un transfert d'ADN, expliqua Yuri, d'une bactérie vers un hôte qu'elle souhaite contrôler.

— La bactérie pénètre l'organisme par une blessure ou par un échange de fluides, puis elle injecte son ADN dans les cellules de l'hôte. Et si on n'interrompt pas ce processus par un antibiotique auquel la bactérie est sensible, elle phagocyte le génome de l'hôte.

— Ses chromosomes ? s'inquiéta Marcus.

— Oui. Du coup, d'autres instructions sont données à l'organisme colonisé. Il est mis sous hibernation et une métamorphose se produit sous chrysalide…

— La fameuse croûte noire qui recouvrait le corps de Piri ? déduisit Marcus.

Masha acquiesça et poursuivit :

— Soumis à d'autres directives génétiques, le comportement de l'infecté change. Ce qui est du jamais-vu chez les mammifères. Sur Terre, la seule forme de vie capable d'une telle symbiose permanente est le lichen, où coexistent deux espèces de vie différentes : l'algue et le champignon.

— Encore un putain de champignon, soupira Vlad.

— Mais, contrairement au lichen, la relation ici n'est pas symbiotique. Il n'y a pas d'entraide réciproque. La personnalité de l'hôte, sa volonté sont détournées par l'envahisseur, qui ne conserve du possédé que ce qui est indispensable à son fonctionnement. Il agit comme un véritable parasite, qui prend un contrôle total du corps qu'il a infecté.

— En combien de temps ? s'enquit Marcus.

— D'après ce que j'ai pu observer chez Piri, je dirais environ deux heures. Yuri a découvert une exuvie dans la poubelle de l'infirmerie.

— Une quoi ? demanda Vlad.

— Une exuvie, répéta Yuri. C'est le nom qu'on donne à l'ancienne peau d'un animal qui mue, comme les serpents, par exemple.

— C’est cette nouvelle peau qui a dû permettre à Piri de résister à des températures extrêmes, comme la bactérie le fait depuis trente-quatre millions d’années…

Cette information accentua le malaise des membres de l’équipe. *Comment vaincre un adversaire qui dispose d’un tel avantage ?* semblaient-ils se demander.

— Que devient l’ADN de l’hôte, une fois qu’il est phagocyté ? demanda Marcus.

— Je n’ai pas l’équipement nécessaire pour le déterminer, commandant, mais si on se réfère à Piri, rien de ce qui concerne le phénotype n’a changé chez lui : son apparence physique est identique.

— Ce qui est le meilleur moyen d’être indétectable, déduisit Marcus.

— *Mm mm.* L’art du camouflage est très répandu dans la nature, soit pour survivre, soit pour chasser.

— Et là, c’est pour les deux, fit remarquer Kalypso d’un ton plein de sous-entendus.

La remarque glaça un peu plus l’atmosphère. Marcus s’en rendit compte et en profita pour reprendre la main.

— D’où les mesures de sécurité que nous allons fixer. Si cette bactérie a besoin de deux heures pour achever la métamorphose d’un hôte, nous devrons revenir dans cette pièce toutes les heures pour y être auscultés. Ceux qui seront en retard seront mis en quarantaine.

— Je suis la seule à trouver ça un peu *hard* ? demanda Kalypso.

Marcus la fusilla du regard.

— Ce que je trouve *hard*, moi, c’est ce qu’on a été obligés de faire à Piri. Et qu’on devra faire à celles et ceux d’entre nous qui suivront le même chemin.

— Toutes les heures ? On n'a pas intérêt à être constipé, plaisanta le Russe.

Ce petit trait d'humour fit du bien à tous. Y compris à Marcus.

— Je crois qu'il nous reste de la confiture de prune, Vlad, si ça t'intéresse…

Les rires redoublèrent.

— Plus sérieusement, personne ne doit sortir sans être accompagné. De une personne pour les non-infectés, de deux pour les infectés négatifs après traitement. En ce qui concerne la nourriture, on ne peut plus la partager sans prendre le risque de se contaminer. Le mieux est donc que chacun se nourrisse de conserves. Et on se relaiera pour dormir.

— Et on va se fliquer longtemps, comme ça ? objecta Kalypso.

— Jusqu'à ce qu'on soit sûrs que le traitement fonctionne sur la durée et qu'on soit, en quelque sorte, immunisés.

— On ne sera pas immunisés, Marcus, je te l'ai dit. Ce n'est pas un vaccin. Les antibiotiques ne tuent pas forcément les bactéries. Parfois ils bloquent juste leur prolifération, ce qui veut dire que l'infection est peut-être toujours là, dormante. Elle ne s'exprime pas, c'est tout.

Sans le vouloir, tous les regards se portèrent vers Kalypso. La paranoïa s'installait de plus en plus.

— Mais est-ce qu'elle est toujours repérable par une prise de sang ? voulut savoir Marcus.

— Bien sûr.

— Je ne ferai pas de prise de sang toutes les heures, décréta Kalypso.

— Ce n'est pas à toi d'en décider, Kaly, objecta Marcus.

— Je suis guérie, poursuivit-elle. Si je ne l'étais pas, les symptômes qu'on connaît seraient apparents.

— Ils ne l'étaient plus chez Piri, fit remarquer Vlad.

— Tu veux dire quoi par là ?

— Que tu pourrais très bien être aussi zombifiée que lui.

— Piri n'avait pas reçu le traitement, objecta Masha.

— De toute façon, le principe de précaution s'applique, trancha Marcus. Il y va de la sécurité de tous. Et, ayant été infectée, tu dois d'autant plus t'y conformer. Si tu ne le fais pas, nous serons contraints de t'enfermer.

La jeune femme lança à Marcus un regard hostile qu'il ne lui connaissait pas.

— Si tu as quelque chose à ajouter, Kaly, ne t'en prive pas. Je peux tout entendre.

Les regards appuyés de ses camarades l'indisposaient de plus en plus. Mais elle parvint à réfréner son exaspération pour contre-attaquer :

— Vlad et toi, vous avez été en contact avec Piri, il y a environ deux heures. S'il y a eu infection, la métamorphose est achevée. Comment être sûrs que vous êtes toujours qui vous prétendez être ?

Marcus vit les regards de Yuri et de Masha se charger de doute, ce qui sembla plaire à Kalypso. Mais il ne se laissa pas intimider.

— Comme l'a très bien expliqué Masha, vu de l'extérieur, il n'y a aucun moyen de savoir. À part un petit détail.

Il se leva et se dirigea vers les fenêtres en disant :

— L'haleine de Piri n'était pas visible dans le froid.

Il ouvrit une fenêtre et se contenta de respirer près d'elle. La brume de son souffle se matérialisa dans la lueur des lampes. Vlad le rejoignit et l'imita avec le même résultat.

— Peux-tu toujours en faire autant, Kaly ?

Il soutint le regard de sa stagiaire.

Soudain, les lumières s'éteignirent, plongeant la base dans une obscurité totale.

— Oh non, soupira le chef mécanicien. Pas maintenant !

Un bruit de piétinement s'ensuivit.

— C'était quoi, ça ? s'inquiéta Marcus.

— Une panne de groupe, répondit Vlad. Celui de secours se trouve dans le bâtiment 7. J'y vais.

— Attends ! fit Marcus. Je ne parlais pas de ça. Quelqu'un a quitté la pièce en courant. Kaly ?

Pas de réponse.

— Kaly ? répéta-t-il.

Toujours aucune réponse.

— Elle est à nouveau sous influence, conclut-il.

— Mais alors, réagit Vlad, l'antibiotique…

— … n'a qu'un effet temporaire, soupira Masha. La bactérie a dû développer une résistance.

— Bon, Vlad, commence par allumer les foyers de la cuisinière, qu'on y voie suffisamment pour trouver nos Maglite.

Le chef mécanicien marcha à tâtons dans le noir et pesta en heurtant des meubles sur son chemin.

— On va se diviser en deux groupes, poursuivit Marcus. Vlad et Yuri, vous vous occupez de remettre le courant, et Masha et moi, on gère Damian. Quant à Kaly, il nous reste peu de temps.

— Peu de temps pour quoi ? demanda le psy.

— Pour la trouver et l'immoler.

— Attends…, protesta Yuri, il faut quand même qu'on sache si…

— Si quoi ? l'interrompit Marcus. Si elle est transformée ? Il te faut quoi, pour savoir ? Qu'elle infecte quelqu'un d'autre ? On ne peut pas se permettre d'avoir des scrupules, Yuri. L'équipe précédente n'a pas réussi à s'en débarrasser, ni à nous prévenir. Et la seule survivante a décidé de se suicider pour ne pas devenir son esclave. Kalypso n'est plus elle-même. On en a eu un petit aperçu pendant le debrief, non ?

Vlad actionna le Butagaz. La faible lueur bleue permit à l'équipe de localiser lampes de poche, torchères et lance-flammes.

— N'oubliez pas, ajouta Marcus. Une seconde d'hésitation peut vous être fatale. Piri se déplaçait deux fois plus vite que la normale.

— Dario…, songea Masha à voix haute. Sans électricité, il n'est plus sous assistance médicale.

Elle se précipita dans le couloir. Marcus lui emboîta le pas en lançant :

— On reste en contact sur talkies !

Yuri et Vlad se frayèrent un chemin à travers les couloirs obscurs en s'éclairant de leurs torches. Ils ne pouvaient même pas compter sur la lune pour s'éclairer car, en cette période de l'année, elle se situait bien en dessous de l'horizon.

Lorsque Masha et Marcus pénétrèrent dans la cabine de Dario pour lui porter secours, il avait disparu.

À sa place, dans la lumière de leurs torches, ils trouvèrent une exuvie.

— Oh non ! Pas ça…, murmura Masha en tremblant.

Son ancienne peau, gangrenée par endroits, était le signe d'une métamorphose achevée.

Marcus en repéra une deuxième sur le sol.

Celle de Kalypso.

38

Retour au présent
Christchurch,
Nouvelle-Zélande

La standardiste de l'accueil décrocha.

— Christchurch Hospital…

— Le docteur Anderson, s'il vous plaît.

— Qui le demande ?

— Raïana Taylor.

Une musique d'attente prit le relais, le genre qui vous énerve à force de vouloir vous calmer. Raïana éloigna le portable de son oreille et ferma les yeux pour rassembler ses pensées et son courage. Elle était assise au volant de sa voiture, garée dans une rue passante. La pluie se mit à battre contre les vitres.

Au bout de quelques secondes, la mélodie céda la place à la sonnerie d'appel de l'extension, puis le docteur décrocha.

— Madame Taylor… merci de votre appel.

— Nateo vient d'être… mis en examen pour homicide volontaire, bredouilla-t-elle d'une voix hésitante.

Et… j'ai besoin de savoir. Les tests de… mon fils, qu'est-ce que… qu'est-ce qu'ils ont de spécial ?

Pris au dépourvu, le médecin était clairement mal à l'aise.

— Docteur Anderson ? insista Raïana. Vous êtes toujours là ? Parlez-moi, s'il vous plaît.

— Pas au téléphone, madame Taylor. Vu mes relations avec la hiérarchie, je ne préfère pas…

La voix de Clyde était à peine plus forte qu'un murmure, et ses propos teintés de paranoïa.

Mais Raïana s'obstina. Elle se fit plus tranchante :

— S'il vous plaît, nous pouvons peut-être utiliser vos résultats pour sa défense. Qu'est-ce qui justifiait que vous insistiez autant pour me parler du génome de Nateo, l'autre jour ?

— Madame Taylor… je peux tout vous expliquer, mais en pers…

— Il a quoi de spécial, son génome ? l'interrompit Raïana, en colère.

Clyde se fit très calme pour rectifier.

— *Ses* génomes, madame Taylor.

— Quoi ?

— Le caryotype de Nateo révèle la présence d'un génome étranger qui semble agir en symbiose avec le sien. Il provient d'une souche étrangère qui n'était pas présente avant sa disparition !

Les derniers mots de Clyde déstabilisèrent Raïana au point qu'elle manqua défaillir. La pluie se fit plus dense et forma comme un voile autour de l'habitacle.

— Non… ce n'est pas possible…

Il lui fallut quelques secondes pour digérer ce qu'elle venait d'entendre.

— Est-ce que… ce génome étranger est dangereux pour la santé de mon fils ?

Il y eut un silence à l'autre bout du fil.

— Docteur Anderson, s'il vous plaît… vous devez me le dire.

Clyde répondit calmement.

— Il y a quelque chose que je dois vous montrer, madame Taylor. Quelque chose que vous devez voir. Mais pas ici, vous comprenez ?

— Très bien, répondit-elle. Dans ce cas… retrouvez-moi dans trente minutes dans New Regent Street, dans le café qui fait face à l'arrêt 17 du tram. Je vous y attendrai.

L'enfant se réveilla en sursaut, encore tourmenté par ce à quoi il venait de rêver. Mais était-ce vraiment un rêve ou plutôt un songe le prévenant d'un danger imminent ?

Il se leva et alla sonner à l'interphone. Quelques minutes plus tard, un gardien se présenta à la porte de sa cellule.

— Qu'est-ce que tu veux, petit ?

— J'ai besoin de téléphoner, monsieur. J'ai droit à un appel par jour et je n'ai pas utilisé ce droit jusqu'ici.

— Je vais devoir te menotter, répondit le gardien.

— Pas de problème, monsieur.

Clyde Anderson s'agrippait au volant de sa voiture. Il pleuvait des cordes et le trafic était intense dans les deux sens. Un semi-remorque transportant du matériel de chantier roulait devant lui, projetant dans son sillage un crachin opaque que ses essuie-glaces peinaient à balayer.

Clyde consulta l'heure sur le tableau de bord.

Il allait être en retard.

Il avait essayé de prévenir Mme Taylor, sans succès.

Il soupira, bouleversé par ce qu'il allait devoir montrer à la mère de Nateo. Ces mêmes documents que Marcus avait refusé de voir. C'était le genre de choses qu'on ne pouvait pas expliquer au téléphone. Il fallait s'en rendre compte physiquement.

Son portable sonna.

Clyde jeta un œil sur le siège passager.

L'écran de son smartphone affichait : *Appel inconnu*.

Il laissa sonner, puis finit par prendre l'appel.

— Allô ?

À l'autre bout du fil, un étrange buzz statique intermittent précéda une voix qui murmurait dans une langue inconnue.

— Allô ?!

Les murmures se poursuivirent. On aurait dit du maori.

— Désolé, je… je ne vous comprends pas. Qui est à l'appareil ?

Lorsque son attention revint sur la route, Clyde fut saisi d'effroi.

Le camion devant lui avait freiné si brutalement que sa remorque se déportait en travers de la chaussée. Pour éviter l'impact, le médecin n'eut d'autre choix que de se déporter sur le bas-côté.

Il sentit les roues mordre sur le trottoir.

Il doubla le mastodonte mais, quand il tenta de revenir sur le macadam, ses pneus glissèrent sur le bitume détrempé et la voiture partit en tête-à-queue.

Les phares des véhicules arrivant en sens inverse tournoyaient autour de lui comme s'il était pris dans un kaléidoscope de lumières.

Et soudain, au sortir d'une vrille, il vit le tram se dresser devant lui.

Dans un ultime réflexe, il se jeta sur le fauteuil passager, les bras arc-boutés contre le tableau de bord…

Le tram percuta la voiture de Clyde de plein fouet, arrachant le capot, pulvérisant le pare-brise, projetant brutalement la carrosserie sur le côté. Dans sa course, elle faucha des passants, emboutit des véhicules en stationnement, le tout dans un fracas de verre, de chair et de ferraille.

Les mains menottées de l'enfant raccrochèrent le combiné. Satisfait de ce qu'il avait entendu, il se tourna vers le gardien pour qu'il le ramène dans sa cellule.

— C'était quoi, ces incantations ? Du maori ?

— Oui, monsieur, répondit-il en tripotant ses pansements.

— Tu le parles couramment ?

— Je me débrouille.

Raïana avait assisté au carambolage, le café se trouvant à quelques mètres du carnage. Comme les autres clients, elle s'était précipitée à l'extérieur et avait cherché à porter secours aux blessés.

Devant elle, le tram se vidait de ses passagers, traumatisés par l'horreur à laquelle ils avaient échappé.

Des cadavres de touristes jonchaient le sol, au milieu des débris et des gémissements.

Un véritable spectacle d'attentat.

Le regard de Raïana se porta vers cette voiture qui avait été propulsée dans une boutique de souvenirs par la violence de l'impact. Elle fendit la foule et se précipita vers la carcasse, dans l'espoir d'en dégager des blessés.

Lorsqu'elle se pencha dans l'habitacle défoncé, elle découvrit le corps décapité du conducteur. Un flot de sang jaillissait de son cou par saccades, comme si son cœur tentait encore de le maintenir en vie. Mais la véritable horreur l'attendait plus bas, sous le volant. Devant le pédalier, la tête de Clyde la regardait fixement.

39

Un an plus tôt
Antarctique

Le faisceau des torches de Yuri et de Vlad faiblissait et s'éteignait même parfois, ce qui les obligea à descendre à tâtons la volée de marches menant à la salle des machines. Yuri hésita et fouilla les ténèbres, du rayon vacillant de sa Maglite.

— Où est-ce qu'elle se cache ? s'agaça-t-il.

— Elle est peut-être passée par l'extérieur ? suggéra Vlad. Tu veux que j'aille vérifier ?

— Non. Je veux que tu répares ce putain de générateur. Si on ne le remet pas vite en marche, on va tous geler sur place. Enfin… à part Kalypso.

Ils s'approchèrent de la machinerie géante qui occupait le milieu de la pièce. L'odeur de diesel qui s'en dégageait imprégnait tout.

Le chef mécanicien confia le lance-flammes à Yuri et balaya le groupe électrogène avec sa torche. Le faisceau de lumière s'arrêta sur un espace vide sur le côté.

— Il manque la pompe à gasoil, déclara-t-il, affolé. Quelqu'un l'a retirée.

— Impossible, fit Yuri. On était tous présents au debrief.

— Sauf Damian.

— Damian est à l'isolement dans sa cabine.

— Est *censé* être à l'isolement, tu veux dire ?

Yuri réfléchit à ce que cela impliquait et saisit son talkie :

— Masha, Marcus, vous me recevez ?

Au bout de quelques secondes, un crachotement significatif s'échappa du récepteur.

— On n'arrivait pas à… joindre, fit la voix hachée de Marcus.

— Est-ce que Damian est toujours enfermé ?

— Oui. On est devant… porte. C'est verrouillé de l'intér… On l'entend, mais… répond pas.

Des parasites remplaçaient une syllabe sur deux. La transmission était de très mauvaise qualité.

— Tu peux répéter ? demanda Yuri. On t'entend mal. Damian est enfermé, oui ou non ?

— Affirmatif. Et Kaly et… sont transformés. Il n'est plus dans…

La communication s'interrompit. Le psy eut un geste de mauvaise humeur.

— Putain, mais c'est quoi, ce matos de merde ?

— Parles-en à notre sponsor ! Il bombe le torse dans les médias mais, dès qu'il faut raquer, c'est « petit bras ».

Quelque chose chuchota dans les ténèbres, un bruit qui n'avait rien d'humain. Un courant d'air juste derrière eux les fit se retourner. Ils braquèrent leurs torches dans le vide…

Et une silhouette en émergea.

Abasourdis, ils découvrirent Dario. Il se tenait debout devant eux, en pleine forme. Son corps ne portait plus aucune séquelle de l'accident. Ses jambes étaient intactes et ses cheveux, rasés pour l'opération, avaient repoussé.

— Il n'y a aucune raison d'avoir peur. C'est… indolore. Je n'en pouvais plus d'avoir mal, Yuri, tu comprends ? Viens avec nous. Les autres ont confiance en toi. Tu sauras trouver les mots pour les convaincre.

Yuri était tellement ému de retrouver Dario, son accent chantonnant et sa voix rassurante, qu'il n'arrivait pas à voir l'ennemi en lui.

— Ce n'est plus Dario, Yuri ! s'écria Vlad.

Il lui arracha le lance-flammes des mains et le pointa vers la créature. Mais elle bougea si rapidement que le Russe fit feu dans le vide. Avant qu'il n'ait pu se retourner, des mains agrippèrent le psy et l'entraînèrent dans les ténèbres.

— Yuri ? hurla le Russe en balayant en vain l'obscurité avec sa torche.

À grands coups de hache, Marcus cognait sur la porte de cabine de Damian Richard. Le fer mordait profondément dans le bois entourant la serrure. Derrière lui, lance-flammes en bandoulière, Masha éclairait tantôt le battant, tantôt le couloir d'où Kalypso pouvait surgir à tout moment.

Quelques derniers impacts et la poignée lâcha. Marcus acheva de défoncer la porte d'un coup de pied et s'écarta de la trajectoire de Masha.

Mais très vite ils se figèrent, stupéfaits.

Affalé sur le sol, le corps de Damian Richard était en pleine mue. La chrysalide fongique qui le recouvrait se craquelait comme un œuf, laissant place à une membrane translucide, une sorte de placenta au creux duquel se développait la structure cireuse d'une anatomie.

Fascinée par ce spectacle, la biologiste s'avança dans la cabine pour examiner la métamorphose de plus près. Sa curiosité professionnelle neutralisait chez elle toute prudence.

— Masha ! hurla Marcus. Qu'est-ce que tu fous ?

— Il faut à tout prix filmer ça pour le montrer à nos confrères. Tu as ton portable sur toi ?

Il lui reprit le lance-flammes et la rabattit violemment derrière lui. Puis il braqua son arme sur la créature en mutation et appuya sur la détente.

Une flamme puissante zébra l'espace. Et elle s'embrasa aussitôt. Devant l'intense chaleur, le commandant battit en retraite dans le couloir tout en maintenant l'arme thermique braquée sur le brasier.

— Qu'est-ce qui te prend, Marcus ? On est face à l'une des plus grandes découvertes de la science, et toi…

— Tu voulais quoi ? Être un zombie prix Nobel ?

Il attendit quelques secondes que la fumée se dissipe, puis s'empara d'un extincteur et arrosa le décor de neige carbonique.

— Comment on va expliquer ça à Nirvana, maintenant ? s'inquiéta Masha.

— Ce sont plutôt eux qui nous doivent des explications, tu ne crois pas ?

40

Retour au présent
Christchurch,
Nouvelle-Zélande

Sean Cooper avait convoqué une dizaine de ses hommes pour qu'ils assistent à un briefing d'Abby Murphy. Celle-ci se sentait obligée de livrer ses déductions aux policiers officiellement chargés de l'enquête.

Assis sur le bord d'un bureau, il contemplait cette femme charismatique, plantée devant un panneau d'affichage sur lequel elle avait punaisé tout un tas de documents, dont les portraits de Marcus Taylor, de Vlad Andrash et du petit Nateo.

Plus Abby développait son hypothèse, plus les réticences de Cooper grandissaient. Non pas qu'il doutât de la profileuse – il avait été personnellement témoin de la puissance de ses intuitions lors de l'affaire du *Pied Piper* –, mais il craignait plus que tout que les références ésotériques dont elle était coutumière ne fassent décrocher son personnel.

Cooper *voulait* la croire. Et, d'une certaine façon, il la croyait inconsciemment. Il y avait quelque chose chez elle, dans sa manière de mobiliser votre attention, même si vous n'adhériez pas à ses théories, qui imposait le respect. La façon dont ses yeux verts attiraient la lumière, dont ils la confisquaient. Même quand elle était entourée de monde, le charisme de cette femme sagace qui lisait l'âme humaine comme personne ne pouvait qu'interpeller. Un supplément d'âme qui réduisait les gens autour d'elle à de simples silhouettes.

Un ricanement blasé ramena Cooper à la réalité. Il se retourna et surprit l'expression dédaigneuse qu'échangeaient deux de ses hommes, tandis qu'Abby utilisait la télécommande du caméscope pour chercher une image plus nette du Nateo qu'elle avait vu surgir durant l'entretien.

Elle régla le contraste de l'image projetée sur le moniteur pour lutter contre le bruit vidéo que la lumière instable de la cellule générait. L'expression de ce visage n'avait rien d'enfantin.

— Et ce n'est pas juste son attitude péremptoire qui interpelle, poursuivit-elle, c'est sa syntaxe, les concepts qu'il développe qui sont bien plus évolués que ceux d'un garçon de huit ans.

Elle se retourna vers son auditoire composé de policiers acerbes qui la regardaient, les bras croisés, avec un scepticisme évident.

— Où veux-tu en venir exactement ? demanda Cooper en jouant les porte-parole. Schizophrénie ? Dédoublement de personnalité ?

— Non, fit Abby calmement. Ce qu'il y a sur cette bande est bien plus complexe qu'une MSD. L'influence psychique est si totale qu'elle peut faire dire à l'enfant l'opposé de ce qu'il vient de développer. Tout se passe comme si une entité parasite faisait de Nateo sa marionnette, en lui faisant dire ou faire ce qu'elle voulait.

— Comme de tuer quelqu'un, par exemple ? suggéra un policier dans la salle.

— Exactement, soupira Abby. Pour moi, on est plus proches de la possession.

Le lieutenant Williams émit un « *hou hou* » de fantôme qui déclencha les petits rires de certains, mais aussi les réprimandes de ceux qui se montraient intéressés. Abby resta indifférente à tout.

— Et elle viendrait d'où, cette… entité ? demanda Cooper comme pour tirer Abby d'un mauvais pas.

— Du fond des âges, répondit-elle, sans espoir de convaincre. Le Mal n'a pas besoin de venir de quelque part en particulier. Vous avez visionné comme moi cet entretien, cet enfant est sous influence, c'est évident. Alors, vous pouvez donner à cette influence le nom qu'il vous plaira, mais elle est là. Le gamin en a peur. Et quand il est lui-même, il ne veut qu'une chose : qu'on le mette en prison, tellement il est terrorisé à l'idée de ce qu'elle pourrait lui faire faire.

Cooper se balança d'un pied sur l'autre en jetant des coups d'œil discrets vers ses hommes pour savoir comment ils accueillaient ces dernières réflexions. Même si la plupart d'entre eux restaient sceptiques, Abby avait réussi à les captiver.

— Tu peux repasser la fin de l'entretien ? demanda le détective. Il y a clairement un mobile pour le meurtre de Maisie Lomu dans ce qu'il dit à propos du toubib.

La criminologue adressa un regard reconnaissant à Cooper et fit légèrement défiler les images en arrière. Puis elle s'écarta du moniteur tout en remettant le caméscope en lecture.

— *Qu'est-ce qu'elle croyait, hein ? Que je ne l'avais pas vue, le jour de la fête, questionner le médecin qui m'a opéré ? Elle me voulait du mal. Alors elle a payé. Et le médecin aussi me veut du mal. Et je le laisserai pas faire.*

Elle mit la vidéo sur pause.

— C'est clairement une menace, commenta Cooper. De quel toubib il parle ?

— Du docteur Clyde Anderson, répondit Abby. J'ai revisionné les images de surveillance de l'université de Canterbury. Mais aussi les différentes prises de vues au portable que les gens présents sur place nous ont envoyées. Si aucune ne permet de visualiser la mort de Maisie Lomu, elles sont assez explicites sur les moments qui ont précédé. Et notamment sur deux échanges mouvementés : l'un entre Clyde Anderson et Marcus Taylor, l'autre entre Maisie Lomu et la mère de Nateo.

Elle enclencha la lecture et, sur l'écran, deux angles apparurent tour à tour : l'un illustrant ce qu'Abby venait de dire et l'autre montrant Nateo témoin de ces scènes.

— « Elle me voulait du mal, alors elle a payé », dit-elle pour illustrer les images de Nateo. « Le médecin aussi me veut du mal. Et je le laisserai pas faire. »

Elle mit sur *pause* et agrandit l'image. Malgré la perte de définition, la détermination sur le visage de l'enfant était évidente.

— Les deux personnes qui, d'après Nateo, lui voulaient du mal sont mortes de façon violente : Maisie Lomu, brûlée vive, et Clyde Anderson, décapité. Sa voiture a été percutée par un tram sur Regent Street hier soir. D'après sa femme, il avait rendez-vous avec Raïana Taylor pour parler de Nateo.

— Et quoi ? Le petit démon l'aurait tué, lui aussi ? ricana Williams. Il était en taule ! C'est ce que j'appelle un alibi, moi, non ?

Pour la première fois, Abby éleva la voix :

— Quelques minutes avant l'accident, Nateo a demandé à passer un coup de fil depuis la prison. Et le gardien qui l'a escorté affirme qu'il a formulé des incantations en maori.

— Sa mère est maorie, Murphy, argua Cooper. Et rien ne dit que ce coup de fil était adressé à Clyde Anderson.

— Vérifie ses relevés téléphoniques et tu auras la réponse.

Le détective put lire l'incrédulité et l'agacement sur le visage de ses hommes. Mais, face à eux, la conviction sincère d'Abby refusait la moindre concession. Elle se contenta de déconnecter le caméscope et d'éjecter la disquette. Puis elle se tourna vers Cooper et lui confia, en aparté :

— J'ai interrogé le concierge qui a sauvé la vie à Nateo en abattant son agresseur. Tu sais quels ont été les derniers mots de Vlad Andrash ?

Il secoua la tête.

— *Ne rebenok*. En russe, cela signifie : « Ce n'est pas un enfant. » (Elle tendit la disquette au policier.)

Je ne suis pas sûre que le DA soit très fan de mon évaluation psychologique, mais mes conclusions sont là-dessus. Il est temps pour moi d'aller retrouver mon fils.

Et il la regarda s'éloigner en claudiquant.

41

Le crépuscule odorant de Christchurch enflammait déjà le ciel quand Oksana Andrash se présenta devant le portail d'une luxueuse propriété. Elle appuya sur la sonnette et patienta nerveusement. Bientôt, la voix du gardien résonna dans l'interphone. Oksana déclina son identité et demanda à parler à Madison Cochrane de toute urgence.

— C'est à quel sujet ? demanda l'employé.

— Dites-lui juste que c'est moi, précisa-t-elle.

Au bout de quelques minutes, le portail en fer forgé s'ouvrit et Oksana remonta l'allée qui menait à la superbe villa. Le gardien philippin la fit entrer et l'installa dans le living.

Vêtue d'une robe de soie ivoire, semblable aux fleurs qui l'entouraient, Madison Cochrane la rejoignit en souriant.

— Désolée de te déranger à une heure indue, Madison.

— Au contraire, c'est un plaisir de te revoir, Oksana.

Dans l'accolade qu'elles échangèrent, Madison sentit son hôte extrêmement tendue.

— Veux-tu boire quelque chose ? J'ai une excellente vodka.

— Non, merci.

— Keiji m'a dit que c'était urgent. Rien de grave, j'espère ? dit-elle en s'asseyant.

Oksana prit une profonde inspiration et alla droit au but.

— Madison, je sais que tu vas être réticente, mais… je suis la seule capable de m'occuper de cet enfant. Je l'ai vu grandir et je sais comment prévenir ses dérapages. Ce qui s'est passé pendant la fête aurait très bien pu être évité. Durant l'année écoulée, il a fait des progrès énormes, notamment sur les notions de bien et de mal. Il faut que je termine sa formation, sinon nous allons au-devant de graves problèmes. Il faut que tu m'aides à le récupérer.

Madison la dévisagea un moment, comme si elle cherchait des arguments à lui opposer, mais, finalement, elle choisit le silence.

— Désolée, Oksana. Je ne peux pas faire ce que tu me demandes.

La virologue censura sa frustration et s'assit face à la chancelière en disant :

— Pourquoi ? Pourquoi tenir à l'écart la seule personne capable de t'aider ? Cela n'a aucun sens.

— Ça ne peut plus en avoir, dit Madison. C'est devenu un dossier médiatico-politique, maintenant. Et tout ça, à cause de qui ?

— Vlad était profondément croyant. Je ne pouvais pas le mettre au courant, pour l'enfant. Et quand il l'a découvert, il a paniqué. Tu sais à quoi ils ont été confrontés, là-bas.

— Quoi qu'il en soit… ton mari nous a mis dans une belle merde. Maintenant, les médias sont dans le coup, la police est dans le coup, le Kremlin est dans le coup. Alors ne complique pas, tu veux ?

Oksana Andrash n'était pas du genre à se plier aux procédures quand l'urgence réclamait qu'on les viole.

— J'emmerde le Kremlin, Madison, déclara-t-elle en se levant. Cet enfant est une bombe à retardement. Alors, à côté de ça, tes problèmes d'image et tes petites magouilles politiques, tu m'excuses, ça ne fait pas le poids. Tu es une scientifique avant d'être une politicarde, Madison. On a fait de la recherche ensemble, toutes les deux, on a sauvé des vies, merde ! On est amies depuis quinze ans !

— On est amies, oui. Mais je suis aussi ta patronne. C'est moi qui dirige cette université. Pas un comité d'administration. Alors tu sais quoi ? Tu vas juste faire ce que je te dis de faire, point barre. Parce que, ta patronne, elle a aussi un patron à satisfaire. C'est assez clair pour toi ?

— Oh oui, c'est clair, dit Oksana avec amertume. Tellement clair que je n'ai plus qu'à téléphoner à ton patron pour lui expliquer ce dont ce gamin est capable.

En touchant la corde sensible, Oksana venait de réveiller un animal politique dont elle mesurait mal l'opportunisme. Madison se leva et vint se coller devant son amie, à l'instar d'un boxeur avant le combat.

— Je vous suggère, docteur, de réfléchir avant de faire une chose que vous regretterez toute votre vie. Rappelez-vous donc à qui vous parlez.

— À qui je parle ? En voilà, une bonne question, fit Oksana en se mettant à arpenter la pièce. Non, vraiment, ça m'intéresse de savoir. Est-ce que je parle à Mirny, au gouvernement de Nouvelle-Zélande, à Nirvana, ou à ce foutu Kremlin ?

Elle dévisagea Madison Cochrane, comme si elle cherchait à lire dans ses pensées.

— Cette conversation est terminée, répondit sèchement la chancelière.

— Tu sais que je peux appeler le *Herald* en une seconde ?

— Tu sais que tu peux mourir en deux ?

Choquée, Oksana fixa avec insistance celle qui avait été son amie. Pour Madison, la vie était une partie d'échecs que l'on devait gagner, quel qu'en soit le prix. Pour cela, il fallait prendre les pièces de l'adversaire, bien sûr mais, surtout, savoir sacrifier les siennes si la victoire l'exigeait.

— Nous devons travailler ensemble, Oksana, dit Madison sur un ton à nouveau amical.

— Et c'est ce que nous faisons en ce moment ? Travailler ensemble ?

Il y eut un long moment de silence durant lequel la chancelière sembla batailler avec elle-même pour dire ce qu'elle pensait vraiment. Mais, très vite, la bête politique reprit le dessus :

— Tu n'avais aucun scrupule à travailler sur ce projet, il y a un an. Tu t'es même séparée de ton mari pour ça. Pourquoi en aurais-tu aujourd'hui ?

42

En se garant devant chez elle, Abby s'inquiéta de ne voir aucune lumière allumée. Elle jeta un coup d'œil au tableau de bord : il n'était que 20 heures !

Elle descendit, pressa le pas jusqu'à l'entrée et s'arrêta net. La porte était ouverte et aucun bruit d'activité ne lui parvenait de l'intérieur : pas de télévision allumée, pas de dîner qu'on prépare…

Elle poussa la porte et entra dans le hall.

— Liam ? Papa ?

Elle n'eut aucune réponse. L'hypothèse d'un cambriolage lui vint aussitôt à l'esprit. Mais tout était parfaitement en ordre.

— Papa ? appela-t-elle plus fort, la bouche asséchée par l'angoisse.

Elle se dirigea vers la cuisine.

Pas un mot sur le comptoir pour justifier une absence. Elle voulut vérifier s'il y avait des messages sur son portable, mais sa batterie était à plat. Elle posa le téléphone sur une station de recharge rapide et pressa le pas vers l'escalier.

— Papa ? cria-t-elle en montant les marches un peu trop vite.

Dans la chambre de Liam, le lit n'était pas défait. Elle tourna les talons et se dirigea vers celle de son père. Elle s'arrêta en chemin pour vérifier la salle de bains. Le placard à pharmacie était ouvert et des compresses de coton tachées de sang traînaient dans le lavabo. Le bord de la baignoire était aussi teinté de rouge.

Le cœur battant, elle quitta précipitamment la pièce, manqua de chuter dans l'escalier, puis attrapa son portable à la cuisine. Elle l'alluma en sortant : six appels en absence de son père. Elle appuya sur la touche *rappel*, enclencha le haut-parleur et grimpa en grimaçant dans sa voiture. Elle jeta sa canne sur le siège passager, brancha son portable dans la prise USB et démarra.

L'instant d'après, elle effectuait une marche arrière sportive, braquait à cent quatre-vingts degrés et redescendait la colline à toute allure.

— Désolée, papa, ma batterie était à plat. Vous êtes où ?

— Aux urgences, répondit Pierce en réprimant son stress.

— Qu'est-ce qui s'est passé ?

— Je préparais à dîner quand j'ai entendu du bruit à l'étage. Je l'ai trouvé évanoui dans la salle de bains. Il avait dû glisser dans la baignoire. Mais quand les secours sont arrivés, il avait déjà repris conscience.

— Merci, papa. Je suis en route.

Abby avait passé trop de temps dans les hôpitaux étant enfant pour que des souvenirs sinistres ne lui reviennent en mémoire : la même odeur traumatisante d'antiseptique, le même bourdonnement de communiqués dans les haut-parleurs et ces regards soupçonneux des médecins dans les étages… Seule la naissance de Liam était parvenue à effacer les autres souvenirs hospitaliers.

Le cri d'un ambulancier réclamant qu'on dégage le couloir fit rebasculer Abby dans le présent. Un enfant était allongé sur un brancard que deux secouristes poussaient à la hâte. Il portait un masque à oxygène qui dissimulait son visage. Son médecin suivait le convoi, les yeux plongés dans des documents. Sa blouse blanche était tachée de sang, tout comme le drap recouvrant l'enfant.

— Liam ! s'écria Abby, qui s'était mise à suivre la civière.

L'un des brancardiers se retourna.

— Mon fils, Liam Murphy, vient d'être admis ici ! s'exclama-t-elle, le souffle court.

En s'approchant du brancard, elle se rendit compte que l'enfant était une petite fille.

— Désolée, je…

— Abby !

Elle se retourna et aperçut son père qui lui faisait signe. Elle pressa le pas vers lui en s'appuyant sur sa canne et le questionna sans même prendre le temps de le saluer.

— Où est-il ?

— En pédiatrie, soupira Pierce en désignant l'ascenseur. Il dort. Ils lui ont fait cinq points de suture au front ! Il a la tête dure, comme son grand-père.

Pierce était à la fois soulagé de voir sa fille arriver et épuisé par l'angoisse qu'il venait de vivre. L'hôpital représentait pour lui les mêmes souvenirs douloureux que pour sa fille car cette bataille du handicap intermittent, ils avaient dû la livrer ensemble à une époque où le syndrome Ehlers-Danlos n'était pas reconnu par la médecine. Et même si la chute de Liam n'avait rien à voir avec cette maladie, il éprouvait le besoin de se justifier et noyait Abby de détails sur ce qu'il avait cru bon de faire quand il ne parvenait pas à la joindre.

— Papa, arrête de faire ta mère juive, OK ? Je suis bien placée pour savoir que personne n'aurait pu gérer cette situation mieux que toi.

La cabine de l'ascenseur s'ouvrit à l'étage du service pédiatrique. Le cœur d'Abby battait de plus en plus vite, les sons lui parvenaient déformés, comme dans un cauchemar. Les murs couleur pastel avec leurs affiches colorées et leurs dessins d'enfant lui parurent soudain indécents au vu des silhouettes pâles des petits malades, maigres, estropiés ou chauves, qu'elle apercevait dans les chambres.

— C'est ici, dit Pierce en s'arrêtant devant une porte entrouverte.

Soudain, les jambes d'Abby se mirent à trembler de manière incontrôlable.

— Assieds-toi, lui dit Pierce calmement.

— Mais je dois… voir Liam…

— Tu le verras quand ta crise sera passée. Allonge-toi. (Il s'adressa à une dame, assise à côté.) Pardon, madame, vous pouvez vous déplacer, s'il vous plaît ? Merci.

Pierce allongea sa fille sur les trois chaises du couloir.

— Inspire profondément, retiens ton souffle trois secondes et expire lentement. C'est pas notre première fois, tu connais le principe. Maintenant, explore mentalement tes jambes, sans juger tes sensations, en étant la plus précise et la plus concentrée possible. Tout va bien. Tu as un peu forcé pour arriver à l'hôpital mais tu y es. Tu es auprès de ton fils. Contrairement à tes douleurs H24, celle-ci vaut le coup. Donc tu l'acceptes et tu te décontractes. OK, Abby jolie ?

— OK, papa. Tu n'as pas perdu la main, hein ?

— Il manquerait plus que ça.

Quelques minutes plus tard, Abby entrait dans la chambre de Liam, au bras de son père. Elle mit un certain temps à repérer son fils, tant il était entouré de matériel médical. Mais c'était bien lui, minuscule sous des draps bleus. Un sparadrap recouvrait ses points de suture et sa méchante bosse. Sa petite main reposait sur la couverture, une perfusion fichée dans son poignet.

Elle s'approcha, lui embrassa le front et se tourna vers son père.

— Ils sont sûrs qu'il n'y a pas de commotion ? murmura-t-elle.

— Il a passé une radio et un scanner.

Abby resta un long moment à regarder la poitrine de Liam se soulever et s'abaisser sous les draps.

— Merci pour tout, papa. Tu dois être exténué. Va te reposer à la maison. Je vais passer la nuit à son chevet.

— Tu es sûre ?

— Je serai mieux endormie dans ce fauteuil qu'insomniaque à la maison.

— Pas faux. Tu me donneras des nouvelles ?

— Bien sûr que non.

— Charge ton portable.
— *Yes, sir !* fit-elle en souriant.
— Mot de passe ?
Un bisou sur le front fit l'affaire.

43

Un an plus tôt
Antarctique

Sur les visages anéantis des rescapés rassemblés dans la salle commune, Marcus ne pouvait lire que l'angoisse. Masha Gorski était en larmes. Vlad venait de lui annoncer ce qui était arrivé à son mari. Personne n'essayait de faire illusion, de dissimuler la terreur qui l'étreignait. Surtout pas Vlad, qui avait eu un nouvel aperçu des facultés que la bactérie conférait aux hôtes qu'elle infectait.

En faction devant la porte barricadée, il vérifiait de temps à autre que le couloir était désert.

— Tu es certain qu'il l'a entraîné à l'extérieur ? demanda Marcus en étudiant un plan de la base.

— Certain, répliqua le chef mécanicien en se grattant nerveusement la nuque. De toute façon, il n'y avait pas d'autre issue possible.

— Yuri lui a peut-être échappé, voulut croire Masha en essuyant ses larmes.

— Aucune chance, soupira Vlad. Je suis même sorti pour vérifier.

— Ils sont trois, maintenant, avec Yuri, c'est-à-dire autant que nous, dit Marcus avec autorité. Quelle que soit la peine que nous éprouvons tous par rapport à Yuri, nous devons garder la tête sur les épaules et le considérer, dès à présent, comme un ennemi. Tu comprends, Masha ?

La biologiste hocha la tête tristement.

— Si tu hésites une seconde à l'immoler, ajouta-t-il, il sera sur toi avant que tu l'aies vu venir. (Il se tourna vers Vlad.) Combien de temps pour bricoler un troisième lance-flammes ?

— Dix minutes. Il me suffit de modifier un de nos chalumeaux.

— Il nous reste plus qu'à les loger.

— J'ai peut-être la solution, dit le colonel.

Il sortit de sa poche un petit appareil.

— J'ai fabriqué un système de localisation. On utilisait ce genre de radar miniature au KGB, du temps de Gorbatchev.

Marcus et Masha étaient impressionnés. Le modèle réduit était si bien façonné qu'il semblait sortir de l'usine.

— Il est conçu pour repérer les objets en mouvement, expliqua Vlad. Sa portée n'est pas bien grande mais, dès que vous approchez à une vingtaine de mètres, il envoie un signal lumineux sur son écran quadrillé.

Masha emprunta le radar pour l'examiner sous tous ses angles.

— Comment il fera la différence entre les infectés et nous ?

— Il ne la fera pas. Mais, à sa lecture, on saura si quelqu'un approche et d'où il vient.

— Bien joué, « VladGyver », fit Marcus en se levant. Dès qu'on a le troisième lance-flammes, on inspecte la base en direction du bâtiment 7, là où se trouvent le générateur et l'entrepôt. Quelqu'un a une meilleure idée ?

— Oui, fit Masha. On laisse Vlad s'occuper du générateur et on les attend ici. C'est la pièce la plus grande. Ils ne peuvent ni nous tendre un piège, ni nous surprendre.

— Ils s'en prendront à Vlad. Nous devons rester groupés, et la première urgence, c'est de rétablir le courant.

— J'ai trouvé une pompe de secours dans l'atelier de pièces détachées, précisa Vlad.

— Trop fort, colonel. Bon, on charge tous nos sacs de provisions et d'eau. Il se peut qu'on soit amenés à s'installer là-bas. Car, qu'est-ce qui les empêche de saboter à nouveau le générateur après notre départ ? Plus on les maintiendra sur la défensive, mieux ce sera pour nous.

— À un détail près, dit Masha.

— Quoi donc ?

— Ils n'ont jamais été sur la défensive.

La biologiste soutint le regard de son supérieur. Marcus et elle avaient toujours eu des relations conflictuelles que Yuri se chargeait de tempérer. À présent qu'il n'était plus là, son côté frondeur prenait le dessus.

Le radar de Vlad eut un effet positif sur le moral des survivants car il leur permettait d'avancer moins tendus dans les couloirs de la base. La brume de leur souffle précédait chacun de leurs pas. La veilleuse de leurs lance-flammes répandait un peu de chaleur, mais la nuit australe s'insinuait à travers les couches de tissu censées les protéger. Son haleine polaire traversait leur peau et courait le long de leurs os jusqu'à leurs pieds bottés ou leurs mains gantées pour les inviter à l'engourdissement. Le froid glacial qui régnait dans la station n'était pas seulement dû au sabotage du générateur. La plupart des carreaux avaient été à nouveau brisés par leurs adversaires. Un détail qui leur rappela l'état de délabrement des locaux quand ils étaient arrivés. Les infectés de la mission précédente avaient dû adopter la même stratégie. Étant immunisés contre le froid, ils avaient soumis ceux qu'ils convoitaient à des températures extrêmes.

Arrivés au bas de l'escalier, ils trouvèrent l'accès au bâtiment 7 condamné. Ils essayèrent de forcer la porte mais, malgré leurs efforts conjugués, ils échouèrent. Dans la lumière de sa torche, Vlad en comprit la raison.

— Ces enculés l'ont soudée pour nous empêcher d'accéder au générateur.

Marcus orienta sa Maglite vers le faux plafond et découvrit, au-dessus de la porte, la grille de protection d'un conduit d'aération.

— Quoi, tu veux que je passe par là ? ricana Vlad. Ma taille de guêpe ne rentre pas là-dedans, même en rêve !

— La mienne, si.

Marcus se tourna vers Masha et la jaugea. Ce n'était pas la première fois qu'elle se portait volontaire.

Sacrée bonne femme ! songea Marcus. *Son fort caractère a aussi de bons côtés.*

— Tu n'y connais rien en mécanique, lui dit-il.

— La biologie, c'est la mécanique du vivant. Vlad n'a qu'à m'expliquer. Et puis c'est ça ou mourir de froid, alors…

Elle le défia du regard. Le visage de Marcus exprimait un mélange d'appréhension et d'admiration.

— Très bien, dit-il en s'employant à retirer la grille. Vlad, tu la débriefes ?

Quelques minutes plus tard, Masha rampait dans le boyau. Il était beaucoup plus exigu qu'elle ne l'avait imaginé.

— Ça se présente comment ? demanda Marcus sur l'intercom.

— Y a plus confortable, répondit-elle dans un écho. Mais le plus gênant, c'est mon lance-flammes qui traîne derrière et qui me chauffe le cul.

Elle se contorsionna pour orienter sa torche électrique devant elle. La lumière révéla un long conduit vide qui se réduisait.

— Toujours rien sur le gadget de Vlad ?

— À part toi, rien, fit Marcus.

Elle dépassa la première courbe du conduit et profita d'un élargissement pour amener son lance-flammes devant elle, prêt à l'emploi. Rien n'indiquait qu'un infecté pouvait se trouver à l'autre bout du boyau, mais mieux valait ne pas forcer sa chance.

Les sens en alerte, elle essayait d'anticiper un son inhabituel, une odeur, un mouvement.

Des gouttes de transpiration ruisselaient sur son visage. Elle s'arrêta une minute pour s'essuyer les yeux et, au moment de repartir, elle crut apercevoir quelque chose.

— Je vois une entrée de lumière à une douzaine de mètres. Sans doute la grille d'aération du 7 ?

Un coup de pied suffit à la dégager. Elle émergea de l'étroit conduit et se laissa tomber dans la salle des machines. Soulagée de se retrouver debout, elle inspecta soigneusement le décor autour d'elle avec sa lampe de poche et ne vit rien de suspect.

— Je suis dans la centrale, murmura-t-elle à l'intercom. Rien de nouveau sur le radar ?

— RAS, fit Marcus.

Elle s'avança dans les allées à la recherche du groupe électrogène. Les indications de Vlad lui permirent de le trouver très vite. Elle sortit délicatement la pompe à gasoil de sa besace, s'allongea sur le dos avec et se faufila sous le générateur.

— Tu vois l'emplacement vide ? demanda Vlad sur l'intercom.

— Ouais, je le vois. Putain, quelqu'un s'en est donné à cœur joie !

— Je sais, fit Vlad. Le collier de serrage, hein ?

— Mes doigts sont gelés et, sur le métal, c'est ce qu'il y a de pire.

— Tu vas y arriver ? s'inquiéta Marcus.

— Bien sûr que non, rétorqua Masha avec sarcasme. J'ai rampé jusqu'ici pour échouer. Et le radar ? Toujours une seule lecture ?

Marcus consulta le détecteur et parut soudain interloqué. Il se tourna vers Vlad et lui tendit l'écran en disant :

— T'y comprends quelque chose, toi ?

Vlad étudia la position du signal lumineux.

— Les garçons ? Parlez-moi ! protesta Masha. Vous me faites flipper, là.

Elle verrouilla minutieusement le collier de serrage de la nouvelle pompe et vérifia la solidité de l'accroche.

Vlad secoua le détecteur mais le repère ne changea pas de position.

— Masha ? fit-il d'une voix où perçait l'inquiétude. On a comme un double signal, mais provenant du même endroit. Les deux signaux se chevauchent. Ça doit être une interférence. Je vais me déplacer pour voir…

Masha sortit en rampant de sous le générateur et pivota sur elle-même pour explorer la pièce plongée dans la pénombre. Elle essuya ses mains pleines de graisse sur son pantalon et saisit délicatement son lance-flammes. Elle fixait intensément chaque recoin, de peur de voir en surgir un ennemi.

— J'obtiens toujours un double signal, fit la voix de Vlad dans l'intercom. Tu es sûre qu'il n'y a personne avec toi ?

La torche balayait les lieux. S'il y avait quelqu'un, il pouvait se cacher n'importe où, tant la salle des machines était encombrée d'appareils en tout genre.

Le faisceau de la lampe accrocha soudain la fosse du broyeur-compacteur destinée aux déchets. En se penchant au-dessus d'elle, Masha éclaira son contenu : des restes humains calcinés…

— Oh, mon Dieu ! gémit-elle.

— Qu'est-ce qu'il y a ? s'inquiéta Marcus.

— Nos collègues de la mission précédente. Ils ont été immolés.

— Tire-toi de là, Masha ! s'écria Vlad.

— Pas avant d'avoir rallumé le générateur, s'entêta-t-elle.

Elle attrapa la corde du lanceur, la mit en tension et tira sur la poignée d'un geste sec.

Sur le détecteur de Vlad, un deuxième point lumineux se désolidarisa du premier et effectua un mouvement d'encerclement.

— Il tourne autour de toi, Masha ! s'écria Marcus. Tire-toi de là ! C'est un ordre !

Masha s'entêta, s'y reprit à plusieurs fois jusqu'à ce que le moteur démarre. Les lampes de service s'allumèrent et elle se retrouva face à son mari, dans la ligne de mire de son lance-flammes.

— Yuri ? fit-elle, le souffle coupé. Mais je croyais que…

— Que j'étais mort ? Moi aussi.

Un détail attira immédiatement l'attention de Masha.

— Ton haleine… elle n'est pas visible, Yuri.

— Tu n'auras plus jamais froid, Masha, plus jamais mal. C'est une régénérescence qui nous est offerte. Et on va tous pouvoir en bénéficier.

— Ne l'écoute pas, Masha ! hurla Marcus dans l'intercom. Ce n'est plus ton mari ! Ce n'est plus Yuri.

— Qu'est-ce qu'ils t'ont fait, mon chéri ?

— C'est notre seconde chance, mon ange, poursuivit-il. Celle qu'on attendait depuis tant d'années. Accepte-moi en toi et nous pourrons enfin avoir notre David. Pas celui de l'échographie, non. Celui qu'on a imaginé, tous les deux.

Les larmes de Masha lui firent baisser le bec de son lance-flammes.

— J’ai besoin de toi, chérie. On ne peut pas être séparés, tous les deux.

Yuri ouvrit les bras pour que sa femme vienne s’y blottir, mais, au dernier moment, quelque chose de venimeux dans ses yeux lui fit activer le lance-flammes.

Un feulement assourdissant déchira les oreillettes de l’intercom. Marcus et Vlad se figèrent. Ils avaient déjà entendu ce cri bestial quand ils avaient immolé Piri.

L’un des deux signaux lumineux disparut du radar.

— Masha… Masha ? s’inquiéta Marcus.

— Mission accomplie, répondit la biologiste en regardant brûler les restes de la créature. Je vais réapprovisionner le réservoir de gasoil et condamner toutes les entrées pour les empêcher de venir saboter à nouveau.

44

Retour au présent
Christchurch,
Nouvelle-Zélande

Une horde de reporters avait fait le siège de la Christchurch Law Court, où devait se tenir l'audition préliminaire de Nateo. Trois officiers de police l'escortaient en se frayant un passage à travers la foule. Marcus et son avocate fermaient la marche sous le mitraillage des flashes. Les questions fusaient, toutes plus cruelles les unes que les autres.

— Qu'est-ce que ça vous fait, monsieur Taylor, d'être le père d'un assassin ?

Les journalistes le harcelèrent jusque dans la salle de tribunal, se disputant les meilleures places dans l'enclos qui leur était réservé. Deux dessinateurs de presse avaient déjà commencé à croquer les visages autour d'eux, mais c'est à Marcus et à son fils qu'ils destinaient leurs meilleurs coups de crayon.

Un des gardes du palais accompagna Nateo et son père jusqu'au banc de la défense. L'enfant était impressionné par cet auditoire d'adultes venu assister à son jugement.

Raïana n'avait pas fait le déplacement. Encore traumatisée par la vision du corps décapité de Clyde Anderson, elle avait l'impression absurde d'être responsable de sa mort. Elle aurait voulu pouvoir confier à Marcus ce que lui avait appris le médecin concernant Nateo, mais, chaque fois qu'elle lui faisait part de ses doutes concernant leur petit garçon, ils se disputaient. Marcus ne supportait pas que l'on remette en question l'identité de son fils. Il avait *besoin* de croire. Pour Raïana, c'était tout le contraire. Depuis la réapparition de Nateo, elle n'avait pas eu cette reconnaissance utérine qui défie tous les tests ADN.

« *Une mère sent ce genre de choses, madame Taylor*, lui avait dit Clyde. *Nateo peut flouer Marcus, mais pas vous !* »

La voix de l'huissier fit taire les murmures.

— Veuillez vous lever ! La cour de Christchurch déclare l'audience ouverte !

Le juge Brown, en toge noire, prit place dans son fauteuil, un Thermos de café à la main. Il entreprit de ranger soigneusement ses affaires : un iPad, un mug et son accessoire favori, le maillet de bois, dont il abusait.

— Rasseyez-vous, je vous prie, dit Brown.

Il promena un regard sévère sur la salle, attendant que le silence soit total, et se racla la gorge.

— La Couronne contre Nateo Taylor, déclara le magistrat en chaussant ses lunettes en demi-lune. Tout le monde est présent ?

— Oui, Votre Honneur, répondit l'huissier.

Le regard de Brown s'arrêta sur l'enfant de huit ans, dans le box des accusés, et soupira face à l'aberration de ce qu'il allait devoir juger.

— J'ai devant moi l'acte d'accusation 78-14, déclara-t-il, de mise en examen du prévenu. Cet acte stipule que Nateo Taylor, ici présent, est accusé d'avoir commis un homicide volontaire. Maître Moore, avez-vous informé votre client du chef d'accusation qui pèse contre lui ?

— Oui, Votre Honneur, répondit l'avocate.

— Nateo Taylor, comprenez-vous que vous êtes accusé d'homicide volontaire et que, si vous choisissez de plaider non coupable, vous aurez le droit d'être jugé par un jury ? Est-ce que vous comprenez cela ?

— Oui, monsieur.

— Très bien. Mrs Moore ?

— Nous désirons plaider... non coupable, Votre Honneur.

— Non, intervint Nateo. Je suis coupable, monsieur !

Le juge parut déconcerté. Une rumeur se propagea dans la salle et le magistrat dut user de son maillet pour rétablir le silence.

Marcus se pencha vers son fils et lui murmura des remontrances :

— Ce n'est pas à toi de parler, Nateo. Nous avons une avocate et...

— Je ne veux pas d'avocat ! hurla l'enfant.

— Maître, assurez-vous, oui ou non, la défense de votre client ?

— Mon client étant mineur, Votre Honneur, c'est son père, Marcus Taylor, qui m'a confié sa défense. Mais, pour être totalement transparente avec la cour, je dois dire que Nateo Taylor a fait savoir, à plusieurs reprises, qu'il ne souhaitait pas être représenté.

Brown réfléchit quelques instants à la démarche à suivre en pareilles circonstances et choisit de s'adresser directement à l'enfant.

— Nateo Taylor, vous réalisez qu'en plaidant coupable vous renoncez à vos droits à un procès ?

— Oui, monsieur.

— Et votre avocate vous a clairement expliqué qu'un mineur de moins de dix ans risquait, pour un homicide volontaire, une peine maximale de quatorze ans d'emprisonnement sans libération conditionnelle ?

— Oui, monsieur.

— Nateo Taylor, votre casier judiciaire est vierge, vous êtes mineur, donc sous l'autorité parentale, mais… vous avez fait connaître votre opinion à plusieurs reprises. Vous refusez d'être représenté et vous désirez plaider coupable pour un meurtre que vous ne savez expliquer. Or, dans votre évaluation psychologique, vous verbalisez les choses avec une syntaxe et des notions impressionnantes pour un garçon de votre âge. C'est à la fois fascinant, je dois dire, et contradictoire. Tout comme vos actions le jour du meurtre. Vous déclarez avoir poussé Maisie Lomu et vous vous êtes brûlé les mains en essayant de la sauver. Pourriez-vous clarifier vos agissements devant la cour ?

Tous les regards se portèrent vers le petit garçon vulnérable, craintif et confus qui tremblait sur le banc des accusés.

— Je sais juste qu'on a tué Mme Lomu, alors… on doit être puni.

— Que voulez-vous dire par « on » ?

Marcus se pencha vers Nateo pour le conseiller.

— Monsieur Taylor, s'il vous plaît... Même si Nateo est mineur, j'aimerais entendre *sa* réponse à ma question et non la vôtre.

Marcus se tourna vers l'avocate, qui lui fit signe de laisser faire. Le magistrat s'adressa à nouveau à l'enfant :

— Nateo Taylor, quand vous dites « *on* a tué Mme Lomu », de qui parlez-vous, exactement ?

L'enfant se mordit les lèvres et les larmes lui montèrent aux yeux. Il regarda son père qui semblait le supplier de ne rien dire.

— Ce n'est pas toujours moi qui fais les choses, monsieur le juge, répondit Nateo en pleurant. Ce qu'on a fait, on peut le refaire. Mettez-nous en prison, s'il vous plaît !

Soudain, l'enfant découvrit les larmes sur ses joues et les essuya comme on se débarrasse de preuves embarrassantes. Puis il sourit au juge et déclara :

— Ne tenez pas compte de ce que je viens de dire, Votre Honneur. Je suis... sous pression, en ce moment.

Le public n'en revenait pas du changement qui venait de s'opérer sous ses yeux. Le juge Brown l'avait déjà noté, en visionnant l'évaluation psychologique, mais le fait d'y assister en direct était encore plus impressionnant.

Marcus et son avocate voulurent intervenir, mais le magistrat leur fit signe de n'en rien faire.

— Pendant trois ans, poursuivit l'enfant, mon ravisseur m'a fait subir des choses que la décence m'empêche d'évoquer devant la cour. Et, quand j'ai enfin réussi à m'enfuir, il m'a poursuivi et... il m'a blessé grièvement. L'une des balles a atteint mon cerveau et… elle y a laissé quelques séquelles, dont mes pauvres parents font aujourd'hui les frais. Je regrette ce qui est arrivé à Maisie Lomu, mais je suis incapable de comprendre ce qui s'est passé. Mes mains ne gardent le souvenir que de son sauvetage. Aussi, je m'en remets à mon père et à mon avocate pour savoir comment il faut plaider.

Un brouhaha agita la salle d'audience. Frappée de perplexité, l'avocate se pencha vers le père de son client pour lui murmurer quelque chose. Marcus dévisageait son fils sans le reconnaître, tiraillé entre angoisse et compassion. Quant au juge, il était à la fois abasourdi par cette déclaration qui ressemblait à une plaidoirie d'adulte et inquiet des larmes de l'enfant qui avaient précédé. Il devait agir pour protéger le petit garçon contre lui-même. Il frappa du maillet pour rétablir l'ordre et s'adressa à nouveau à la défense :

— Très bien. Mrs Moore ?

— Nous désirons plaider… non coupable, Votre Honneur.

Le juge chaussa ses lunettes, consulta ses notes et fit part au tribunal de sa décision.

— Compte tenu de l'âge de l'accusé, des troubles mentaux dont il souffre de toute évidence, lesquels troubles sont évoqués de manière originale dans son évaluation psychologique, la cour ordonne qu'il soit transféré à l'hôpital psychiatrique de Hillmorton afin d'y être traité, et ce jusqu'à ce que l'institution médicale et l'État déterminent s'il est capable ou non de réintégrer la société. L'audience est levée.

Le juge donna un coup de maillet et sortit précipitamment tandis que la salle résonnait de sifflets et de quolibets dont il n'avait plus cure.

Les journalistes envahirent le prétoire et déferlèrent jusqu'au banc de la défense. Sous les micros tendus et la mitraille des flashes, Marcus assista, impuissant, au spectacle des gardiens qui menottaient son enfant.

— Est-ce vraiment nécessaire ? leur demanda-t-il.

— C'est la loi, monsieur.

— Où est-ce qu'ils m'emmènent, papa ? s'inquiéta Nateo, apeuré.

— Dans un hôpital. Ne t'inquiète pas, je vais suivre le convoi. Je serai derrière toi, juste derrière !

45

Le pick-up Mitsubishi de Marcus se faufila derrière le fourgon cellulaire qui quittait l'enceinte du palais de justice.

Dans l'habitacle, Nateo, apeuré, observait ses gardiens à travers les grilles de la cage métallique où il croupissait. Les conditions de transfert de prisonnier n'étaient de toute évidence pas adaptées à un enfant. Il s'adossa contre la paroi de tôle vibrante et tenta d'ignorer l'odeur de transpiration rance et la morsure de ses menottes.

— T'inquiète pas, petit, fit le plus vieux des deux gardes, tandis qu'il somnolait dans la touffeur estivale. Tu t'en tires pas trop mal ! Tu seras mieux chez les dingues qu'en prison, crois-moi.

Le plus jeune alluma une cigarette et souffla la fumée dans la cage.

Nateo se mit à tousser.

— Qu'est-ce que t'as, « fils de », t'as pris froid ? ricana le jeune garde. À ton âge, j'fumais déjà. Ils t'apprennent quoi, à l'école ?

— Fous-lui la paix, Jim, soupira le vieux gardien, le menton enfoncé dans la graisse de son cou.

Nateo ferma les yeux et s'efforça de ne pas écouter les propos fielleux de son surveillant. Il voulait tout sauf que la colère le gagne. Il *le* savait particulièrement susceptible et… mon Dieu, non, il ne fallait pas…

Être enfermé quelque part. C'était tout ce qui comptait pour Nateo. S'assurer qu'il ne ferait plus jamais de mal à quelqu'un d'autre que lui.

Le reste n'avait pas d'importance.

— Hé, « fils de » !

Nateo rouvrit les yeux. Le jeune gardien s'était approché de la grille pour parler à son prisonnier.

— Quand les dingos vont apprendre qu'ils ont le fils d'un people parmi eux, ça va être ta fête. Ton joli petit cul va y passer, ça c'est sûr. Et ton papa sera pas là pour te défendre.

Il éclata d'un rire gras.

L'humiliation que ressentit Nateo fit lentement émerger quelqu'un de bien moins indulgent que lui. Il tenta de lutter contre le changement qui s'opérait en lui, mais la haine ne demandait qu'à s'exprimer.

Aussi, quand le jeune gardien commit l'erreur de souffler à nouveau sa fumée dans la cage, l'enfant le rembarra :

— Recommence une seule fois, enculé, et je te la fais bouffer !

Les mots claquèrent comme des verrous, tirant le vieux gardien de sa somnolence. Il porta instinctivement la main à son arme.

— T'as entendu ça, Mike ? fit le jeune garde en tentant vainement de cacher son malaise. Tu m'étonnes qu'ils veulent l'enfermer. Une vraie bête de cirque, hein ?

En apercevant l'expression sur le visage de son détenu, le vieux gardien fut glacé d'effroi. Le regard métallique de l'enfant ne quittait pas Jim et semblait l'étudier dans son tréfonds.

— Tu te crois très important, hein ? proféra le petit garçon. Tu sais à quoi tu me fais penser avec ton petit uniforme, ton petit règlement et ton petit salaire ? À un garde-chiourme. Un garde-chiourme qui ne doit même pas savoir lire.

Vexé, le jeune gardien décrocha le trousseau de clés qui pendait à sa ceinture et fit un pas vers la cage. Son collègue le retint par la manche.

— Laisse tomber, Jim. Tu vois bien qu'il te cherche… Je le sens pas, moi, ce gamin.

Dans les yeux de Mike, Jim décela plus que de l'inquiétude. Il y avait de la peur. Et, dans la cage, l'enfant poursuivait ses provocations.

— Au moins, ça t'aura évité de lire ton bulletin de naissance ! Je parie que ta putain de mère n'a jamais pu te dire qui était ton père, tellement il y avait de monde qui défilait dans sa chambre.

— Tu vas fermer ta gueule, ouais ? beugla le jeune garde.

— C'est elle qui t'a dépucelé ? Ou c'est un de tes nombreux pères ?

La haine aveugla Jim, qui perdit totalement son self-control. Il déverrouilla la porte de la cellule et y entra pour corriger son prisonnier. Mais, en un éclair, ce dernier lui attrapa le bras et le lui brisa. Le garde eut à peine le temps de hurler que déjà l'enfant le saisissait par la gorge, y mordait à pleines dents et recrachait le morceau de carotide qu'il avait arraché. Du sang se mit à gicler de la blessure à chaque battement de cœur. Jim porta aussitôt la main à son cou pour tenter de stopper l'hémorragie.

Cette agression galvanisa le vieux Mike. Il dégaina son pistolet, fit sauter le cran de sécurité et mit en joue. Mais l'enfant pointait déjà sur lui le revolver subtilisé au jeune garde qui lui servait à présent de bouclier humain, L'ensemble n'avait pas pris plus de cinq secondes.

— Fais pas le con, petit, murmura le vieux gardien.

— Donne-moi une seule bonne raison de ne pas fumer cette raclure ? rétorqua l'enfant.

— Jim ne pensait pas ce qu'il t'a dit tout à l'heure. On fait trop d'heures. Il est au bord du burn-out, en ce moment. C'est un bon père de famille, il a deux enfants et…

— Il a pas un goût de père de famille, rétorqua l'enfant, en léchant le sang qui coulait encore de ses lèvres.

— N'aggrave pas ton cas, petit. Tu n'es pas un criminel.

— Je parierais pas là-dessus à ta place…

La déflagration qui suivit provoqua une embardée du fourgon, tandis qu'il traversait le centre-ville grouillant de monde.

Dans la cabine, le conducteur jeta un regard inquiet à son collègue :

— C'était quoi, ça ?

Pour toute réponse, le passager appuya sur l'interphone :

— Jim ? Mike ? C'est Brian. Qu'est-ce qui se passe ?

Les deux gardiens attendirent une réponse qui ne vint pas.

Depuis sa voiture, Marcus avait cru entendre une détonation et, surtout, il avait remarqué le brusque écart du fourgon qui avait accompagné le bruit.

— Mike ? Jim ? Répondez, les gars ! reprit le gardien à l'interphone.

L'absence de réponse provoqua un nouvel échange de regards angoissés entre les deux hommes.

— Range-toi, Franck ! ordonna Brian. Il faut qu'on aille voir.

— On ne peut pas s'arrêter ici, y a trop de monde !

— Range-toi dès que tu peux ! Il y a eu un coup de feu, bordel, on ne peut pas attendre !

Brian saisit l'émetteur de sa radio :

— Fourgon à central... Transport de Nateo Taylor en difficulté à l'angle de Cashel Street et Colombo. Un coup de feu a été tiré à bord.

Cooper et Williams entendirent l'appel de détresse.

— *Je répète : un coup de feu a été tiré à bord. Demandons renforts immédiats.*

— Putain de Dieu ! s'exclama le détective. C'est pour nous !

Williams installa un gyrophare sur le toit pendant que leur voiture de patrouille effectuait un demi-tour sportif.

Dans la cabine avant du fourgon, la tension ne cessait de monter.

— Mike ? Jim ? Qu'est-ce qui se passe ? Répondez, bordel !

Mike finit par répondre d'une voix tremblante.

— Brian, euh… ici Mike. Appelez, euh… une ambulance. Le… le prisonnier est… salement blessé. Il faut que… il faut que tu rappliques ici, vieux ! Je suis pas secouriste, moi ! Je ne sais pas quoi faire.

Marcus faisait de son mieux pour ne pas se laisser distancer par le fourgon, quitte à griller des feux. La camionnette qui transportait son fils cherchait clairement à se garer. Quelque chose s'était passé à bord. Marcus le sentait. Et la détonation qu'il avait cru percevoir ressemblait de plus en plus pour lui à un coup de feu.

Soudain, le fourgon se rabattit brusquement vers l'entrée du jardin botanique. Surpris, Marcus le dépassa et se rangea immédiatement le long du trottoir. En se retournant, il vit deux gardiens, armes au poing, descendre de la cabine.

Brian et Franck s'avancèrent prudemment jusqu'à l'arrière du véhicule. À travers les hublots grillagés, ils purent voir le visage angoissé de Mike s'approcher du carreau.

— Tout va bien ! cria-t-il à travers la carrosserie. Le petit est juste blessé. On l'a échappé belle.

Il ouvrit les battants, et ses collègues découvrirent Nateo, allongé sur le dos.

— Qui lui a tiré dessus ? demanda Franck.

Paralysé par le stress, Mike était incapable de répondre.

— Où est Jim ? s'inquiéta Brian, avant de le repérer dans la cage, gisant dans son sang.

L'enfant pivota sur le ventre et ouvrit le feu, à bout portant.

En voyant Brian et Franck s'écrouler, le vieux gardien leva les mains en l'air et urina dans son pantalon.

La panique s'empara des passants. Pour fuir les lieux, ils traversèrent sans regarder. Coups de frein. Accrochages.

— Nateo ? s'épouvanta Marcus en découvrant son fils, la bouche en sang et une arme à la main.

L'auteur du carnage s'évapora subitement, laissant place à un petit garçon terrifié. Il lâcha le pistolet, aperçut ses mains bandées ensanglantées et les corps gisant autour de lui.

— Qu'est-ce que j'ai encore fait, papa ? gémit-il.

— Viens avec moi ! ordonna Marcus.

Il attrapa son fils par la main et l'entraîna avec lui.

Une sirène de police le fit se retourner tandis qu'il courait vers sa voiture. Il aperçut au loin un véhicule de patrouille qui se rapprochait à toute allure. Il ouvrit la portière de son pick-up, poussa son fils sur le siège passager et courut s'installer au volant.

L'instant d'après, il démarrait en trombe.

La voiture de patrouille freina brusquement à l'arrière du fourgon.

Cooper et Williams en descendirent et découvrirent le désastre.

Trois gardiens morts et un quatrième, traumatisé, n'en revenant toujours pas d'être en vie.

46

Il faisait jour quand Abby se réveilla, vautrée dans le fauteuil où elle avait fini par s'endormir. Dans son lit d'hôpital, Liam la regardait tendrement, un pansement sur le front. À ses côtés, l'infirmière de jour sortait délicatement le matériel nécessaire pour lui faire une prise de sang.

— Ça y est ! fit l'enfant. Vous pouvez faire du bruit, maintenant. Maman est réveillée.

La soignante se tourna vers Abby, qui se redressait en luttant contre ses courbatures nocturnes.

— Il nous a toutes mises au pas, ce matin, fit l'infirmière. Il gère notre silence avec une autorité naturelle qui ferait pâlir de jalousie notre chef.

— Oui..., sourit Abby, il est redoutable. Dis donc, mon Liam, c'était moi qui étais censée te veiller. Pas toi...

— N'écoute pas ta maman. Ma collègue m'a dit qu'elle était restée éveillée toute la nuit. Elle ne t'a même pas lâché pour aller se chercher un casse-dalle au distributeur.

— Comment tu vas, mon prince ? demanda Abby en s'approchant de lui. Ça ne te fait pas trop mal ?

— Moi, ça va. C'est surtout la baignoire qui a pris.

Abby laissa échapper un rire tendre et l'embrassa.

— Tu m'as foutu une de ces trouilles !

— Tu m'as quoi ? s'enquit-il avec espièglerie.

— Tu m'as « fait » une de ces trouilles, rectifia-t-elle.

— Et un dollar, un ! s'exclama-t-il en levant le poing en signe de victoire.

Face au regard interrogateur de l'infirmière, il expliqua :

— Maman et moi, on se met à l'amende pour les gros mots. Mais elle en dit beaucoup plus que moi. Résultat, je vais être riche avant d'être grand.

— Arrête de me faire rire, Liam, sourit la soignante, tu me fais bouger. Tu es prêt ?

Il hocha la tête et leva fièrement le menton, ce qui fit rire sa mère.

L'infirmière introduisit une aiguille reliée à un tube par un cathéter. Quelques secondes plus tard, il se remplissait de sang.

— Je comprends pas, fit Liam. Il devrait être bleu, non ?

— Pourquoi ? sourit la soignante.

— Parce que je suis né à Londres, *milady*. Et que les Anglais ont le sang bleu.

Abby secoua la tête en souriant.

— Bisou maori ? proposa-t-il.

Abby posa son nez et son front contre ceux de son fils.

— Tu veux une barre de chocolat ?

— Sérieux ? fit l'enfant, surexcité.

— T'auras du sang marron, comme ça.

— *Yessss !*

S'approchant d'un distributeur automatique, Abby sortit une pièce de sa poche et la glissa dans la fente. Elle sélectionna deux barres de chocolat et, tandis qu'elle attendait de les réceptionner, son attention fut attirée par le commentaire d'un journaliste.

« ... *le tribunal venait de conclure à la démence passagère. Eh bien, la démence n'était pas si passagère que ça puisque, lors de son transfert à Hillmorton, le jeune Nateo Taylor a abattu froidement trois de ses gardiens avant de prendre la fuite…* »

Abby empocha les snacks et se tourna vers le moniteur de la salle d'attente. Puis elle s'avança lentement vers l'écran. Son visage traduisait une inquiétude extrême.

« … *Le seul rescapé du massacre est interrogé à l'heure actuelle par la police de Christchurch. Enfin, et cela est à mettre au conditionnel, des témoins auraient aperçu Marcus Taylor aidant son fils à s'enfuir.* »

Abby fixa l'écran, épouvantée. Son esprit était en ébullition. Appeler Cooper ne servait plus à rien. La suite logique pour lui serait la recherche d'un fugitif. Alors que le problème était bien plus grave que cela. Les paroles du vieil aveugle maori lui revinrent en mémoire :

« *L'enfant a déjà tué une fois et il tuera encore jusqu'à ce qu'on le libère.* »

Elle sortit de son portefeuille la carte de visite que Matapo lui avait donnée. Elle la regarda longuement et se décida à l'appeler.

— Monsieur Matapo ? C'est… Abby Murphy à l'appareil. Je m'excuse de vous déranger, mais…

— Qui est mort ? l'interrompit le vieux Maori à l'autre bout du fil.

Déconcertée par la perspicacité de son interlocuteur, Abby mit un certain temps à réagir :

— Trois des quatre gardiens qui escortaient Nateo vers l'hôpital psychiatrique où il devait séjourner. Il les a exécutés.

— Vous avez peur ?

Abby ne savait comment répondre à cette question. Alors il le fit à sa place.

— Vous devriez. Vous n'avez pas affaire à un petit garçon de huit ans qui présente des troubles mentaux, docteur Murphy, mais à une entité maléfique venue du fond des âges, un Makutu que l'homme n'aurait jamais dû extraire des enfers. Ce n'est pas pour rien qu'il était enfermé sous des kilomètres de glace.

— Vous parlez de la bactérie préhistorique découverte à Vostok ? Comment aurait-elle pu infecter Nateo alors qu'il n'y est jamais allé ?

— Cet enfant n'est pas le fils de Marcus Taylor, docteur Murphy. Je reçois des messages de Nateo qui proviennent de l'autre côté.

— Quel autre côté… ?

— Nateo est décédé, docteur Murphy. Je ne sais pas d'où vient cet usurpateur, mais une chose est sûre : ce n'est pas Nateo.

Abby fronça les sourcils. Elle avait du mal à digérer cette nouvelle. En levant les yeux, elle aperçut l'infirmière qui, s'inquiétant de son absence, était sortie de la chambre. Elle lui fit signe que Liam la réclamait. Abby hocha la tête et lui tendit l'une des deux barres chocolatées en attendant.

— Si ce n'est pas son fils, ce serait qui, alors ?

— Je ne sais pas.

— Il doit bien y avoir une explication.

— Pourquoi devrait-il toujours y avoir une explication, docteur Murphy ? Les morts interagissent avec notre monde depuis l'éternité, qu'il y ait une explication ou pas. Mais ce sont eux qui décident de contacter les vivants et pas l'inverse. Et, croyez-moi, quand ils le font, ça ressemble plus à une corvée qu'à un don. En ce qui me concerne, Nateo me réveille toutes les nuits en ce moment. Il a peur que le Makutu n'embobine son père. Il veut que je le chasse, que je libère le petit garçon qui se fait passer pour lui. Mais, pour ça, j'ai besoin de vous.

— De moi ? (Elle laissa échapper un rire.) Exorciser les Makutu ne fait pas exactement partie de mes spécialités, vous savez ?

— Peut-être… mais la police, oui. J'ai un genre d'indice à vous donner. Ce n'est pas terrible, mais c'est tout ce que j'ai. Voilà… il n'arrête pas de me faire voir un refuge en pleine montagne.

Matapo soupira, frustré.

— J'ai peut-être une idée. Je vous rappelle.

Abby consulta sa boîte e-mail et ouvrit le dossier de police. Il y avait là les noms et numéros de téléphone des parents de Nateo. Elle composa celui de Raïana.

— Madame Taylor ? Bonjour, Abby Murphy à l'appareil. Je m'excuse de vous déranger, mais c'est à propos de votre fils et de votre mari.

— Ce n'est pas mon fils.

— Je comprends… mais, avant la disparition de Nateo, est-ce que vous et votre mari aviez l'habitude de fréquenter avec lui un refuge en montagne ?

— Au-dessus de Paradise, oui, près de Queenstown, dit-elle avec nostalgie. Pourquoi ?

— Vous auriez une adresse précise ?

— Il n'y a pas d'adresse précise dans le Fiordland, docteur Murphy, mais il est juste au bord d'une chute d'eau, les gens sur place pourront vous dire.

— Je vous remercie infiniment.

— Vous êtes avec la police et vous leur donnez la chasse, c'est ça ?

— Non, madame, je ne travaille plus avec eux. Mais je pense pouvoir aider votre mari.

47

Un an plus tôt
Antarctique

Le groupe électrogène marchait à plein régime pour compenser la déperdition de chaleur due au sabotage. À défaut d'une meilleure solution pour la conserver, les rescapés finissaient d'isoler les fenêtres en y clouant des panneaux de bois.

— On est tous morts de fatigue, déclara Marcus, mais pas eux. Je ne suis même pas sûr qu'ils aient besoin de dormir. Je propose qu'on fasse des rondes de deux heures et qu'on dorme à tour de rôle. Sans sommeil, on ne tiendra pas.

— Avec non plus, rétorqua Masha. C'est quoi, ton plan ? Attendre qu'on se fasse zombifier un par un ?

— Tu nous as vus attendre beaucoup jusqu'à maintenant ?

— J'en ai marre d'être baladée partout sans avoir mon mot à dire.

— Eh ben, dis-le ! Personne ne t'a jamais empêchée de donner ton avis. Et personne ne s'y essaierait, de toute façon. C'est quoi, ton plan ?

Masha regarda Vlad et prit quelques secondes avant de proposer :

— Abandonner la base. Prendre l'AT44 et foutre le camp d'ici. Tenter notre chance en rejoignant Concordia.

— La base franco-italienne est à 630 kilomètres, Masha. J'ai participé au raid Vostok-Concordia pour le labo de glaciologie de Grenoble. Ça nous a pris quatre semaines pour effectuer la traversée. Et on était huit avec quatre tracteurs et une dameuse. « Tenter notre chance », comme tu dis, ça veut déjà dire franchir les mégadunes et une neige totalement vierge dans laquelle on s'englue à tout moment. On faisait 30 kilomètres en onze heures, quand tout allait bien.

Vlad parla à son tour calmement pour essayer de raisonner Masha, dont la proposition était irrecevable.

— Tu te rappelles ce que nous a dit Kaly, avant de se zombifier ? La *dream team* de Mirny est prête à venir nous chercher dès que la température remonte au-dessus de – 45 degrés. Ma femme est directrice de recherche là-bas. Et je peux te dire que, telle que je la connais, Oksana a les yeux rivés sur le thermomètre.

Masha se contenta de hausser les épaules. Et Marcus poursuivit :

— En attendant que la femme de Vlad et sa *dream team* débarquent, notre seule chance de survivre est d'immoler Dario et Kalypso pour les empêcher de contaminer quelqu'un d'autre. Est-ce que tout le monde est d'accord avec ça ?

— Moi, ça me va, fit Vlad en jetant un coup d'œil à la biologiste.

— Masha ?

Elle hocha la tête mais ne sembla pas apaisée pour autant.

— Je vais recharger les lance-flammes, dit Vlad.

Il ramassa les armes et se dirigea vers la cuisine, où étaient stockés les jerricans d'essence.

Marcus vint s'asseoir auprès de sa collègue.

— Yuri était mon ami, Masha. Et je peux à peine imaginer ce que tu ressens en ce moment. Mais ce dont je suis sûr, c'est qu'il aurait fait l'impossible pour qu'on reste tous unis dans l'adversité. Il se serait même opposé à toi pour ça. Tu le sais comme moi, n'est-ce pas ?

Sans relever la tête, Masha acquiesça gravement et posa une main reconnaissante sur l'épaule de Marcus.

Soudain, un bruit de moteur résonna dans la salle commune. Les meubles se mirent à vibrer, avant d'être pulvérisés sous la pression de deux chasse-neige qui traversaient les murs de part en part. Marcus et Masha eurent à peine le temps de reculer que les larges engins réduisaient la pièce en morceaux. Du bois et du verre s'entrechoquaient furieusement : tables, chaises, équipement informatique succombaient sous des engins conçus pour remuer des tonnes de roche et de glace.

Kalypso et Dario étaient au volant de ces machines infernales avec, dans le regard, la détermination de ceux qui n'ont rien à perdre.

Alerté par le bruit, Vlad rappliqua sur place avec les lance-flammes rechargés. Quand il voulut utiliser le sien, Marcus l'en dissuada. Il pointa du doigt les caisses d'explosif qui traînaient sur les sièges des bulls. Une étincelle et c'était l'ensemble de la base qui sautait, eux compris.

Masha s'était précipitée sur les tenues de froid pour se protéger du blizzard. Elle en enfila une et tendit les autres à ses collègues.

Kalypso fit un signe à Dario et ils arrêtèrent leurs engins. La tempête de neige avait beau tourbillonner autour d'eux, la jeune informaticienne ne portait qu'un tee-shirt et le cuistot, le maillot de foot du Napoli estampillé *Maradona*. Elle se leva et sourit en constatant les premiers dégâts.

— Ça sentait un peu le renfermé, ici, tu ne trouves pas, Dario ?

— Il faut manger en *terrazza* ! ironisa l'Italien.

— Et la déco, qu'est-ce que tu en penses ?

— *Brutta !* fit-il en grimaçant.

Ils reprirent le volant, poussèrent les gaz à fond et propulsèrent leurs véhicules contre les murs qui restaient encore debout.

— Qu'est-ce qu'on fait, Marcus ? demanda Masha. On ne peut pas les laisser détruire notre habitat !

Les murs en préfabriqué s'effondraient les uns après les autres. Matériel et équipement médical volaient en éclats. La table d'opération et le Scialytique furent projetés dans ce qui restait de la cuisine.

— On va se positionner en cercle autour d'eux, suggéra Marcus. À ce rythme de destruction, les plafonds vont bientôt s'écrouler. À l'instant où ça se produit, on fonce tous ensemble sur les chasse-neige et on leur pique les caisses d'explosif. Dès que ce sera fait, on pourra utiliser les lance-flammes. Compris ?

Masha et Vlad acquiescèrent.

— Et on s'abritera où, après ? demanda Vlad.

— Sous la glace. Dans le complexe de forage.

— Allez, on les encercle. Maintenant !

Telle une équipe de football américain après le *snap*, les trois rescapés se répartirent autour des chasse-neige. Inconscient de ce qui se préparait, Dario chantait des standards italiens tout en démolissant la station. Quant à Kalypso, si elle suivait du regard les mouvements des rescapés, elle ne comprenait pas à quoi ils rimaient.

Les survivants avaient du mal à se maintenir en cercle autour des deux chasse-neige car le déplacement des engins n'était pas coordonné. De plus, Vlad, Masha et Marcus n'étaient que partiellement équipés pour l'extérieur. Ils n'avaient ni gants ni bonnet et les particules de glace que le vent transportait leur piquaient le visage et les mains.

Lorsque des portions de faux plafond s'effondrèrent enfin sur les engins, les survivants profitèrent de la diversion pour se ruer ensemble sur les véhicules. Si Marcus put sans problème subtiliser la caisse d'explosif à Kalypso, Masha eut du mal à soulever celle, trop lourde, de Dario. Vlad vint aussitôt lui prêter main-forte, mais le petit retard de Masha lui coûta une profonde morsure au bras.

Elle hurla de douleur.

Folle de rage, elle retourna son lance-flammes vers celui qui l'avait infectée et l'actionna. Une étroite langue de feu jaillit du canon et embrasa l'Italien, le faux plafond et jusqu'au véhicule qu'il conduisait.

Dario se jeta au sol en feulant et roula sur lui-même pour tenter d'éteindre les flammes. Craignant une explosion du chasse-neige, Marcus se précipita vers Masha pour l'exfiltrer. Mais celle-ci, hypnotisée par la haine, voulait poursuivre l'immolation.

Il eut tout juste le temps de la mettre à couvert avant que la déflagration se produise.

Tandis que les survivants quittaient les lieux, ils croisèrent l'expression ambiguë de Kalypso. Elle savourait le chaos qu'elle avait engendré. L'habitat était en ruine et bientôt Masha viendrait grossir ses rangs.

Ce n'était que partie remise.

48

Retour au présent
Fiordland,
Nouvelle-Zélande

En descendant vers le sud, la ville laissait place à un paysage de légende, fait de forêts sauvages, de lacs mystérieux et de montagnes escarpées. C'est en progressant vers la mer que des glaciers gigantesques avaient sculpté ces pains de sucre. Ils pouvaient atteindre mille cinq cents mètres de haut. Et leurs sommets déchiquetés et enneigés semblaient se rapprocher les uns des autres. Leur reflet, dans les lacs, était si parfait que, sans la gravité, l'homme aurait été incapable de distinguer le haut du bas.

— C'est trop beau, papa, fit le petit garçon, émerveillé.

— Quand j'étais petit, avec mes parents, on passait toutes nos vacances dans le Fiordland. C'est sans doute ce qui m'a poussé à devenir explorateur.

Le regard de Marcus s'attarda sur les mains de l'enfant qui ne portaient plus de traces de brûlure.

Elles avaient guéri aussi vite que les cicatrices laissées par les balles.

— On va où, papa ?

— Là où personne ne nous trouvera. Tu ne t'en souviens pas, mais… c'était notre endroit.

Nateo se tourna vers Marcus et put lire dans ses yeux une détermination sans faille qui valait bien la sienne. Il semblait vouloir un fils autant que lui voulait un père.

— Trois ans ? s'enquit Nateo.

Marcus se tourna vers lui et fronça les sourcils, l'air interrogateur.

— Tu as passé trois ans à me chercher ? précisa l'enfant.

Son père réfléchit un moment à ce que dissimulait cette question.

— Deux, surtout. J'avais promis à ta mère que je te retrouverais.

— Mais tu ne m'as pas retrouvé, papa. Je ne suis pas lui, tu sais ?

C'était donc ça qu'il souhaitait aborder.

— Je sais.

— Depuis quand ?

— Depuis un moment.

— Mais alors, pourquoi tu m'aides ?

— Je ne sais pas. C'est plus fort que moi.

— Et… tu n'as pas peur que je te fasse du mal ?

Marcus secoua la tête en souriant tristement.

— Ta présence ne peut pas me faire plus de mal que ton absence.

Nateo médita longuement le sens de ces paroles avant de demander :

— Et… le Nateo que tu as perdu, est-ce qu'il nous en veut, tu crois ?

La question que Marcus refusait de se poser venait d'être énoncée.

Profondément ému, il se tourna vers ce petit garçon si perspicace qui lisait en lui comme dans un livre ouvert.

— C'est la chose la plus difficile qu'on m'ait jamais demandée, parvint à articuler Marcus. Mais… il n'y a que lui qui pourrait te répondre. Et il n'est pas là pour le faire. Qu'est-ce que tu en penses, toi, Nateo ? Tu le connais mieux que moi.

— Non. Personne ne le connaît mieux que toi.

Ils échangèrent un long regard. Marcus chercha la réponse dans son cœur et ne parvint pas à la trouver.

— Tu n'aurais pas dû m'aider à fuir, papa, dit l'enfant.

— Je sais.

La sonnerie du téléphone de Marcus vint interrompre leur échange. Il attrapa son portable et, en apercevant le nom qui s'affichait sur l'écran, hésita longuement à répondre. Mais il finit par prendre l'appel.

— Monsieur Taylor ? fit Cooper à l'autre bout du fil. Je ne sais pas ce que vous avez en tête, mais… il vaudrait mieux pour Nateo que vous le rameniez. Il a besoin de soins, monsieur Taylor, et ce qui s'est passé durant son transport ne permet plus d'en douter.

Marcus jeta un regard vers son fils qui s'était mis à dessiner avec son doigt dans la poussière collée à la vitre. Difficile d'imaginer que ce petit garçon était responsable d'un carnage.

— Je comprends que vous fassiez votre devoir de flic, détective, répondit Marcus, mais moi, je fais juste mon devoir de père.

— Deux des trois gardiens que Nateo a exécutés étaient justement des pères de famille, monsieur Taylor. Ils laissent derrière eux trois enfants de deux, quatre et six ans.

La nouvelle affecta profondément Marcus.

Cooper se tourna vers Williams et Jones, qui tentaient de localiser l'appel. Ils lui firent signe de faire durer la communication.

— Nateo a déjà quatre victimes à son actif, poursuivit le policier. Et peut-être cinq puisqu'il semble être lié à la mort du docteur Clyde Anderson.

Affecté par la nouvelle, Marcus regarda vers Nateo qui poursuivait son dessin sur le carreau.

— Imaginez les dégâts qu'il peut continuer à faire si on ne le soigne pas.

Marcus ramena le portable sous ses yeux pour vérifier sur l'écran que la durée de l'appel ne permettait pas encore de le localiser. Rassuré, il décida malgré tout de conclure :

— J'apprécie que vous vous inquiétiez pour lui, détective. Vous avez toujours été d'une grande aide pour notre famille, surtout quand Nateo a disparu. Mais, je le jure devant Dieu, si vous ou qui que ce soit d'autre prenez le risque de venir le chercher, ce n'est pas à lui que vous aurez affaire, c'est à moi. C'est mon fils, détective. Et c'est à moi de trouver une solution.

Et il raccrocha.

Cooper se tourna vers ses hommes, dans l'espoir qu'ils aient réussi à localiser l'appel, mais ils secouèrent la tête, déçus.

Marcus tapota le genou de Nateo : *tout va bien*.

— Et c'est quoi, la solution que tu as trouvée ? demanda l'enfant en lançant à son père un regard hostile.

Marcus se tourna vers son fils, mais était-ce vraiment lui qui venait de poser cette question ?

Sur le carreau, derrière l'enfant, les mots « SAUVE-MOI » que Nateo venait de tracer avant de perdre le contrôle, constituaient une mise en garde. Marcus tenta de dissimuler son malaise en dédramatisant :

— Euh… la solution, c'est déjà de ne pas rater la prochaine station-service car elles sont rares dans le coin. On fera le plein et on achètera à manger et à boire. Ça te va ?

— Tu n'as pas répondu à ma question, « papa ». C'est quoi, ta solution ?

— Je te le dirai quand je la trouverai, d'accord ? répondit le père sèchement.

— Tu es fâché contre moi ?

— Non. Je suis juste fatigué.

L'enfant regarda Marcus pendant un moment, puis se redressa sur son siège. Sa posture était étrange. Elle semblait subtilement différente.

— Tu magouilles quelque chose contre moi, avec ce policier, c'est ça ?

— Moi ? Non. Il aimerait bien, cela dit.

Un silence tendu s'ensuivit.

— Qu'est-ce qu'il t'a dit ?

— Rien ! Il voudrait que je te ramène, c'est tout. Et tu m'as entendu lui répondre.

L'enfant le fixa avec suspicion, puis il se tourna vers la fenêtre et aperçut le message tracé sur la vitre. Contrarié, il l'effaça du poing.

49

L'avion de Jetstar atterrit à Queenstown en fin d'après-midi. Matapo avait profité de l'heure de vol pour dormir comme un bébé.

Tandis qu'elle traversait l'aérogare, en tenant le bras du vieil aveugle, Abby était au téléphone avec son père.

— Et le docteur a dit quoi ?… Formidable. Je peux lui parler ?… Hé, Liam… oui, mon vol s'est bien passé. Mais c'était juste une heure, tu sais ? Je ne suis pas très loin. On est habitués à plus long, tous les deux… Je sais pas encore quand je rentre, mon prince, mais dès que je sais, je t'appelle, d'accord ? Bon, et puis, euh… plus de coup de boule à la baignoire, hein ? Elle a compris, maintenant, je crois… Moi aussi, je t'aime, mon cœur. Bisou maori en FaceTime ?

Elle enclencha l'application et, quand elle aperçut son fils, elle approcha son front contre la caméra du portable.

— Travaille bien, maman.

— Merci, mon prince.

Elle raccrocha et demeura songeuse.

— Vous êtes une bonne maman.

— Pas vraiment, mais… j'y travaille.

Ils s'arrêtèrent devant le présentoir de journaux d'une boutique : les visages de Marcus et de Nateo s'étalaient en première page des différents quotidiens et magazines.

Difficile pour eux de passer inaperçus, songea Abby.

Elle saisit un exemplaire du *Herald* et se tourna vers Matapo.

— Je vais prendre à boire et à manger. Vous avez une préférence ?

— Red Bull et chocolat noir 100 % de cacao.

La commerçante les dévisagea.

Même si Abby s'était habituée au look singulier du vieux Maori, son visage couvert de tatouages rituels et ses vêtements traditionnels attiraient immanquablement les regards. Sans parler d'elle avec sa démarche claudicante.

Ne trouvant pas exactement dans les rayons ce que son compagnon désirait, elle demanda :

— Euh… 90 %, ça peut le faire ?

— Ça peut le faire, merci, répondit Matapo en souriant.

La profileuse ajouta des bouteilles d'eau et des barres de céréales et se dirigea vers la caisse pour payer.

La halte suivante fut consacrée à la location d'une voiture.

— Il vous faut un 4 × 4, déclara l'employé.

— À boîte automatique.

— Pas de problème. Ils sont tous équipés de GPS, mais niveau réseau, le Fiordland, c'est pas top. Je vais vous fournir une bonne vieille carte routière.

— Ne vous donnez pas cette peine, jeune homme, fit le vieil aveugle en pointant le ciel. J'ai mon propre système de localisation.

— Vraiment ? sourit l'employé en se tournant vers Abby.

— Il est très connecté, assura-t-elle, mais donnez-moi quand même la carte, on ne sait jamais.

— Paradise, ça vous dit quelque chose ?

— Bien sûr, ouais. Très sauvage, hein ? Ils ont tourné plein de scènes du *Seigneur des anneaux* dans ce coin-là. C'est au pied du Mount Earnslaw... à peu près à une heure de route d'ici.

— Un refuge aux alentours ?

— Sûrement, mais... je pourrais pas vous dire.

Il déplia la carte et marqua l'endroit d'une croix. Ce qui ne les empêcha pas de se perdre, à peine sortis de l'aéroport. Heureusement, l'omniprésence des montagnes les ramenait toujours vers le lac Wakatipu.

Tout en conduisant, Abby parcourait du regard la carte qu'elle avait étalée sur le tableau de bord.

— Vous vous en sortez ? Parce que... comme copilote, y a mieux...

— Je crois que ça va aller, oui, fit-elle en souriant.

— Vous croyez ? C'est un bon début. Il va falloir croire très fort.

Plus ils s'enfonçaient dans le Fiordland, plus les paysages étaient spectaculaires. Ils donnaient l'impression d'avoir été arrachés à la croûte terrestre par la main d'un géant.

— Je peux vous poser une question ? demanda le vieil aveugle, sa tablette de chocolat bien entamée à la main.

— Bien sûr.

— Votre installation en Nouvelle-Zélande, c'est un choix ou une fuite ?

— Les deux, fit Abby sans détour.

Matapo apprécia sa sincérité.

— Et… vous fuyiez quoi exactement ?

— Notre ennemi commun, peut-être…

Le vieux sage hocha la tête en mastiquant. Elle se tourna vers lui et, en le voyant se délecter des senteurs de cacao et de la fraîcheur de son Red Bull, elle douta soudain de la confiance qu'elle avait placée chez ce médium fantasque. Aussi lui demanda-t-elle, comme pour le tester :

— En admettant que Nateo soit vraiment mort, qu'est-ce qui le pousserait à vouloir aider celui qui… qui lui a volé sa place ?

— Les sentiments que son père semble éprouver pour lui.

La réponse avait été décochée avec une conviction totale, preuve que Matapo avait déjà posé la question. Et qu'il avait obtenu une réponse.

— Et euh… comment vous comptez vous y prendre pour le… « libérer » du Makutu ?

— Je sens une once de scepticisme dans votre voix, fit remarquer Matapo.

— J'ai déjà assisté à des exorcismes, expliqua Abby. Et j'ai trouvé ces rituels dangereusement suggestifs. Parfois j'avais même l'impression qu'ils pouvaient inspirer la notion de possession là où elle n'existait pas auparavant.

— Vous pensez vraiment qu'elle n'existe pas chez Nateo ?

Abby était incapable de répondre à cette question, dans un sens ou dans l'autre. L'hypothèse qu'elle avait développée jusqu'ici n'intégrait pas la notion d'un Nateo mort.

— Ce qui est passionnant chez les sceptiques, poursuivit le vieux Maori, c'est qu'ils sont toujours à la recherche de preuves. Mais seraient-ils capables de croire s'ils en trouvaient ? Ou douteraient-ils de leur propre jugement ?

— Vous ne doutez jamais, Matapo ?

— Sans arrêt. Tenez, par exemple, depuis que vous avez accepté de me suivre, je me demande si Nateo m'a vraiment parlé ou si c'est moi qui veux croire qu'il me parle.

Abby lui décocha un regard en biais que sa cécité l'empêcha de capter. Aussi ajouta-t-elle :

— Vous plaisantez.

— Oui, fit-il avant d'avaler une gorgée supplémentaire de Red Bull.

— Comment ça se passe, un « *Makutu lifting* » ? Vous aspergez le possédé d'eau bénite et vous récitez des incantations ?

Il se tourna vers elle et la fixa longuement sans la voir.

— Désolée, soupira Abby, gênée. J'ai passé tout le vol à chercher des explications sur Internet, mais je n'ai pas trouvé grand-chose. Il y avait juste un mot qui revenait souvent : *karakia*. C'est quoi exactement ?

— *Karakia* veut dire « incantation », « prière » en maori. C'est une cérémonie au cours de laquelle on appelle la nature à l'aide. Les éléments. L'eau, principalement. Mais peu de gens sont ouverts à cela, car cela signifie accepter la destruction.

— La destruction ?

— Oui. Le cycle de la nature. Sans la mort, il n'y a pas de renaissance. Le Makutu ne respecte pas le cycle. Il le pervertit. Son seul but est de contaminer les esprits pour utiliser les corps à sa façon.

— Mais… si Nateo est mort ?

— Pas pour Marcus. Un homme en deuil dont la blessure ne s'est jamais refermée, c'est un client idéal pour le Makutu. L'amour, la décence, c'est de ça qu'il se repaît. Il va saigner à blanc cette famille et, quand il en aura fini avec elle, il en trouvera une autre à infecter.

Abby demeura sans voix, prisonnière d'un silence hanté.

Les traits de Matapo s'adoucirent.

— Ne vous inquiétez pas, docteur Murphy. Nateo vous protégera de là-haut.

— Et vous d'en bas, c'est ça ?

Un sourire candide révéla les dents manquantes de Matapo.

— Je ne suis qu'un vieil homme, vous savez ? Un vieil homme faible. Je n'ai aucun pouvoir qui ne me soit donné. Privé de vue depuis ma naissance, je vis dans les ténèbres. Et je les connais bien. Mais je rêve de lumière. Et s'il y a bien une chose que les ténèbres craignent, c'est la lumière. Est-ce que votre foi est forte, docteur Murphy ?

50

Un an plus tôt
Antarctique

Le vent rugissait et fouettait les visages des trois survivants qui fuyaient les ruines de la base en s'agrippant aux cordes repères. Masha ouvrait la marche en brandissant une torchère au-dessus de ses collègues pour rompre les ténèbres de la nuit australe. Derrière elle, Vlad et Marcus pressaient le pas en transportant les caisses d'explosif arrachées à leurs ennemis. Tout en luttant contre la tourmente, ils ne cessaient de se retourner pour s'assurer qu'ils n'étaient pas suivis.

Le complexe de forage se trouvait à une vingtaine de mètres du bâtiment principal, mais la tempête qui faisait rage donnait aux rescapés l'impression de parcourir des kilomètres, d'autant que la visibilité était presque nulle. Mais bientôt, surgissant des embruns glacés, l'impressionnante silhouette du derrick se dressa devant eux.

Vlad et Marcus ne furent pas trop de deux pour soulever la trappe gelée qui permettait d'accéder à l'édifice souterrain. Masha passa la première et les garçons s'y engouffrèrent l'un après l'autre.

Ils verrouillèrent la trappe derrière eux.

Creusé sous dix mètres de glace, le laboratoire de forage permettait d'étudier minutieusement les cristaux et autres bulles que présentaient les carottes prélevées. Il y avait là une minirégie vidéo reliée à des caméras extérieures qui permettaient aux scientifiques présents de visualiser ce qui se passait en surface, comme en profondeur. Un coin cuisine offrait la possibilité de déjeuner sur place et des radiateurs portatifs à propane permettaient un appoint de chaleur, si nécessaire. Mais, la plupart du temps, l'effet igloo suffisait à assurer une température bien plus douce qu'à l'extérieur.

Vlad se mit à parcourir les galeries et pièces du complexe souterrain à la recherche de tout ce qui pouvait être utile pour se vêtir, se nourrir ou se défendre, avant l'arrivée des secours. Quant à Marcus, il n'avait à sa disposition pour soigner Masha que la trousse de survie de l'atelier de forage.

— Je vais retourner à l'infirmerie chercher de quoi fermer cette plaie, dit Marcus, frustré.

— Quelle infirmerie ? rétorqua Masha. Elle est en miettes !

— N'empêche qu'il doit rester du matos sur place : de quoi te recoudre et arrêter les saignements…

— Si je faisais une hémorragie, je serais déjà en hypotension.

— Tu as quand même besoin de…

— Ça n'arrivera pas, alors oublie l'affaire.

— Je vais désinfecter la plaie et te faire un bandage avec ce que j'ai, que ça te plaise ou non, alors assieds-toi et laisse-toi faire, pour une fois.

Masha baissa la garde et s'installa sur le vieux canapé fatigué qui avait accueilli bien des foreurs depuis 1959.

— Ça va aller, la rassura Marcus. La température est remontée à – 35, ce qui veut dire que les secours vont bientôt arriver. On va juste se terrer ici en attendant.

— En attendant quoi ? Que je me transforme en papillon ?

Marcus ignora le pessimisme de la biologiste et continua de positiver :

— Elle est pas mal, finalement, cette trousse de survie russe ! Il y a même une dose d'antibiotique à large spectre, tu le crois, ça ?

— Pas assez large pour ce que j'ai.

Marcus planta l'aiguille d'une seringue dans la dosette et s'installa au chevet de Masha en disant :

— On va quand même te donner une chance de combattre cette saloperie, d'accord ?

Elle hocha la tête, les larmes aux yeux.

— Tu vas t'en sortir, conclut-il en faisant la piqûre.

— Et moi qui te prenais pour un pessimiste.

— Je cache bien mon jeu.

Masha sourit, réconfortée par ce trait d'humour.

— Ils sont de plus en plus rapides, tu as remarqué ? lui confia-t-elle en évitant de regarder la morsure. La métamorphose a dû booster toutes leurs fonctions organiques, pas juste leur système immunitaire. Tu crois qu'ils se souviennent de qui ils étaient avant ? Si leur cerveau est boosté, leur mémoire l'est peut-être aussi, non ?

— Tu penses pouvoir les raisonner, c'est ça ?

— Non, c'est juste que Yuri se souvenait de nous, et pas juste du présent, du passé aussi, du fils qu'on a perdu. Tu crois qu'il essayait de combattre de l'intérieur la force qui le contrôlait ou qu'il était juste spectateur du viol de son intimité ?

— Tu te fais du mal, Masha.

— Tu crois qu'on est juste une collection de souvenirs, Marcus, ou est-ce qu'il y a quelque chose d'autre ?

— Tu veux dire quoi ? Une âme ?

Elle haussa les épaules.

— Tu parles à une biologiste, Marcus… Je veux dire au moins des sentiments ! Si c'est le cas, il y a peut-être un moyen de communiquer avec eux. Ils écoutent, ils parlent, donc ils comprennent.

— Ils devinent aussi, fit Vlad en les rejoignant avec une caisse de provisions qu'il avait récupérée dans les galeries. Dario *savait* que Masha allait lui piquer la caisse d'explosif avant qu'elle le fasse.

— Comment il aurait su ? rétorqua Marcus. Son chasse-neige était derrière une paroi quand j'ai piqué la mienne à Kalypso.

Un même malaise s'afficha sur les visages de Marcus et de Masha.

— L'esprit de ruche…, déduisit-elle. Une conscience collective… Ils ont été infectés par la même bactérie, donc…

— … ce que l'un voit, ils le voient tous, conclut Marcus.

— C'est pas vrai, je le crois pas ! s'exclama Vlad devant le moniteur de contrôle.

Masha et Marcus le rejoignirent. Sur les écrans, malgré le faible éclairage de la lune, deux silhouettes humaines se dirigeaient vers le site de forage. Vlad pianota sur le clavier de la régie numérique et la caméra de surveillance effectua un zoom. L'image nocturne était granuleuse, mais elle permettait malgré tout d'identifier un physique calciné : celui de Dario.

— Mais je l'ai brûlé ! s'écria Masha, qui refusait de croire ce qu'elle voyait.

— Pas assez, apparemment, estima Vlad.

— Quoi, la bactérie serait capable de régénérer ça aussi ? dénia Marcus.

— S'il reste de la chair, peut-être… Tu crois que les autres… ?

— Non, la coupa Marcus.

51

Retour au présent
Fiordland,
Nouvelle-Zélande

Une lourde pluie avait commencé à tomber juste après qu'ils eurent atteint Cromwell, réduisant considérablement la visibilité. Mais l'enseigne lumineuse Z de la station-service veillait sur les conducteurs égarés comme un phare dans la nuit. Ainsi le pick-up quitta-t-il la State Highway 8B pour se ranger sous les néons des pompes de Z Energy.

Fasciné, Nateo observait les trombes d'eau qui martelaient le décor, provoquant autour d'eux un minidéluge.

— Je vais vite aller chercher à manger, expliqua Marcus. Tu restes dans la voiture, OK ? Le pompiste va arriver pour faire le plein. Fais en sorte qu'il ne voie pas ton visage, d'accord ?

Marcus dissimula le sien sous une casquette à large visière et une capuche et poussa un sprint vers le magasin à travers les vagues déferlantes. Il croisa le pompiste à mi-chemin et lui hurla quelque chose que l'employé ne comprit pas étant donné le niveau sonore ambiant. Néanmoins, aucun des deux ne crut bon de s'attarder sous l'averse et chacun poursuivit sa course.

Arrivé à l'arrière du pick-up, le pompiste était détrempé. Il pesta contre la météo et contre son patron qui l'obligeait à servir les clients pour soi-disant faire la différence avec les grandes surfaces. Son ressentiment se mua en dégoût en apercevant cette silhouette d'enfant sur le siège passager qui restait tranquillement au sec, pendant que des esclaves comme lui devaient le servir sous la pluie.

La vitre de la portière se baissa lentement et le pompiste cria par-dessus le vacarme :

— Combien et quel type de carburant ?

La silhouette de Nateo se tapit dans l'ombre, sans oser répondre.

— Hé ! T'es sourd, ou quoi ? répéta-t-il en se penchant pour être mieux compris. Essence ou diesel ?

Nateo détourna le visage.

— OK. Ben, au hasard, alors.

L'employé retourna aux pompes, décrocha le premier pistolet qui lui tomba sous la main et l'introduisit dans le réservoir. Il enclencha la pince de verrouillage, laissa le plein se faire et revint vers la place du passager.

— Je te fais le plein de sans plomb. J'espère pour ton père que c'est pas un diesel, connard !

La réplique ne tarda pas. À travers la pluie battante, une main surgit de l'habitacle à la vitesse d'un projectile et attrapa le pompiste à la gorge. L'employé essaya de crier et de se dégager, mais la puissance de la poigne était telle qu'il en était incapable. Les doigts de l'enfant s'enfonçaient dans la chair de son cou comme des pointes sous le marteau d'un forgeron.

À l'intérieur du magasin, Marcus finissait de payer ses achats lorsqu'il remarqua, du coin de l'œil, la lutte cauchemardesque qui se déroulait devant les pompes. La force qui séquestrait l'employé l'aspirait implacablement par la fenêtre ouverte, en dépit de l'agitation frénétique de ses jambes. Ses cris étaient suffisamment perçants pour être entendus malgré le vacarme du déluge.

— Oh, mon Dieu ! s'écria la vendeuse. Qu'est-ce qui se passe là-bas ?

Marcus déposa de l'argent sur le comptoir et se précipita dehors. Il courut vers le pick-up et arriva juste à temps pour voir la portière passager s'ouvrir et le corps meurtri du pompiste en être éjecté.

— Mon Dieu, Nateo, qu'est-ce que tu as fait ?

L'enfant leva les yeux vers son père. Sa bouche souriante dégoulinait du sang de sa victime et ce regard fiévreux qu'il arborait n'était pas le sien.

La voiture démarra en trombe, arrachant le pistolet de carburant qui continua de déverser son essence, laquelle se mélangea à l'eau de pluie.

Un long silence hors d'haleine remplaçait les mots que l'on ne trouvait pas. L'air de l'habitacle était épais et difficilement respirable. Il pleuvait tellement fort que les essuie-glaces avaient du mal, même à pleine vitesse, à dégager le pare-brise. Les phares des voitures arrivant en sens inverse aveuglaient Marcus par intermittence, rendant la conduite particulièrement dangereuse.

S'ils n'avaient pas eu désespérément besoin de fuir, il se serait arrêté et aurait attendu que la tempête cesse.

La silhouette d'une ancienne mine d'or transformée en musée se profila sur sa droite. Marcus quitta la route et s'arrêta sur son parking désert.

Il coupa le moteur et éteignit les phares.

On n'entendait plus que la pluie gifler la tôle de l'habitacle sous la pleine lune. Les deux occupants n'étaient plus que deux ombres en quête de rédemption, qui tentaient d'accepter l'inacceptable.

Marcus fut le premier à oser un regard vers le petit garçon, sur le siège passager. Le bas de son visage était couvert de sang séché, mais il reconnut son fils. Alors, il prit des mouchoirs en papier dans la boîte à gants, en mouilla quelques-uns en sortant son bras par la fenêtre. Puis il entreprit de nettoyer Nateo.

— Je suis désolé, papa, sanglota l'enfant, je ne voulais pas faire ça.

— Ça va aller. On va trouver une solution.

— Il sort de plus en plus, maintenant. Ça va plus vite…

— Regarde-moi, Nat… Regarde-moi ! On va s'en sortir, d'accord ?

— Et si on n'y arrive pas ?

— On y arrivera.

— Et si on n'y arrive pas ?

Son fils le regardait avec une rare intensité qui l'obligeait à faire face à cette éventualité. Et la demande tomba, insupportable.

— Je veux que tu m'aides à mourir, papa. Je ne veux pas devenir lui. Promets-moi que tu m'aideras.

Bouleversé par cette demande qu'aucun père ne pouvait honorer, Marcus baissa la tête, impuissant. Il était au comble du supplice.

— Papa ? J'ai besoin que tu me répondes. Avant que je puisse plus te le demander.

— Je… je vais trouver une solution, se défendit Marcus, les larmes aux yeux.

— Et si tu la trouves pas ?

— J'ai une idée, dit-il en essuyant ses larmes. J'ai… juste un coup de fil à passer et…

— C'est ma vie, papa. Et je veux pas qu'un démon la vive à ma place. Promets-moi.

Ces derniers mots creusèrent un peu plus la tombe dans laquelle Marcus s'enlisait. Et, lorsqu'il trouva enfin la force d'en sortir, il murmura l'inqualifiable :

— Je te le promets, Nat. Je te le promets.

Alors Nateo se blottit tendrement contre son père, qui passa son bras autour de ses épaules.

52

L'évasion meurtrière de Nateo avait bouleversé Raïana au point qu'elle en avait perdu la notion du temps. Elle s'était réfugiée dans la maison de Fendalton, pensant y retrouver un centre de gravité, mais c'était le contraire qui s'était produit. Tout, dans ce décor, lui rappelait le nid qu'elle avait quitté. Les bibelots qu'elle avait achetés, les photos sur les murs, la table qu'elle avait construite avec Marcus. Et jusqu'aux livres qui lui en voulaient de ne pas avoir été lus.

Tout ce que l'on appelait famille, chaleur et intimité s'écroulait autour d'elle. La vie ne vous faisait pas de cadeaux. Un jour, la joie et l'espoir des retrouvailles, le lendemain, les sables mouvants du remords.

En allant chercher à boire dans la cuisine, Raïana trouva le plateau que Marcus lui avait préparé le matin, avant d'aller au tribunal, au cas où l'envie de revenir à la maison s'avérerait plus forte que sa fierté. Comment savait-il qu'elle viendrait s'y réfugier ?

Il y avait là son café favori servi avec une touche de chocolat et la tranche de comté qu'elle adorait. Les familles fonctionnent avec ces petites habitudes qui semblent si naturelles quand tout va bien, mais deviennent si douloureuses quand elles perdent leur raison d'être.

Elle scruta le plateau, se sentant vide, stupide et coupable. Elle ne savait pas si elle devait pleurer, hurler ou s'enfuir.

La sonnerie de l'entrée vint l'arracher à ses pensées. Lorsqu'elle ouvrit la porte, la vision de Cooper, debout sur le seuil, la déstabilisa un peu plus.

— Madame Taylor, je peux entrer deux minutes ?

— Bien sûr.

Il franchit le seuil et son regard fut aussitôt attiré par le poste de télévision, sur lequel défilaient en boucle des images de la tuerie dont Nateo s'était rendu coupable. Des témoins avaient filmé l'évasion sur leurs téléphones portables, mais aussi la fuite de l'enfant avec son père.

Tout en servant un café au policier, Raïana lui raconta les événements dramatiques qu'elle avait vécus la veille. Et d'abord sa conversation téléphonique avec Clyde Anderson, lui révélant que le génome de Nateo présentait « plusieurs anomalies susceptibles d'avoir un terrible impact sur son comportement ». Puis cet étrange accident qui avait coûté la vie au médecin, juste avant le rendez-vous où il était censé lui fournir les preuves.

— Vous sous-entendez quoi, madame Taylor ? Que quelqu'un aurait provoqué cet accident pour éviter qu'il ne vous les montre ?

— Je ne sais pas. Je ne veux pas avoir l'air d'une complotiste, mais j'étais sur place, détective, et les mouvements des différents véhicules impliqués étaient comme chorégraphiés. De plus, Anderson n'était pas simplement mort, il était décapité.

Raïana ne put retenir ses larmes. Incapable de rester en place, elle quitta la cuisine et alla s'asseoir dans le divan du séjour. Cooper la suivit en respectant son espace.

— J'aimerais tellement pouvoir en parler avec Marcus, sanglota-t-elle.

Profitant de l'ouverture qui se présentait, Cooper avança ses pions :

— Madame Taylor, il faut que vous m'aidiez à ramener votre mari à la raison. Nateo a besoin de soins, ce qui s'est passé durant son transport ne permet plus d'en douter. Votre fils a déjà quatre victimes à son actif.

— Ce n'est pas mon fils.

— Madame Taylor… imaginez les dégâts qu'il peut continuer à faire si on ne le soigne pas.

Tout en écoutant le détective, Raïana jetait des coups d'œil angoissés vers la télévision d'où pouvait, à tout moment, jaillir des nouvelles concernant Marcus et Nateo.

— Est-ce que vous auriez une idée de l'endroit où ils pourraient se rendre ?

— Demandez à votre collègue. Elle m'a posé la même question.

— Ma collègue ? Vous voulez parler de la docteur Murphy ?

— Oui. Je lui ai parlé du refuge où nous allions souvent tous les trois, au-dessus de Paradise, près de Queenstown.

— Merci, madame.

Cooper tourna les talons et partit précipitamment, laissant derrière lui une Raïana totalement perdue, se demandant si elle avait bien fait d'aider la police.

Les commentaires du journaliste évoquant la cavale lui firent lever les yeux. Les photos de Nateo et de Marcus s'affichaient ensemble sur l'écran, dans un appel à témoin qui faisait d'eux des fugitifs :

« *Les ferrys du détroit de Cook et les aéroports sont sous surveillance, et des barrages ont été mis en place sur les différents axes routiers...* »

Ne supportant plus ce qu'elle entendait, Raïana éteignit le poste. Elle se leva, arpenta le living et se demanda soudain si Marcus n'avait pas essayé de la joindre. Elle alluma son portable mais n'y trouva aucun message.

Elle se connecta ensuite à son adresse e-mail et chercha fiévreusement dans sa boîte de réception un courrier en provenance de Marcus.

Elle n'en trouva aucun. Sans doute craignait-il que la police l'intercepte et s'en serve pour le localiser ?

Parmi ses spams, figurait un e-mail de Clyde Anderson portant la mention « Nateo ».

Son cœur se mit à frapper fort contre sa poitrine. Elle était tiraillée entre l'envie de savoir ce qu'il contenait et la peur de le découvrir. Sans l'avoir vraiment décidé, elle double-cliqua sur l'icône...

Une fenêtre s'ouvrit, faisant apparaître une vidéo en pièce jointe.

Raïana hésita encore.

Elle prit une profonde inspiration et cliqua sur *lecture*.

Il y eut un flash de parasites, puis une image. Clyde Anderson recula pour faire face à la caméra. Il était très nerveux et parlait à voix basse, comme s'il avait peur d'être entendu.

— Si vous regardez cette vidéo, madame Taylor, cela veut dire que nous n'avons pas pu nous rencontrer et que… je suis probablement mort, à l'heure qu'il est. Mais, comme tout paranoïaque qui se respecte, j'ai prévu un plan B. Et ceci *est* mon plan B.

Il s'interrompit un moment et prêta l'attention hors cadre, comme s'il avait entendu quelque chose. Puis il regarda à nouveau la caméra et poursuivit son message :

— En vérité, il n'y a pas de façon délicate de vous expliquer ça, alors je vais juste me lancer et je m'excuse d'avance si, parfois, mes propos vous sont pénibles.

Il se tourna vers son bureau et saisit son ordinateur en prenant soin d'orienter l'écran vers l'objectif.

— Comme je vous l'ai dit, le caryotype de votre fils révèle la présence d'un deuxième génome qui semble agir en symbiose avec le sien. Or, d'après les tests que j'ai réalisés sur le sang de Nateo et dont vous voyez les images ici, capturées au microscope électronique, la souche étrangère a tendance à phagocyter la sienne. À prendre le contrôle. Exactement comme le font les parasites. Du coup, d'autres instructions sont données à son organisme et son comportement peut changer, de manière inattendue.

Les yeux de Raïana étaient rivés à l'écran. Elle était pendue aux lèvres du médecin. Ce qu'il racontait était pire que tout ce qu'elle avait pu imaginer, mais elle y trouvait une explication à son manque de sentiments maternels envers l'enfant.

— Le but ultime du parasite qui infecte Nateo en ce moment, madame Taylor, est de neutraliser le plus possible la personnalité de votre fils, sa volonté, de manière à ce que ses actions ne compromettent pas la survie du parasite et la possibilité qu'il aura de se propager par infection quand son hôte arrivera à maturité.

Clyde replaça l'ordinateur sur le bureau, fit à nouveau face à la caméra et poursuivit :

— Alors vous allez me dire : « Quand aura lieu cette maturité ? » C'est très simple : à la puberté, quand les caractères sexuels primaires et secondaires se manifesteront. À ce moment-là, nous ne parlerons plus d'un enfant, madame Taylor, mais d'une bombe humaine, prête à infecter tout ce qui croisera sa route.

Raïana avait du mal à en entendre davantage. La vérité était trop horrible pour être supportée.

Clyde s'approcha et regarda droit dans l'objectif.

— Il faut soigner Nateo avant qu'on en arrive là, madame Taylor. Il doit être possible de trouver un traitement antibiotique qui neutralise le parasite. Montrez cet enregistrement à votre mari. Je le sais capable de soulever des montagnes quand il s'agit de son fils.

Soudain, Clyde s'arrêta de parler. Il sembla prêter l'oreille au-delà de son champ de vision. Puis, sans prévenir, il se leva d'un bond et quitta le cadre précipitamment. Il y eut un bruit de tâtonnement et d'électricité statique, puis l'image disparut.

53

La pluie avait cessé. Le ciel s'éclaircissait et une lune pâle, aux trois quarts pleine, brillait sur la cime humide des grands conifères. Le 4 × 4 de location grimpait des côtes de plus en plus abruptes. Les derniers kilomètres s'étaient opérés dans la plus grande solitude. Cela faisait une bonne demi-heure qu'Abby et Matapo n'avaient pas croisé le moindre véhicule.

Le paradis des Taylor était un refuge accroché, trente mètres plus haut, au pain de sucre qui surplombait Paradise. Au bord d'une chute d'eau, il était inaccessible en voiture. Il allait falloir s'y rendre à pied. Ce qui, pour quelqu'un atteint du syndrome Ehlers-Danlos, représentait un véritable calvaire.

— Je ne vois aucune lumière là-haut, remarqua Abby. Vous êtes sûr qu'ils sont ici ?

— Ils n'y sont pas encore. Patience…

Un bip de portable résonna dans le silence magique du Fiordland.

— Je rêve ou j'ai du réseau ?

Abby fouilla dans sa poche et en sortit son téléphone. Sur l'écran, des messages s'affichaient : trois de Cooper remontant à vingt-cinq minutes et un de Marcus, qu'il venait de déposer. De peur de perdre la barre de réception qui tenait du miracle, Abby bougea le moins possible. Elle actionna la lecture du message de Marcus en branchant le haut-parleur pour que Matapo puisse entendre :

— *Docteur Murphy ? C'est Marcus Taylor à l'appareil. Je ne sais pas ce qui me pousse à vous appeler... sans doute ce que vous avez écrit dans votre évaluation psychologique de Nateo. Quand vous évoquiez une « possession » plutôt qu'une maladie mentale, je n'étais pas... prêt à l'accepter, à ce moment-là. Mais les derniers événements auxquels j'ai assisté me font dire que... vous aviez sans doute raison. C'est un peu tard pour s'en rendre compte, mais... je tenais à ce que vous le sachiez.*

La communication s'interrompit.

Abby s'empressa d'appuyer sur la touche rappel mais, au bout de quelques secondes, la barre de réception disparut.

— Merde ! s'écria-t-elle en se tournant dans tous les sens pour tenter de retrouver du réseau.

— Qu'est-ce qu'il y a ? demanda Matapo.

— Je ne peux pas le rappeler pour lui dire où nous sommes.

— Nous sommes là où ils seront, répondit calmement le tohunga.

L'expression d'Abby, que Matapo ne pouvait pas voir, trahissait une sympathie grandissante pour ce vieux sage.

— Prête pour une petite randonnée ? demanda-t-il en enfilant sa besace sur l'épaule.

— Sur ce coup-là, je suis plus handicapée que vous. Je peux vous prêter ma vue, mais vos jambes ne me seront d'aucune utilité.

— Un lièvre aveugle et une tortue boiteuse. Je me demande ce que La Fontaine aurait fait de tout ça.

— Une fable à la morale douteuse ?

Le vieil homme laissa échapper un rire contagieux.

— Allez, attrapez le bas de ma veste mais ne tirez pas dessus, surtout. Je devrai faire des pauses, de temps en temps, pour reprendre mon souffle, ça ira ?

— J'ai tout mon temps, docteur Murphy.

— Arrêtez de m'appeler « docteur », ça me rappelle ma maladie. Abby, c'est plus simple, non ?

— Plus simple, oui, mais j'aime bien « docteur Murphy », c'est… rassurant.

— OK… rassurons, alors…

Abby entreprit une ascension en diagonale pour éviter la forte déclivité. Elle se servit des troncs d'arbre comme de béquilles tout en vérifiant sa stabilité en permanence. Des vrilles de lichen poilu pendaient des arbres et brillaient sous les rayons de la lune. Elles griffaient leurs bras, giflaient leurs visages. Au bord de la cascade, les pentes étaient si abruptes qu'elles ressemblaient à des falaises boisées. Par endroits, la végétation avait abdiqué, mettant à nu une bande de granit large comme un terrain de rugby et haute de cinquante étages.

— Avant l'arrivée de l'homme, les deux îles ne possédaient aucun mammifère, déclara Matapo en avançant à tâtons. Du coup, la forêt n'a pas de défenses naturelles contre les espèces nouvelles qu'il a introduites.

— Un monde sauvage sans la moindre araignée ou le moindre serpent ?

— Sans patron non plus, ajouta Matapo.

La repartie déclencha chez Abby un fou rire nerveux qui gagna bientôt le vieil aveugle. Ils faillirent même en perdre l'équilibre.

— Attention où vous mettez les pieds, tohunga, fit Abby. En cas de chute, je ne pourrai pas vous retenir. Et on a encore besoin de vous.

Après de longues minutes de calvaire, ils arrivèrent au refuge. Maigre consolation pour Abby, Matapo souffrait autant qu'elle.

La criminologue fut contrainte de s'asseoir sur une souche pour récupérer. Matapo se laissa guider par son instinct jusqu'à la petite construction de bois, mais, lorsqu'il en poussa la porte, il éprouva une sorte de pressentiment menaçant et glacé qui se propagea dans ses veines comme une gangrène polaire. Un étrange sentiment de dénouement.

— Matapo ?

Il se tourna vers Abby.

— Ils sont là, murmura-t-elle.

Derrière elle, dans la vallée, une lumière brillait à travers les arbres. Les faisceaux des phares d'un pick-up se découpaient entre les hêtres couverts de mousse noire.

Le moteur s'éteignit. Et les phares avec.

Deux silhouettes en descendirent : celles d'un adulte et d'un enfant. Elles s'immobilisèrent dans le clair de lune.

— Vous êtes venue nous arrêter ? cria Marcus avec fatalité.

Les mots ricochèrent d'une montagne à l'autre, conférant à la phrase une dimension spirituelle.

— Vous aider, plutôt, répondit Abby en laissant à l'écho le temps de s'effacer. La police ne sait pas que je suis ici. Et je n'aurais rien su non plus sans l'aide de Matapo. C'est un puissant tohunga. Il pense pouvoir libérer Nateo. Avec l'aide de son père, bien sûr.

Aux yeux qui se faufilaient en grimpant à travers bois, la silhouette du vieux Maori était impressionnante, ainsi figée sur le seuil du refuge.

— Comment saviez-vous que nous viendrions ici ? demanda Marcus en aidant Nateo à négocier la pente abrupte.

— C'est une longue et belle histoire, dit Matapo avec chaleur.

54

Un an plus tôt
Antarctique

Marcus ouvrit les yeux avec difficulté. Ses cils étaient encombrés de neige, ses lèvres encroûtées de salive et de morve gelées, ses poils de barbe collés au tissu de son cache-nez. Pendant un moment, il ne se rappela pas où il était. Devant lui s'élevait un mur de glace qui faisait voûte et les stalactites au-dessus de lui ressemblaient aux vertèbres d'une épine dorsale. Il avait l'impression d'avoir été avalé par un cachalot géant. Le vent hurlant et le froid glacial qui s'engouffraient dans le sous-sol lui rappelèrent très vite où il était.

En se redressant, il aperçut Vlad, qui dormait un peu plus loin emmitouflé sous une montagne de couvertures. Il chercha du regard Masha, sans la trouver.

Inquiet, il se leva, fit quelques pas pour atténuer ses courbatures et parcourut du regard le laboratoire souterrain où il s'était réfugié avec ses collègues.

— Masha ? appela-t-il doucement pour ne pas réveiller Vlad.

Il s'inquiéta de ce puits de lumière australe qui tombait en cascade sur l'échelle de l'entrée. La trappe d'accès était-elle ouverte ?

Il continua d'avancer, sa main en visière pour se protéger les yeux. Et c'est alors qu'il les vit : Kalypso, Dario, Richard, Yuri et Piri, qui descendaient les échelons à contre-jour.

Derrière eux, Masha referma le battant de la trappe en disant :

— Il faisait trop froid dehors, Marcus, alors je les ai laissés entrer…

Sur ce, elle verrouilla la lourde serrure du sas…

Marcus se réveilla en sursaut. Son cœur battait à tout rompre. Il était trempé de sueur malgré le froid ambiant. En se redressant, il aperçut Vlad, qui dormait un peu plus loin, emmitouflé sous une montagne de couvertures, exactement comme dans son rêve. Il chercha du regard Masha, sans la trouver.

Encore sous le choc de son cauchemar, il se leva sans faire de bruit et s'étonna d'attraper son lance-flammes et d'en actionner la gâchette d'allumage, comme s'il accordait une valeur prémonitoire à ce qu'il venait d'éprouver. Il avança prudemment dans le laboratoire souterrain et ne put s'empêcher de lever les yeux vers la trappe d'accès pour vérifier qu'elle était bien fermée. Or le filet de lumière qui s'infiltrait par sa circonférence lui suggéra qu'elle n'était pas verrouillée.

Masha était sortie.

— Merde…, soupira Marcus.

Il enfila précipitamment une tenue de froid sommaire, des gants, un cache-nez et un foulard. Puis il grimpa à l'échelle, son lance-flammes en bandoulière. Il souleva la lourde écoutille et émergea sous le derrick.

Le corps de la biologiste était étendu sur la plateforme de béton près du poste de commande.

— Masha ? appela-t-il en vérifiant autour de lui qu'aucun infecté ne se trouvait à proximité.

— Ne m'approche pas, Marcus ! gémit-elle. Ne m'approche pas ! S'il te plaît, éloigne-toi ! Ça progresse trop vite et je ne peux pas le combattre.

Refusant ses arguments, il se précipita vers elle en disant :

— On va trouver un moyen ! Faut pas rester dehors comme ça !

Lorsqu'il s'accroupit près d'elle, il se rendit compte que l'infection spongiaire avait déjà colonisé son visage et probablement le reste de son corps.

— Je suis désolée, Marcus, dit-elle en pleurant, mais je ne voulais pas devenir comme eux.

— De quoi tu parles ?

Alors seulement il aperçut la flaque de sang sur la chape de béton et les poignets de Masha ouverts.

— Noon ! gémit-il. Qu'est-ce que tu as fait ?

Il arracha cache-nez et foulard et tenta désespérément de ligaturer les plaies pour stopper l'hémorragie. Mais il était trop tard, Masha avait perdu connaissance.

Alors, à bout de nerfs et de résistance, il se mit à sangloter comme un enfant, en berçant le corps inerte de son amie. Toute la pression qu'il avait accumulée en tant que chef de mission pour ne rien laisser filtrer de son angoisse trouvait un exutoire dans ces larmes.

Perdu dans son chagrin, il ne se rendit pas compte que la chrysalidation de Masha était en fait en phase de résolution. Le visage de la biologiste recouvrait peu à peu ses couleurs, son corps avait fini de se reconfigurer de l'intérieur. Et quand Masha se redressa comme un serpent, la bouche grande ouverte pour essayer de mordre, Marcus eut à peine le temps de l'éviter. Les dents encore noircies par l'infection claquèrent dans le vide. Il la repoussa violemment mais, très vite, elle fut de nouveau sur lui. La bactérie qui avait pris le contrôle de la biologiste cherchait un nouvel hôte par tous les moyens. Il se dégagea brusquement et lui bloqua la gorge avec son poing. Les bras de Masha s'agitaient dans tous les sens pour tenter de se défaire de cette prise. Dans le geste cassant qui la libéra, Marcus perdit, sans s'en rendre compte, le bracelet maori que Raïana avait confectionné pour lui.

Masha reprit aussitôt le dessus. Ses doigts glacés s'abattirent sur la gorge de Marcus comme les serres d'un aigle. Et, tandis qu'il étouffait, les grands yeux laiteux qui l'étudiaient ne rêvaient que contagion. La main tremblante de Marcus chercha à tâtons sur le sol de quoi se défendre et le trouva.

L'instant d'après, un morceau de roche et de glace frappait violemment Masha au visage.

Aveuglée par le sang et les éclats de pierre fichés dans ses yeux, elle tituba. Marcus se redressa et la bascula sur le ventre en s'asseyant sur elle. Il lui empoigna les cheveux et lui fracassa le crâne contre la chape de béton avec une telle violence qu'il lui brisa les vertèbres.

Vlad se réveilla en clignant des paupières. Un bruit de parasites l'avait tiré du sommeil. En se redressant, il se rendit compte qu'il provenait du poste de radio. Il tituba jusqu'à la console, tandis qu'une nouvelle rafale de grésillements se faisait entendre. Le voyant « COMMUNICATION ENTRANTE » clignotait sur le tableau de bord.

Passé le moment d'incrédulité, il essaya d'amplifier le signal.

— Allez, allez, ma belle… Donne-moi tout ce que t'as…

Les parasites firent place à des crachotements, puis finalement à une voix presque inaudible, mais que Vlad aurait reconnue entre mille.

— *... Je répète, ici Mirny Rescue Team. Répondez, Vostok, à vous...*

— Putain, bébé, t'es trop forte !

Boosté par l'appel radio de sa femme, Vlad installa un casque sur ses oreilles et pianota sur le clavier pour se brancher sur la bonne fréquence.

— Les gars ! hurla-t-il à la cantonade. Ils arrivent !

— *... Sommes à quelques kilomètres du site pour intervention sanitaire d'urgence. Dégagez la zone d'atterrissage près de la base, Vostok, à vous...*

Vlad ajusta son micro et émit un premier message :

— Mirny Rescue Team, ici Vostok, nous vous recevons cinq sur cinq, à vous…

Il attendit impatiemment. Il se demandait comment il allait pouvoir mettre en garde l'équipe de secours contre le danger qui l'attendait sur place. Mais le message qui suivit lui prouva que le sien n'avait pas été reçu.

— *Ici Mirny Rescue Team, répondez, Vostok...*

— Putain de matos de merde, ronchonna Vlad. Elle m'entend pas !

— ... *Nous devrions être sur place dans dix minutes pour votre mise en quarantaine, à vous...*

Vlad pestait en russe en essayant à nouveau de bidouiller le détecteur de fréquence quand un nouveau message résonna dans les haut-parleurs :

— *Ici Vostok. Nous vous recevons, Mirny Rescue Team, à vous...*

La voix neutre qui s'exprimait sur les ondes était celle de Kalypso. Les compétences de l'informaticienne boostées par la bactérie lui avaient permis de réparer la radio.

— *Ravie de vous entendre, Vostok, ça fait onze heures qu'on essaie de vous contacter ! Qu'est-ce qui se passe ? À vous...*

— *Une coupure de courant*, répondit Kalypso. *On a besoin d'assistance, mais... on est ravis de vous recevoir, Mirny.*

— Ne l'écoute pas, Oksana ! hurla Vlad dans son micro.

— *Bien reçu, Vostok. Dégagez la zone d'atterrissage et tenez-vous prêts pour l'évacuation sanitaire.*

Tremblant de peur pour sa femme, qui n'avait aucune idée de ce qui l'attendait, Vlad se demanda comment lui et ses amis allaient pouvoir gérer ce nouveau coup du sort. Dix minutes. Ils n'avaient que dix minutes pour trouver une solution.

55

Retour au présent
Fiordland,
Nouvelle-Zélande

Le mobilier de la pièce était composé d'une table de nuit équipée d'une bougie à côté d'un grand lit sur lequel Nateo était allongé. Tout en haut du mur voûté, l'unique fenêtre laissait passer la lumière lunaire.

Matapo prit Abby et Marcus à l'écart et leur murmura :

— Nous devons stimuler le démon. Notre but, pendant ce *karakia*, est de le faire sortir par tous les moyens. Mes interpellations seront donc directes et provocantes. Mais n'oubliez jamais que ce n'est pas à Nateo que je m'adresse, monsieur Taylor, mais au Makutu qui le harcèle.

— Au Makutu ? demanda Marcus.

— Au démon. Qui a sans doute de bonnes raisons de le harceler.

— Quelles bonnes raisons ?

— Je peux vous parler deux minutes à l'extérieur ? suggéra le tohunga.

Marcus se tourna vers son petit garçon, à l'autre bout de la pièce. Il hésitait à le laisser seul. Abby s'en rendit compte.

— Ne vous inquiétez pas, monsieur Taylor, je reste avec lui.

Il la remercia d'un hochement de tête et suivit le vieil aveugle à l'extérieur.

— Quelles bonnes raisons aurait un démon de harceler mon enfant ?

— Le vôtre, aucune. En revanche, celui qui a usurpé sa place et qui lui ressemble comme un jumeau, ce Nateo-là attire forcément les mauvais esprits.

— Je ne comprends pas.

— Votre esprit refuse d'admettre ce que votre cœur sait. Votre fils est mort, monsieur Taylor. Et il se fait beaucoup de souci pour vous.

Refusant d'écouter, Marcus tourna les talons et revint vers le refuge.

— Il savait que vous viendriez ici, poursuivit Matapo. Comment aurais-je pu connaître l'existence de ce refuge, s'il ne m'en avait pas parlé ?

L'argument était logique. Marcus interrompit sa fuite.

— Tant que vous n'aurez pas accepté son deuil, votre fils ne lâchera pas. Et si cela passe par l'illusion de vivre avec une copie de lui, il est prêt à l'accepter, à condition que vous ne vous mettiez pas en danger.

Marcus se retourna vers Matapo, qui le rejoignit.

— Or les limites que vous avez franchies pour vivre à nouveau avec lui ont attiré sur vous une malédiction. Et je lui ai promis de vous en libérer. Car ce n'est pas lui seul que nous libérons cette nuit, monsieur Taylor : c'est vous deux.

Le vieil aveugle chercha de la main l'épaule de ce père inquiet et la pressa de façon rassurante. Marcus ressentit aussitôt une force bénéfique couler en lui.

— Ne vous inquiétez pas, monsieur Taylor. Votre fils vous protégera de là-haut.

De retour au refuge, Matapo fit ses dernières recommandations :

— Si le Makutu se manifeste, n'intervenez pas vocalement. Et cela vaut aussi pour vous, docteur Murphy. Ne prêtez aucune attention à ce qu'il dira. Ses attaques psychologiques seront puissantes. Et, surtout, quoi qu'il fasse, ne le regardez jamais dans les yeux.

Il s'approcha du lit et s'adressa au petit garçon avec douceur.

— Tu es prêt, Nateo ?

— Oh oui, monsieur Matapo. Plus que prêt.

Le tohunga sourit et sortit de sa besace les ustensiles dont il allait avoir besoin, parmi lesquels des entraves et une bouteille de plastique remplie d'eau bénite.

— On va t'attacher. C'est pour éviter que tu ne te fasses mal, d'accord ?

— D'accord.

Le vieux Maori fit signe à Abby et à Marcus de le sangler.

— Je n'arrive pas à le contrôler, monsieur, et il fait du mal aux…

Le petit garçon s'interrompit soudain comme si on l'avait bâillonné.

— Nateo ? appela le tohunga en posant sa main sur son front brûlant.

L'enfant ferma les yeux et se mit à trembler et à haleter.

Abby et Marcus observaient avec inquiétude la transformation qui s'opérait. La respiration de l'enfant devint lourde et laborieuse.

— Nateo ? … Nateo ? … Réponds-moi !

Soudain, les yeux de l'enfant se rouvrirent sur un regard qui n'était plus le sien. Un regard qui respirait la ruse, la folie et l'intelligence.

— *Te Atua*, aie pitié de nous ! murmura Matapo en retirant une médaille qu'il portait en pendentif.

Le halètement de l'enfant s'accéléra et il secoua violemment la tête d'un côté à l'autre. Marcus voulut intervenir, mais le tohunga lui fit signe de ne pas bouger.

— Nateo, écoute-moi ! ordonna-t-il.

Matapo embrassa sa médaille et se mit à masser le ventre de l'enfant avec, en récitant des litanies sacrées en maori :

— *Te Atua Kaha rawa e te Kaiwhakaora whakarongo mai ki a matou…*

Abby et Marcus ne le quittaient pas des yeux. Il récitait ses psaumes avec une intensité qui n'entamait en rien sa sérénité.

Un froid glacial envahit la pièce, matérialisant les respirations des personnes présentes. Et un remugle malsain l'accompagna.

— Monsieur Taylor ?

Matapo lui signala d'approcher et lui fit masser le ventre de son fils avec la médaille. Pendant ce temps, il poursuivit ses incantations en tenant le front de l'enfant.

— *Ka tono matou kia tino whakaorahia a Nateo Taylor. Ko ta matou inoi tenei i runga i tou ingoa, e te Atua.*

Tout en continuant à réciter avec ferveur une prière en maori, Matapo chercha de la main la table de nuit où il avait déposé la bouteille en plastique contenant de l'eau bénite. Il l'attrapa et en versa sur le visage de Nateo, comme lors d'un baptême chrétien.

— Libère ce corps, Makutu ! hurla-t-il avec autorité. Laisse cet enfant tranquille ! Tu ne peux pas l'avoir !

Le démon se redressa brusquement et tendit la tête en avant, la bouche tordue et les muscles contractés jusqu'à la tétanie. Ses yeux se révulsèrent, ne présentant plus que le blanc de la sclérotique.

Frappé de terreur, Marcus arrêta de masser avec la médaille, tandis qu'une plainte gutturale sortait du frêle petit corps de son fils et retentissait sauvagement dans la pièce.

La mâchoire de l'enfant se tendit, ses dents grincèrent.

Abby et Marcus échangèrent un regard de gravité inquiète.

— *Te Atua*, ô Créateur, écoute-nous. Nous demandons une guérison complète pour Nateo Taylor et pour son père. Nous te le demandons en ton nom, *Te Atua*. Toujours et à jamais. *Amine*.

L'enfant se raidit et émit un gémissement douloureux, comme un plancher qui grince. Il tirait sur ses sangles jusqu'à s'en retourner les bras.. Marcus tenta de l'en empêcher, tandis que Matapo l'aspergeait d'eau bénite par touches rapides et violentes.

Instantanément, le petit garçon retomba sur le matelas, comme une marionnette. Et il commença à se convulser. Marcus se jeta à son chevet et lui tint la tête.

— Il fait une crise ! s'écria-t-il.

Il força l'ouverture de la bouche de son fils et y glissa la main pour éviter qu'il ne se coupe la langue.

Le démon le mordit jusqu'au sang.

Un gargouillement affreux émana de l'enfant, comme si l'on faisait parler ses organes. Matapo continua, imperturbable :

— *Te Atua*, envoie sur lui Ta Bénédiction, qui…

Dans un mouvement étrange et contre nature, l'enfant se hissa sur ses hanches et s'accroupit.

— Tenez-le ! hurla Matapo.

Abby et Marcus l'agrippèrent pour l'empêcher de se faire mal, mais il se débattait en grinçant des dents et en grognant des insultes.

D'un geste brusque, il arracha ses sangles et se libéra.

— Attrapez-le ! hurla Matapo, dont la cécité devenait à présent un handicap.

Nateo courut à l'aveuglette vers la porte d'entrée. Abby et Marcus le rattrapèrent et le ramenèrent de force vers le lit. Matapo lui plaqua le dos contre le matelas et, faisant pression sur sa tête, il lui versa de l'eau bénite dans l'oreille. D'un violent coup de coude, le démon envoya le tohunga s'effondrer contre le mur. Et, quand il se redressa sur son lit, il surprit Abby en train de le regarder.

Ses yeux maléfiques rencontrèrent les siens avec une expression venimeuse et perverse.

— Tu crois vraiment que ton petit Liam va rester sain toute sa vie ? Tu lui as filé ta maladie. Elle est dormante, mais pour combien de temps ?

Incapable de respirer, Abby ne parvenait plus à quitter ces yeux incriminants et pleins de reproches. Des yeux qui la blâmaient.

— C'est la même maladie qui a tué ta mère. 100 % transmissible. Tu aurais dû y penser avant de faire un enfant.

— Docteur Murphy ! Ne regardez pas ses yeux ! hurla Matapo en la tirant fermement par le bras. Allez prendre l'air.

— Quand ton petit Liam aura besoin d'un exosquelette, comme toi, pour tenir debout, tu lui diras quoi, pour le consoler ?

Les larmes aux yeux, Abby quitta la pièce comme on sort des enfers.

Elle s'adossa au mur extérieur du refuge et sentit qu'elle se noyait. Elle ne parvenait plus à contrôler les battements frénétiques de son cœur. Ce sentiment de culpabilité qui la dévorait, Abby l'avait toujours maintenu enfermé à double tour dans ses oubliettes personnelles. L'entendre énoncé à voix haute dans la bouche de ce petit garçon était au-dessus de ses forces. Comment était-ce seulement possible ? Ce n'était pas un enfant qui avait prononcé ces paroles, non. C'était un démon.

Un démon venu du fond des âges.

La vision de cette lune sereine qui jouait sur la cascade toute proche offrait un tel contraste avec les rugissements qui avaient précédé !

Abby se fit soudain la réflexion que les bruits provenant de l'intérieur de la cabane avaient cessé. Combien de temps s'était-il écoulé depuis qu'elle était sortie ?

En poussant la porte du refuge, elle aperçut Marcus, de dos, qui berçait son fils. Nateo sanglotait dans ses bras comme l'enfant qu'il était redevenu. Elle s'avança dans la pièce et alors, seulement, remarqua l'absence de Matapo. Comme elle s'approchait, elle entrevit la silhouette du tohunga de l'autre côté du lit. Il gisait, inerte, contre le plancher.

— Oh, non ! Non. Non, non, non.

La bouche sèche, elle s'agenouilla auprès de lui et le retourna sur le dos. L'expression figée qu'elle découvrit sur ses yeux d'aveugle était terrifiante. Abby chercha désespérément son pouls sans le trouver.

Matapo était mort.

Elle leva ses yeux brouillés de larmes vers Marcus et vit, dans son regard, qu'ils avaient échoué. Blotti contre lui, l'enfant cessa de simuler ses pleurs et se retourna vers Abby pour la fixer avec malveillance.

— Non, Nateo, non, ne fais pas ça ! hurla Marcus en secouant violemment son fils.

Il perçut un fracas de quelque chose, le bris d'une vitre qui volait en éclats. Et, quand il se retourna, Abby n'était plus là. Les battants de la fenêtre avaient été arrachés de leurs gonds et les carreaux avaient été réduits en miettes.

56

Un an plus tôt
Antarctique

Dans le ciel rougeoyant de l'aube polaire, deux hélicoptères Mi-17 émergèrent d'une blancheur tourbillonnante. Telles des abeilles géantes survolant la glace, ils approchaient à basse altitude, ne surplombant les crêtes et les mégadunes que d'une trentaine de mètres.

L'appareil de tête transportait Oksana Andrash et l'équipe de secours de Mirny. Le second était rempli de matériel médical destiné à la mise en quarantaine des survivants de Vostok.

À l'intérieur de la cabine, les scientifiques verrouillaient leurs casques en Plexiglas au col de leur combinaison de biosécurité. L'automatisme des gestes d'Oksana témoignait de son expérience en matière d'intervention sanitaire. Sergueï, son jeune stagiaire de vingt-cinq ans, faisait de son mieux pour paraître cool, mais il se sentait claustrophobe et nerveux.

— Vérification du fonctionnement du respirateur, ordonna Oksana en russe.

Sa voix résonnait dans les mini haut-parleurs des combinaisons reliées entre elles par radio. Sergueï était en difficulté avec son équipement. Oksana s'en rendit compte et l'assista en déclenchant l'interrupteur de son respirateur portable. Aussitôt, sa combinaison se gonfla correctement.

— La pression doit rester positive pour que ton scaphandre soit parfaitement stérile, expliqua-t-elle. Et surtout, quand tu seras sur place, garde un œil sur tout ce qui pourrait l'endommager, OK ? Si quelqu'un te passe un joint, par exemple…

Sergueï hocha la tête en souriant, mais la transpiration surabondante de son visage trahissait son niveau de stress. Même si Oksana était aussi à l'aise dans une combi antivirale que dans un vieux jean, elle savait exactement ce par quoi passait son stagiaire.

— Ça va aller, ne t'inquiète pas. C'est ta première *hot zone*, c'est normal. Tu es parfaitement protégé.

— Mais j'ai quand même la trouille, madame, avoua-t-il.

— Formidable ! répondit-elle. Les gens qui n'ont pas peur, je n'en veux pas dans mon équipe.

La virologue se leva pour aller parler au pilote.

— On a beaucoup de matériel à décharger ! cria-t-elle pour que sa voix soit audible sous le rotor. Tu vas devoir te poser au plus près !

Le sergent-chef lui lança un regard inquiet et répondit :

— Je me sentirais plus tranquille dans un de vos scaphandres.

— Tu n'en as pas besoin. Tu seras hors zone.

— Hors de tout, ça m'irait mieux. Je veux rien attraper, moi !

— Faudra juste ne pas m'embrasser, sergent.

Il haussa les épaules en souriant.

Dès l'instant où ils touchèrent le sol, Oksana sauta de la cabine et se retrouva accroupie sous les pales du rotor. Sergueï et les deux autres scientifiques la suivirent.

Le revêtement glissant, les combinaisons encombrantes et les valises d'équipement que chacun transportait compliquaient l'arrivée. Quand les tourbillons de neige soulevés par les hélices s'éclaircirent, le degré de dévastation de la base de Vostok leur apparut dans toute sa dramatique évidence. C'était un spectacle épouvantable, une vision de l'enfer sur ce continent glacé. Il ne restait plus grand-chose de la station. Une partie était constituée de décombres calcinés et fumants, l'autre, d'un amoncellement de gravats après la destruction par les chasse-neige. L'air était irrespirable en raison de la fumée noire qui s'échappait encore de la base en feu. Arrivaient-ils trop tard ?

Oksana se retourna pour voir comment Sergueï prenait tout ça.

— Mais votre mari… ? osa-t-il à peine demander.

— S'il y a des survivants, Vlad en sera.

Sergueï n'en revenait pas du sang-froid de sa cheffe. Comme tout virologue qui se respecte, il allait devoir apprendre que l'affect, en zone contaminée, était le plus sûr moyen de relâcher son attention et de faire une erreur mettant ses collègues en danger.

Alors que le groupe se dirigeait vers les bâtiments délabrés qui tenaient encore debout, une femme en sortit et se précipita vers eux à une allure bien supérieure à la normale.

Oksana fut frappée de constater qu'elle n'avait, pour seule protection contre les – 35 degrés, qu'un tee-shirt et un bas de jogging !

Au même instant, Marcus et Vlad sortaient du complexe de forage, en tenue de froid et armés d'un lance-flammes et d'une hache à incendie.

— Ne la laisse pas vous approcher ! hurla Vlad en courant. Elle est infectée !

Mais le vacarme des rotors empêchait Oksana de comprendre ce que son mari disait. Sergueï recula d'un pas. Aux yeux des secouristes, les deux hommes surexcités et armés jusqu'aux dents avaient l'air plus dangereux que la charmante Kalypso. Jusqu'à ce qu'un deuxième infecté se joigne à elle.

Cachée derrière le derrick, la silhouette calcinée de Dario surgit pour prendre Marcus et Vlad à revers. Mais, handicapé par ses brûlures, il n'était plus aussi rapide. Le commandant n'eut aucun mal à le réduire en cendres.

Devant l'horreur du spectacle, Oksana fit signe à ses hommes de regagner l'hélicoptère, mais Kalypso se déplaçait trop vite.

— Recule, Oksana ! hurlait Vlad sans parvenir à la rattraper.

La férocité avide que la chercheuse put lire sur le visage de sa prédatrice la terrifia. Le temps qu'elle se retourne pour fuir, la main de Kalypso était à portée de son casque. Elle tentait de l'arracher quand la hache à incendie, lancée par Vlad, lui traversa le dos et la plaqua au sol.

L'expression de voracité sur le visage de la jeune informaticienne s'était éteinte, mais elle essayait encore de se relever.

Marcus arriva en renfort derrière elle. Il pressa convulsivement la détente de son lance-flammes et, en un rien de temps, le corps de ce qui avait été Kalypso disparut dans le brasier. Elle brûla dans un feulement d'animal qui terrorisa l'équipe de secours. Marcus pressa la détente plusieurs fois, comme rongé par la vengeance.

Vlad posa la main sur son épaule.

— C'est bon, Marcus, c'est bon.

Alors, épuisés, leurs jambes ne les tenant plus, ils s'assirent tous les deux sur les caisses de matériel et laissèrent les scientifiques de Mirny gérer la suite. Vlad eut un regard plein de douceur pour sa femme, laquelle, derrière son casque en Plexiglas, faisait de son mieux pour dissimuler son émotion de le retrouver sain et sauf.

— Il reste un corps là-bas, sous le derrick, qu'il faut brûler, bredouilla Marcus.

— Ne t'inquiète pas, on va s'en charger.

— Non, Oksana. Masha est… une amie. C'est à moi de m'en charger.

57

Retour au présent
Fiordland,
Nouvelle-Zélande

Étendue de guingois sur les lames de granit, à quelques centimètres de la cascade et de son précipice, Abby ressemblait à un pantin désarticulé. Toutes ses os étaient déboîtés. Elle sentait sa peau se vider de son sang et de sa sueur. Comme si ses fluides vitaux ne désiraient qu'une chose : se fondre avec ceux de la nature toute proche. Cela signifiait-il accepter la destruction ? Sans la mort, il n'y avait pas de renaissance, avait dit Matapo.

Un morceau de vantail l'empalait juste en dessous de l'épaule. Les fragments de verre qui y étaient encore accrochés évoquaient des dents de requin ayant déchiqueté leur proie. La douleur avait laissé place à l'engourdissement. Et le son ouaté des chutes d'eau avoisinantes irradiait dans tout son être d'une aura apaisante. Elle comprit que la mort était proche et crut même l'entendre approcher à pas lents.

Une voix familière s'adressa à elle, lui demandant si elle était blessée, mais elle n'eut la force que de basculer la tête en arrière et d'étudier la silhouette qui se tenait là, debout, à l'envers dans le contre-jour.

— Murphy ? dit-il. C'est Cooper. Tu m'entends ?

Elle ne pouvait pas ou ne voulait pas parler. Elle avait quitté le pays des mots et flottait, entre deux mondes, dans les limbes d'une contrée où les paroles n'avaient plus de raison d'être ; les gestes oui, les expressions surtout, mais les discours, non. Plus jamais.

— Reste avec moi, Murphy, dit-il en lui tenant la main. Les toubibs sont là. Juste derrière moi.

Elle percevait la voix du policier comme dans un écho. Sa vision le mélangeait aussi à d'autres, à moins que ce soit vraiment d'autres personnes à côté de lui ?

Deux hommes en uniforme vert olive se penchèrent sur elle et vérifièrent sa blessure et ses signes vitaux.

— Faites gaffe en la soulevant, dit Cooper aux secouristes. C'est une SED, syndrome Ehlers-Danlos. Tout son squelette est déboîté.

Entre deux longs clignements d'yeux, Abby captait des images et des sons dont la signification lui échappait. Lorsque Cooper se releva et lui lâcha la main, elle se sentit chuter dans un gouffre sans fond.

Qu'allait devenir Liam si elle mourait dans ce lieu perdu ? La vie l'avait déjà privé de père, et maintenant, quoi, elle allait lui enlever sa mère ?

— Je veux… parler à… mon fils…, réussit-elle à dire malgré le sang qui lui desséchait la gorge au point qu'elle percevait à peine ses propres mots.

— Ne vous inquiétez pas, on va le prévenir, dit le médecin. Dès qu'on aura du réseau. Comment il s'appelle ?

— Liam, mais… appelez plutôt… mon père… Pierce Murphy. Son numéro est… dans mes contacts, à « DAD ».

Les efforts qu'elle avait déployés pour prononcer ces deux phrases l'avaient vidée de toute énergie, au point que son esprit s'éteignit.

Quand elle reprit conscience, elle était allongée sur un brancard sous une couverture de survie. Des infirmiers la descendaient le long de cette pente abrupte qu'elle avait eu tant de mal à gravir avec Matapo. Elle se rappela soudain le vieux Maori et leur échec commun.

— Il y a quelqu'un, là-haut, dans le refuge.

— On l'a trouvé, fit la voix de Cooper, qui suivait juste derrière. C'est le gamin qui vous a mis dans cet état ?

Abby hocha la tête douloureusement et trouva la force d'articuler :

— Comment tu as fait pour… me retrouver ?

— Ton portable, ma vieille.

— Mais… y a pas de… réseau, ici.

— Il y en a eu assez pour qu'on te localise. Tu dois avoir une bonne étoile, là-haut.

Les paroles de Matapo lui revinrent en mémoire : « *Ne vous inquiétez pas, docteur Murphy. Nateo vous protégera de là-haut.* »

Elle sourit et perdit connaissance. C'était comme une petite mort qui frappait à sa porte. À chaque fois elle pensait ne plus se réveiller, et à chaque fois elle recouvrait la vie.

Quand elle rouvrit les yeux, les phares des voitures de police l'éblouirent. Elle était au pied de la scène de crime, là où elle avait garé son 4 × 4 de location. Il y avait un nombre incalculable de véhicules de secours. Experts, flics en uniforme ou en civil se relayaient pour essayer de localiser les fugitifs. Un hélicoptère survolait la zone.

Au beau milieu de ce chaos organisé, Abby aperçut le sac noir contenant une forme humaine que le médecin légiste et son assistant transportaient avec délicatesse, comme s'il s'agissait d'un précieux bagage. Précieux, ça, Matapo l'était, se dit Abby sans hésiter. Et elle ne put s'empêcher de chercher une explication à son sacrifice.

« *Pourquoi devrait-il toujours y avoir une explication, docteur Murphy ?* lui avait dit le vieux sage. *Les morts interagissent avec notre monde depuis l'éternité, qu'il y ait une explication ou pas.* »

Allait-il interagir, lui aussi, depuis l'autre côté ? Quoi qu'il en soit, elle se fit la promesse de retrouver son chien.

La voix de Cooper la sortit de ses réflexions.

Assis sur un capot, un gobelet de café à la main, il s'énervait au téléphone :

— Comment ça, volé ?... Et on sait vers où il se dirigeait ? Ben, il y a bien une tour de contrôle, quand même, à Queenstown ! Ouais, ben, réveille-moi le responsable et qu'il m'appelle !

Il raccrocha sèchement et, voyant qu'Abby l'observait, il revint vers elle en essayant d'anticiper les emmerdes que cette nouvelle complication allait générer pour lui.

— Qu'est-ce qui se passe ? soupira la profileuse.

— Ça peut attendre.

— Dans ma condition, pas vraiment, Coop. Écoute… j'ai pas… la force de marchander, alors crache.

— Ils ont volé un Sabreliner à l'aéroport de Queenstown.

— Quoi ?

— Ils ont volé un jet privé. Taylor est un ancien pilote et…

— Pour aller où ?

Épilogue

Les premiers crépitements de l'aube se faisaient sentir à l'horizon, mais la nuit régnait encore en maîtresse. À combien d'aubes nouvelles auraient-ils encore droit, tous les deux ?

Épuisé par les derniers événements, Nateo s'était assoupi sur le siège du copilote. Quand il était bébé, Marcus passait de longues heures à le regarder dormir. Et il s'était surpris à refaire de même, depuis qu'ils avaient décollé. En le voyant ronronner si paisiblement, comment imaginer la sauvagerie dont il était capable ?

Il fallait que tout cela cesse. Il fallait en finir avec la culpabilité et avec le secret. Avec cette question à laquelle son cœur ne trouvait pas de réponse. En espérant qu'il ne soit pas déjà trop tard.

La vérité, Marcus. Dis-lui juste la vérité. Au moins dans son sommeil.

Ce qu'il devait avouer était simple. Mais c'était une des choses les plus difficiles qu'il ait jamais eues à faire. Alors, il prit une profonde inspiration et accepta de se livrer.

— Quand tu as disparu, chuchota-t-il en luttant contre la peur d'être rejeté, je t'ai cherché partout. Comme un père meurtri d'abord, puis… comme un addict en manque… Je n'écoutais plus personne, pas même Raïana… Elle a essayé de me raisonner, mais mon déni était trop fort et… elle a fini par faire son deuil. Toute seule.

Nateo tressaillit sans pour autant se réveiller. Marcus s'interrompit, le temps que le ronronnement reprenne, et poursuivit sa confession en bataillant contre l'émotion qui lui serrait la gorge.

— Quand j'ai fini par comprendre que je ne te trouverais pas… j'ai accepté cette mission en Antarctique, en me disant que… que je ne reviendrais pas… Et, quand notre avion s'est écrasé, j'ai cru que le Ciel me donnait raison. Mais… il a pris douze de mes compagnons et en a gracié huit, dont moi. En a… condamné huit, devrais-je dire. Car ces huit-là ont vécu un purgatoire qui s'est très vite transformé en enfer…

Il se débarrassa de larmes qu'il pensait ne pas mériter et poursuivit.

— On a dû tuer des amis, pour survivre, Nat. Et, quand les secours sont enfin arrivés et qu'ils nous ont transportés sur la base de Mirny, on n'était plus que deux : moi et Vlad, celui qui t'a poursuivi dans les rues de Christchurch pour te tuer.

— Pourquoi il voulait me tuer ? demanda Nateo.

Surpris, Marcus se tourna vers son petit garçon. Il avait toujours les yeux fermés, comme s'il parlait dans son sommeil.

— Pourquoi ? répéta Marcus comme s'il se posait lui-même la question. Parce que… j'ai dû accepter des choses impardonnables, là-bas. Des choses que je me suis forcé à oublier, mais... des choses que l'on paye aujourd'hui, tous les deux.

— Quelles choses impardonnables, papa ? demanda Nateo, les yeux ouverts, cette fois.

Ce mot, « papa », rendait la suite des révélations plus difficile encore. Mais, dans le regard de Nateo, Marcus ne vit que compassion. L'enfant *voulait* qu'il se souvienne. Il voulait qu'il lui raconte tout ce qu'il avait fait, sans négliger le moindre détail.

Alors Marcus lui caressa les cheveux tendrement et, soudain, la douceur de ce toucher fit resurgir les souvenirs qu'il avait refoulés. Qu'était devenu le bracelet maori qu'il portait au poignet ? Celui que Raïana avait confectionné pour lui avec cette longue boucle de cheveux de leur enfant, tressée dans du cuir ? L'avait-il retiré là-bas ? Non, ça ne lui ressemblait pas. Ce bracelet était tout ce qui lui restait de son fils, jamais il n'aurait fait une chose pareille ! L'avait-il perdu, alors, pendant le dernier affrontement ?

Il ne sentait plus ses mains sur les commandes de l'avion, il n'entendait plus le ronflement des moteurs. Les sons autour de lui mouraient, les uns après les autres, remplacés par ceux de la base de Vostok en flammes. Il regarda ses doigts et vit que ses engelures étaient aussi noires que s'il avait manipulé du charbon. Il grimaça, pas de douleur, non – il avait les doigts trop engourdis pour souffrir –, mais parce qu'il savait ce que sa mémoire lui réservait.

Vlad avait été pris en charge par l'équipe sanitaire, mais lui était retourné au derrick de forage pour brûler le corps de Masha, comme il s'y était engagé. Oksana avait tenu à l'accompagner. Et, quand ils arrivèrent sur place, ce qu'ils découvrirent les terrifia et les fascina à la fois. La flaque de sang, s'écoulant des poignets ouverts de Masha, avait colonisé le bracelet maori que Marcus avait perdu en luttant contre elle. Une formation organique était en cours. La bactérie spongiaire présente dans le sang de Masha avait trouvé un ADN, celui des cheveux constituant le bracelet, et elle organisait une croissance fœtale accélérée.

Marcus et Oksana se regardèrent, incapables de décider quoi que ce soit. Fallait-il brûler cette abomination en même temps que Masha ?

Les mains de Marcus se mirent à trembler en se crispant sur l'arme. Plus il attendait, plus il lui était impossible d'agir car l'ADN que la bactérie utilisait était celui de son fils.

— Marcus, laisse-moi gérer la suite, intervint Oksana en lui prenant le lance-flammes des mains. Tu rejoins Vlad et tu ne lui dis rien, surtout, OK ?

Marcus hocha la tête et se dirigea vers l'hélicoptère, où des scientifiques en scaphandre l'attendaient pour le prendre en charge.

Le crépitement du lance-flammes qui suivit le fit tressaillir.

— Elle a pas eu le courage de me brûler…

La voix de Nateo ramena l'esprit de Marcus dans l'avion qu'il pilotait. Son fils l'écoutait attentivement et il n'y avait dans ses yeux aucun jugement, aucune rancune.

— Quand j'ai eu des doutes sur toi, Oksana m'a tout raconté. Tu as servi de cobaye aux Russes pendant un an, tu grandissais huit fois plus vite que la normale, mais… il y avait aussi les dégâts que provoquaient tes crises… alors ils ont dit à Oksana de te détruire. Mais c'était trop tard. Elle s'était attachée à toi. Alors elle a simulé ta destruction, elle t'a ramené clandestinement en Nouvelle-Zélande et…

Il s'arrêta, incapable de raconter la suite.

— Et quoi, papa ?

— Et Vlad a fini par découvrir la vérité. Pour lui, cette bactérie était le Mal incarné et tu en étais porteur… donc un danger pour l'humanité.

— Il avait pas tort, soupira Nateo tristement.

— Ne dis pas ça…

— S'il m'avait tué, ce jour-là, j'aurais pas fait du mal à tous ces gens.

Marcus se tourna vers son fils, impressionné par sa maturité et par la puissance de son humanité.

— Me laisse pas redevenir lui, papa, fit Nateo en pleurant. Je peux plus supporter ce qu'il me fait faire… Tu m'as promis…

— Je sais. Et je tiendrai ma promesse.

Cette fois, Marcus accepta ses larmes car son fils les méritait. Nateo caressa la barbe de ce père qu'il s'était choisi et se blottit contre lui. Ils restèrent ainsi un long moment, bercés par le ronronnement de l'avion, jusqu'à ce que l'enfant demande :

— On va où, papa ?

— Chez nous.

— Un nouveau chez-nous ?

— Un ancien, plutôt. Là où personne ne nous trouvera.

L'enfant comprit aussitôt ce que ces mots sous-entendaient. Ils étaient une réponse à sa demande. Et il en eut la confirmation dans les yeux de son père, qui ajouta :

— On arrive, d'ailleurs...

Alors Nateo se redressa, colla son nez au hublot et découvrit, à travers la buée, l'immensité glacée du plus grand désert du monde.

Il ferma les yeux et la reconnut.

La peur avait disparu pour laisser place, sous ses paupières, à l'horizon immaculé de sa banquise natale. Cette maternité de glace où il avait été conçu et qu'il pensait ne jamais revoir. À moins qu'il y en eût une aussi, de l'autre côté, là où son père l'emmenait ?

Remerciements

Merci à ma mère pour cette oreille tendre et indulgente qu'elle prêtait aux histoires que je lui racontais, enfant, avant qu'elle ne s'endorme. À mon père pour sa vieille machine à écrire Underwood, objet de tous mes fantasmes, laquelle m'a observé d'un regard bienveillant pendant la rédaction de ce roman. Merci à eux, surtout, pour tout ce qui ne peut s'énumérer ici.

À mon âme sœur, Marie, et à mes garçons, Alain, Timour, Fantin et Anakin, pour leur amour indéfectible et pour tous ces week-ends que je leur ai volés pour écrire, sans parler des vacances…

À mes frères, Francis et Jean-Félix, pour ces rêves d'enfants dans lesquels ont trempé nos racines et pour cette fraternité qui continue d'exister par-delà les distances, les malentendus et les obstacles de la vie.

À ma seconde maman, Juana Manzor, pour ce « quelque chose qu'elle ne m'a jamais dit », ce « je t'aime » distillé à mots cachés au cours de nos existences et qui lui fera feuilleter ce livre de Là-Haut, puisque, cette fois, je ne pourrai plus le déposer sur ses genoux.

À mes éditeurs et amis, Caroline Lépée et Philippe Robinet, et aux formidables équipes de Calmann-Lévy et des Éditions de L'Épée, pour leur foi inébranlable dans notre aventure littéraire et pour les montagnes qu'ils déplaceront.

À mon agent, ami et « partner », Cyril Cannizzo, qui accompagne ma vie professionnelle de scénariste-réalisateur depuis dix ans et m'autorise ces moments d'école buissonnière loin des écrans.

À Patricia et Nicolas Beauquet pour m'avoir ouvert les yeux sur le syndrome d'Ehlers-Danlos, cette maladie héréditaire encore mal connue, non seulement du public mais du corps médical, et qui frappe pourtant 2 % de la population. En espérant que cette fiction permettra de jeter un peu plus de lumière sur son existence.

Enfin, merci à mes lectrices, lecteurs et blogueurs des *Âmes rivales*, de *Celui dont le nom n'est plus*, de *Dans les brumes du mal,* d'*Apocryphe* et de *À Vif* qui, grâce à leurs encouragements, ont attisé ma soif de poursuivre notre aventure commune au Pays des Mots.

Composition et mise en pages
Nord Compo à Villeneuve-d'Ascq

#lisez engagé !
www.lisez.com
Pour plus d'information :
Imprimé sur du papier issu de forêts gérées durablement.

Imprimé en Espagne par Liberdúplex
en décembre 2023
N° d'impression : 114446

POCKET – 92, avenue de France, 75013 Paris

S33321/01